1

Titelbild: Sufian Khir Hnidi
great picture - thank you very much!

Bibliografische Information der Deutschen Nationalbibliothek:
Die Deutsche Nationalbibliothek verzeichnet diese Publikation
in der Deutschen Nationalbibliografie; detaillierte bibliografische
Daten sind im Internet über http://dnb.dnb.de abrufbar.

© 2019 Karsten Klein

Herstellung und Verlag:

BoD - Books on Demand, Norderstedt

ISBN: 978-3-7460-2620-6
4

Am Anfang war die Idee,
erst dann folgten die Worte.

O M - P R E S S
N. C. A B S

Kozlowski betrachtete wie hypnotisiert das Loch in seinem Pullover. Keiner konnte wissen, wie er gestrickt war

KARSTEN KLEIN

Kozlowski kommt!

DIE GESCHICHTE VOM PLAN B

1.

Trotz der vielen Neonröhren herrschte eine eher trübe Stimmung im Büro. Andreas war froh, dass in einer Viertelstunde die Besprechung war und er schnell noch eine rauchen gehen konnte. Er ging den schmalen Gang bis zum Treppenhaus und öffnete die Tür zum Balkon. Am Aschenbecher stand Albert, ein etwas älterer Kollege aus der Gedankenabteilung.

„Hi, bist du nachher auch bei der Besprechung?" Andreas zündete sich eine Kippe an. Er inhalierte tief und lang.

„Ich mach nachher Bereitschaft, aber es kommen schon ein paar von uns."

Die Abteilung für Tagträume, in der Andreas erst seit kurzem tätig war, war aus der Gedankenabteilung hervorgegangen, im Zuge des großen Projekts waren viele neue Abteilungen gegründet worden, andere waren zusammengelegt und neu strukturiert worden. Bis jetzt lief alles nach Plan, wenn man den täglichen Berichten der obersten Führungsebene glauben wollte. Andreas war da etwas skeptisch und würde nachher die Besprechung zur aktuellen Lage mit hoher Aufmerksamkeit verfolgen. Bei so einem Wahnsinnsprojekt ging immer etwas schief, das war seine Meinung. Und unten in den Abteilungen musste man dann wieder alles richten. Er war auch auf die neuen Vorgaben für Tagträume gespannt, sein Budget würde sich wahrscheinlich erhöhen.

„Ich muss wieder..." Albert drückte hastig seine Zigarette aus.
„Kozlowski kommt!"
Das war die neueste Parole, die von der Propagandaabteilung kam.
„Kozlowski kommt!"
Andreas ging das eine Stockwerk runter in die Cafeteria. Er wollte schnell noch etwas essen vor der Besprechung, die konnte heute etwas länger gehen. Er hatte noch genügend Kleingeld für den Süßigkeitenautomaten.
„Wir müssen..." Karla klang mal wieder gereizt. Karla war seine Kollegin aus der Abteilung für Tagträume, sie kam von der Damentoilette und hatte offenbar wenig Lust auf stundenlange Vorträge.
„Auf die neuen Vorgaben bin ich ja schon gespannt." Andreas schnappte seinen Schokoriegel und lief seiner Kollegin hinterher zum Sitzungssaal. Andreas wurde dieses Jahr fünfzig, Karla war fast zehn Jahre jünger als er.
„Ein alter Mann ist doch kein D-Zug, Mensch…"
Es herrschte schon ein Gedränge in dem Saal, alle wollten ganz vorne sitzen. Karla und Andreas nahmen etwas weiter hinten Platz.
„Heute kommt sogar einer von ganz oben, weiß nur nicht, welcher von den Vorständen sich Zeit für uns nimmt." Karla war schon jetzt genervt.
„Ich bekomme wahrscheinlich den aktuellen Lottojackpot als Vorgabe, Kozlowski hat angefangen zu spielen." Andreas klang sehr optimistisch.
„Das ist ja cool, hat er dann auch die Lottozahlen abgefragt?"
„Er hatte gleich einen Lottoschein für drei Wochen, die ersten beiden Male hat er auch nach den Gewinnzahlen geschaut, ja."
„Immerhin, doch noch nicht ganz verplant der Herr." Karla hielt nicht viel von dem Riesenprojekt.
„Ich bin ja immer noch der Meinung, dass man das Geld sinnvoller investieren könnte. Ein Jahr Lotto spielen wäre schon ein kleiner Urlaub." Man hörte heraus, dass Karla gerne an machbaren Tagträumen arbeitete.
Andreas hingegen fand die Lottofantasien genial um damit zu arbeiten, man konnte sich so richtig austoben. Und der ganze Plan sah ja noch viel mehr vor, es könnte schon alles funktionieren. Dann wäre der Jahreseinsatz für Lotto ein Witz. Egal.

8

Auf der Bühne nahmen jetzt die wichtigen Herren Platz. Zur Begrüßung sprach der Betriebsrat und ein Vertrauter von Kai Kozlowski kam ans Mikrofon.

„Gestern erst habe ich mit Kozlowski gesprochen, er hat jetzt ein paar Tage Urlaub und fängt endlich an zu schreiben. Das mal als gute Nachricht vorweg. Der Plan nimmt Gestalt an. Umso wichtiger ist jetzt, dass wir alle zusammen arbeiten. Die Vorstandsebene informiert sie täglich über den aktuellen Stand der Dinge, wir arbeiten alle mit der gewünschten Transparenz und wie gesagt, ein Anfang ist gemacht. In diesem Augenblick sitzt Kozlowski am Rechner und tippt alles ab. Es wird alles protokolliert, der ganze Plan wird dargestellt und interessant verpackt, das hat er mir versprochen. Ich habe mit ihm über die Arbeit der einzelnen Abteilungen gesprochen, einiges wird sich ändern, vieles optimiert. Kozlowski ist derzeit voll von seiner Genialität überzeugt und wünscht sich eine Mannschaft, die ihm dabei hilft, die großen Ziele zu erreichen. Im Raum stehen derzeit zehntausend Euro, die bald machbar sind und die für weitere, noch größere Projekte bereits verplant sind. Zeitraum für diesen ersten Abschnitt ist ungefähr ein Jahr. Kai Kozlowski verspricht allen Mitarbeitern einen baldigen Ausgleich für manchmal schwierige Zeiten, die aber bereits hinter uns liegen. Neben dem Hauptprojekt werden andere Ziele verfolgt, die alle dem materiellen Wohlstand unserer Gemeinschaft dienen. Es geht voran, es geht nach oben, das soll die zentrale Botschaft von der vordersten Front sein. Zudem kommt bald der Frühling, der ist auf nächste Woche angekündigt, das wird sich auch positiv auf das ganze Arbeitsklima auswirken. Kai Kozlowski bedankt sich für die gute Zusammenarbeit und das Vertrauen, welches ihm von Seiten der Belegschaft entgegengebracht wird. Vielen Dank für Ihre Aufmerksamkeit."

Es folgte viel Jubel, die meisten glaubten an den Erfolg des Projekts und sogen die frohen Botschaften förmlich in sich auf.

„Dann läuft ja alles super, hätte ich dir vorher schon sagen können." Karla schnaubte bei diesem Satz, sie stand auf und nahm sich zwei Ausgaben der Arbeitspapiere.

„Jetzt wird es spannend", meinte sie und gab Andreas auch eine Ausgabe. Sie schlug die dicke Mappe auf und gemeinsam gingen sie das Inhaltsverzeichnis durch, das fast sämtliche Abteilungen mit neuen Änderungen bedachte.

„Da, Seite 121, Änderungen für die Arbeit in der Abteilung für Tagträume, Stand 03/15."

Sie überflogen, was da zu lesen war. Das Lottoprojekt lief weiter, dafür bekam Karla ein neues Budget, mit dem man auf den ersten Blick gut arbeiten konnte.

„Die tun zusätzlich was auf die Seite." Karla las weiter.

„Genau den Betrag, den Kozlowski für Lottospielen ausgibt, den bekommst du nach einem Jahr. Da werden doch Träume wahr."

Andreas freute sich für seine Kollegin.

„Und du darfst dich jetzt immer am aktuellen Lottojackpot orientieren."

„Das war fast schon sicher, das war schon länger im Gespräch."

Es folgten noch Vorträge aus den anderen Abteilungen, die anderen hatten manchmal auch ganz schön zu kämpfen, das hörte sich schon nicht mehr so optimistisch an. Andreas war froh, dass sie heute nicht berichten mussten und er einfach nur zuhören konnte. Das Projekt war angelaufen, das stand fest. Wie das alles enden würde, konnte aber noch niemand sagen. Andreas hatte wie Karla seine Bedenken. Kozlowski hatte in der Vergangenheit immer im Untergrund gewirkt und selbst das nicht immer mit Erfolg. Zu speziell, zu abgefahren war seine Kunst. Warum sollte es ausgerechnet dieses Mal anders laufen? Die Welt da draußen kam bis jetzt ganz gut ohne Kozlowski zurecht.

2.

Nach der Besprechung war es bereits nach 16 Uhr.

„Das reicht für heute." Andreas ging an seinen Rechner und schaltete ihn aus.

„Wir könnten noch ein Feierabendbier trinken." Karla kam aus der kleinen Teeküche mit zwei Flaschen Bier.

„Die sind noch von Freitag, wäre doch schade."

Andreas stimmte dem zu und öffnete die Flaschen mit seinem Feuerzeug. Sie prosteten sich zu. Es war Donnerstag und Andreas schaute auf seinem Smartphone nach dem Jackpot von Samstag.

„Drei Millionen, immerhin."

„Das kann auch mal mehr werden."

„Ich finde drei Millionen schon geil, da kann ich viel träumen."

„Ich dachte, du machst jetzt Feierabend."

„Das ist ein Job, den nimmt man mit nach Hause, das geht dir bestimmt auch so."

Sie unterhielten sich noch eine Weile über eher private Dinge, dann räumten sie die leeren Flaschen auf und löschten das Licht.

„Bis morgen."

„Ja, mach´s gut, tschüss."

Andreas benutzte den Fahrstuhl bis zur Tiefgarage. Er fuhr einen alten Audi Kombi, für mehr hatte es nicht gereicht. Doch die mageren Zeiten sind ja bald vorbei, er hatte noch immer die Stimme des Vorstandes im Ohr. Alles wird gut. Andreas schüttelte den Kopf und öffnete die Fahrertür. Jetzt erst mal nach Hause, schön in die Badewanne liegen und dann ein Bierchen trinken. Alles realistische Ziele, kein so millionenschwerer Scheiß. Er ließ den Motor an und die Tankanzeige blinkte ihm entgegen. Der Alltag und das tägliche Leben hatten ihn wieder. Er bremste noch beim Supermarkt und holte sich ein Sixpack und Zigaretten. Bis zum nächsten Gehalt waren es noch ein paar Tage und das Geld wurde schon wieder knapp. Und dann noch tanken, Andreas seufzte leise. Ein System, von dem alle profitieren, sehr schön. Zum Glück war an der Kasse keine Schlange und er war schnell zuhause. Auch gut, dachte er, endlich Feierabend, nur noch morgen. Dann war schon wieder Wochenende, alles ganz entspannt. Und in der Freizeit neue Tagträume schmieden. Es gab in diesem Betrieb sehr viele 60-Stunden-Jobs, es herrschte eine Art Aufbruchsstimmung, das schon. Der Wille, etwas zu ändern, war da. Seit vieles gut lief bei den anderen Projekten der Kunstfabrik herrschte diese Aufbruchsstimmung. Doch so toll, wie heute vom Vorstand gehört, war es dann wahrscheinlich doch nicht.

Andreas machte es sich auf seinem Sofa bequem und öffnete ein Bier. Er überlegte. Rund drei Millionen in kleinen Scheinen, was könnte man damit machen? Andreas tendierte zu alles, wenn nur nicht die Ansprüche zu hoch waren, das wusste er. Er musste das immer im Blick behalten, das war klar. Bei 20 Millionen gab es für drei Millionen auch mal ein Schiff, eine Yacht, eigentlich völliger Quatsch, eben, drei Millionen waren schon gut, was war das Erste? Andreas machte Brainstorming und nebenher Notizen. Seit er aus der Abteilung für Schlafträume in die neue Abteilung gewechselt hatte, musste er sich doch ganz anders mit der Realität auseinandersetzen. Kai Kozlowski war jetzt seit fast einem Jahr an der Spitze, viele Hoffnungen ruhten auf ihm und es brauchte ganz viele Leute, die ihn auf seinem Weg nach ganz oben unterstützen. Andreas gab sich auch viel Mühe in seinem neuen Job, das musste man sagen. Kleinere

Tagträume wurden auch mal in die Tat umgesetzt, das war das Schöne an seinem Job jetzt, Schlafträume waren grundsätzlich illusionär. Kai Kozlowski würde das ganze Geld bar abheben, das war klar. Er würde einen Wagen brauchen mit Garage, ein Haus, ein Büro, der Rest? Wie viel? Oh je, und jetzt Träume schmieden mit sagen wir mal 500 000 Euro, okay, immer noch alles in bar, okay, und dann? Prost Mahlzeit! Andreas nahm einen großen Schluck Bier und rülpste. Alles klar, ein einfacher Traum. Ein altes Steinhaus auf einer schönen Insel irgendwo im Mittelmeer, renovierungsbedürftig, ein paar Olivenbäume, Weintrauben am Haus waren ganz wichtig, gleich mal 100 000 weniger, bleiben 400 000 übrig, nochmal 20 000 für eine Harley, das war alles, bleiben 380 000, das reicht für ein paar gemütliche Jahre. In der Zeit dann noch als Schriftsteller bekannt werden und bis zum Ende auf der schönen Insel leben. Das war doch der perfekte Tagtraum, noch ein bisschen ausschmücken, das Übliche. Andreas notierte alles bevor er in die Badewanne stieg, das war alles ganz nach Kozlowskis Geschmack, das wusste er.

3.

Die ersten Seiten waren geschrieben, Kozlowski war stolz auf sich. Nicht, dass es sein erstes Projekt gewesen wäre, bei dem am Ende ein ganzes Buch dabei herauskommen sollte, nein, das hatte er schon gehabt. Aber die Dimensionen waren dieses Mal schon beeindruckend. Nägel mit Köpfen, das war das Motto. Das Leben war im Allgemeinen anstrengend, daran wollte er etwas ändern. Wort für Wort, Satz für Satz arbeitete er sich weiter voran, immer Richtung Süden, Richtung Meer und Strand. Kühle Drinks schlürfend sah er sich in einem riesigen Pool auf einer Luftmatratze treiben, unter Palmen, alles war perfekt. Eine Stunde blieb ihm heute noch zum Schreiben, dann musste er wieder los in den Getränkeladen. Er wollte wieder Lotto spielen, vielleicht konnte er so ja ein bisschen abkürzen, das wäre auch nicht schlecht. Kozlowski machte sich noch eine Tasse Tee und rauchte eine Kippe. Der Frühling kehrte langsam ein, das war auch gut so. Den ganzen Winter über hatte Kozlowski keine Motivation zum Schreiben gehabt, das wurde jetzt langsam wieder besser. Er hatte das Zeug dazu, davon war er überzeugt. Es gab eine Menge Müll in Buchform, bei anderen funktionierte das ja auch irgendwie. Er hatte eine Chance und die wollte er nutzen. Und Müll schrieb er nicht, er beschrieb lediglich den steinigen Weg von ganz unten nach ganz oben. Das war alles. Eine schöne Geschichte, wie er fand. Kozlowski stellte sich all die Leser vor, wie sie es sich abends auf dem Sofa gemütlich machten um noch ein paar Seiten von seinem Roman zu verschlingen. Seiten, die er jetzt erst einmal im Schweiße seines Angesichts in den PC hämmern musste. Eine halbe Stunde hatte er noch zum Schreiben, doch der Kopf war nicht frei, der war schon halb auf Arbeit und überhaupt. Kai Kozlowski beschloss, für heute Schluss zu machen. Ein Anfang war gemacht, dieser Anfang war gut, lieber früher los und noch Lotto spielen. Der aktuelle Lottojackpot lag mittlerweile bei vier Millionen Euro, das klang alles sehr verlockend.

4.

Was für ein Reinfall. Kozlowski war extra früher losgelaufen zur Arbeit, damit er noch schnell einen Lottoschein ausfüllen konnte, doch ganz so einfach war das nicht. In der Nähe des Getränkeladens war zwar ein Kiosk, wo er ab und zu seinen Tabak kaufte, doch Lotto spielen konnte man dort nicht. Jetzt wusste er das. Das nächste Mal musste er am Bahnhof vorbei oder in das große Einkaufscenter gehen, dort gab es einen Laden, wo man Lotto spielen konnte. Heute würde es ihm dafür nicht mehr reichen. Vorbei war der Traum von den vier Millionen. Morgen war Samstag, da kam er nicht in die Stadt. Nächste Woche dann, er musste alles besser planen, dann würde das schon klappen. Bis er heute fertig war mit arbeiten, konnte er nicht mehr spielen. Egal, dann eben ein anderes Mal. Viel mehr freute es Kozlowski, dass er an seinen freien Tagen endlich einmal Zeit gefunden hatte was zu schreiben. Die Trägheit des Winters war besiegt und heute sprühte er fast vor positiver Energie. Wenn er jetzt nicht arbeiten müsste, könnte er die nächsten Zeilen seiner Erfolgsgeschichte in den Computer hacken. Doch er hatte da schon eine Idee. Das Warten auf Kundschaft vertrieb sich Kozlowski normalerweise mit vielen Gedanken, die er sich zu allen möglichen Dingen machte, mit Träumen, die geträumt werden wollten und die nicht viel mit der Realität zu tun hatten. Dabei rauchte er eine Menge Zigaretten, die in unregelmäßigen Abständen schließlich in einer Flasche beim Leergut ihre letzte Ruhestätte fanden. Alles sinnlose Zeitverschwendung. Kai Kozlowski hatte noch viel vor und nachdem sich sein Kollege von der Frühschicht verabschiedet hatte, schnappte er sich das alte Klemmbrett und einen Kugelschreiber, Papier nahm er aus dem Faxgerät und schon konnte er seiner Kreativität wieder freien Lauf lassen. Er setzte sich auf das Fensterbrett bei der Heizung, bis sechzehn Uhr war nicht viel Kundschaft zu erwarten. Wenn er es wirklich schaffen würde, während der Arbeit zu schreiben, wäre das ja genial. Es kam jetzt in der Startphase des Projekts darauf an, dass man schnell Erfolge hatte und etwas liefern konnte. Kozlowski wusste, wie wichtig das für die ganze Mannschaft war, die an anderer Stelle jeden Tag für ihn und das Projekt kämpfte. Er wollte mit gutem Beispiel und vollem Einsatz vorangehen. Und das Beste kam ja noch, er hatte die nächsten zwei Tage frei, da konnte er alles abtippen und am Computer einfach weiter schreiben. Am Montag dann Mittwochslotto spielen und nächste Woche bei der Aufsichtsratsversammlung dann positiv berichtet, das war der Plan. Er verlangte das Maximum an Motivation für dieses Projekt, auch wenn er wusste, wie schwierig das manchmal sein konnte. Ein paar gute Nachrichten konnten da nicht schaden.

5.

„Oh Mann, ist das geil, Mann."
Günther blinzelte bei diesem Satz in die Sonne und musste nießen. Er und Karl waren sich einig, der Winter war jetzt bald vorbei, die Sonne schien am blauen Himmel und alles würde bald wieder blühen und gedeihen. Zwischen den bunten Bauwagen tobten die Hunde und die beiden Altpunks saßen am Lagerfeuer.
„Suliver will uns heute besuchen, er meint es gibt Neuigkeiten." Karl schob sich die halblangen und grün gefärbten Haare aus dem Gesicht.
„Bestimmt dieser Kozlowskiquatsch, das geht mir am Arsch vorbei." Günther suchte ein paar letzte Tabakkrümel zusammen und drehte sich eine Kippe
„Das Projekt hat ja jetzt begonnen, es gibt erste Erfolge, meint Suliver."
„Erfolge, ja. Die verkaufen einem doch alles als Erfolg. Glaubst du wirklich, dass diese Spinner damit durchkommen?"
„Keine Ahnung, ein kleines Wirtschaftswunder könnte nicht schaden. Davon profitieren alle."

14

„Davon profitieren die, die sowieso schon genug haben. Uns geht es doch nicht schlecht. Was brauchen wir da noch den Megaaufschwung?"

„Der Betrieb ist schuldenfrei, aber im Wohlstand leben wir ja nicht gerade." Die beiden Bauwagen standen auf dem weitläufigen Gelände, das zur Kunstfabrik gehörte.

„Also, ich brauch nicht viel zum Leben und du ja wohl auch nicht."

„Wir nicht, aber die große Mehrheit träumt vom großen Glück."

„Das ist nicht mein Problem, sondern deren Problem. Ich habe keine teuren Träume."

„Die schuften sich jetzt alle ab, da geht es uns hier draußen wirklich gut. Bin trotzdem mal gespannt, was Suliver zu berichten hat."

Karl stand auf und legte noch ein wenig Holz nach. Günther schnappte sich die Gitarre und spielte den Blues.

„Sei lieber froh, dass es bald wieder warm wird. Glaubst du, die ganzen Typen, die an dem Projekt mitarbeiten, haben Zeit, den Sommer zu genießen?"

„Glaub ich nicht. Kann uns aber egal sein."

Der weiße Border Collie fing an zu jaulen, er mochte keine Gitarrenmusik. Günther unterbrach sein Gitarrenspiel.

„Schnauze, lay down!"

6.

Karla zupfte an ihren langen schwarzen Haaren und hatte gute Laune, das lag auch mit an dem herrlichen Frühlingswetter draußen. Pfeifend erhob sie sich von ihrem Arbeitsplatz.

„Ich geh einkaufen, brauch noch Hasenfutter." Karla hatte einen Hund und drei Hasen, die bei ihr zuhause in einem riesigen Stall lebten.

Andreas schaute auf die Uhr.

"Schon halb eins. Dann mach ich jetzt auch Pause."

Karla schnappte ihren großen Rucksack, das war ihre Damenhandtasche, wie sie immer betonte.

„Dann bis später. Du musst auch raus und die Sonne genießen."

„Mach ich." Andreas hatte Hunger, er wollte etwas in der Kantine essen gehen. Schnell schrieb er den angefangen Absatz zu Ende, es ging um Details für einen neuen Tagtraum. Er stand auf und schnappte seine Jacke.

„Die brauch ich heute wohl nicht", sagte er zu sich selbst und hängte die Jacke zurück über den Drehstuhl. Es hatte über fünfzehn Grad draußen, geniales Wetter. Erst mal eine Zigarette rauchen. Auf dem Raucherbalkon war es schattig und noch recht kühl, doch in der Kantine heizte die Sonne, die durch die großen Fenster schien, den Raum gut auf. Im Sommer würden sie wieder alle draußen auf der großen Terrasse sitzen. Andreas bestellte sich das vegetarische Gericht, er wollte nicht jeden Tag Fleisch essen. Es gab einen Auflauf mit Nudeln und Gemüse. Über das Essen hier im Betrieb konnte man sich eigentlich nicht beklagen. Mit seinem Tablett in der Hand ging er zu einem der großen Tische.

„Hallo Kollege, was macht die Kunst?" Albert und noch ein paar andere von der Gedankenabteilung saßen schon beim Nachtisch und signalisierten ihm, dass er sich zu ihnen setzen solle.

„Mahlzeit!" Andreas stellte sein Tablett auf dem Tisch ab und setzte sich.

„Na ja, geht so. Kozlowski spielt ja jetzt ab und zu Lotto. Aber am Samstag hat er es wieder nicht geschafft." Andreas klang nicht gerade optimistisch.

„Wir haben auch zu kämpfen", meinte einer der Kollegen. „Kozlowski versucht jetzt, das Rauchen aufzuhören."

„Wie habt ihr das denn hingekriegt?" Es war allgemein bekannt, dass Kozlowski ein starker Raucher war.

„Er versucht es, wie gesagt. Wir haben ihm klargemacht, dass das die einzige Möglichkeit ist Geld zu sparen im Moment. Aber das ist natürlich eine ganz große Sucht."

„Das kenne ich", gab Andreas zu.

„Und wie lange hält er es ohne Zigaretten aus?"

„Gestern war der erste Tag, da waren es immerhin fünf Stunden. Wir haben in der Abteilung alle gewettet, dass er es nicht länger als eine Stunde durchhält."

„Dann gibt er sich Mühe?"

„Sieht so aus. Heute raucht er schon seit acht Uhr nicht mehr."

„Das heißt morgens raucht er noch?"

„Ja, Kaffe ohne Kippen geht noch nicht. Aber wir bleiben dran."

„Okay, ihr könnt mir ja mal das aktuelle Sparpotential schicken, dann berechne ich den wirtschaftlichen Anreiz und bau das mit in die Tagträume ein."

"Machen wir..." Albert hob den Daumen nach oben und die anderen von der Gedankenabteilung nickten.

Der Gemüseauflauf war wirklich lecker, nur noch etwas zu heiß. Kozlowski konnte durch Nichtrauchen bestimmt zwei- bis dreihundert Euro im Monat einsparen, das über einen Zeitraum von einem halben Jahr und die Realisierung eines kleineren Traums war drin. Nicht schlecht. Andreas war zufrieden mit dieser Neuigkeit. „Wir müssen", sagte Albert und Andreas wünschte ihnen noch einen schönen Tag.

7.

Die Hunde liefen bellend in Richtung Wald. Man hörte, wie sich ein Auto mit hoher Geschwindigkeit näherte.
„Das wird Suliver sein." Günther erhob sich von der Feuerstelle und erkannte den schwarzen Ford Ka seines Freundes.
„Der hat es aber eilig."
Karl kletterte aus seinem Bauwagen und hob die Hand zum Gruß. Suliver hupte kurz und parkte den Wagen etwas abseits.
„Hey, ihr Penner!"
„Sei gegrüßt, Meister Suliver!"
Die Begrüßung war kurz aber herzlich. Suliver war für die beiden Aussteiger die einzige Verbindung zur sogenannten allgemeinen Realität, sie lebten zurückgezogen in ihrer eigenen Welt hier draußen und hielten sich wenn dann an ganz eigene Gesetze. Suliver besuchte sie regelmäßig, versorgte sie mit dem Nötigsten und erzählte ihnen, was so abging in der Welt.
„Hast du Tabak dabei?" fragte Günther als erstes.
„Ich dachte, ihr baut jetzt euren eigenen Ökotabak an." Suliver machte es spannend.
„Den können wir doch erst im Herbst ernten, ich habe vorher die letzten Krümel weggeraucht." Günther machte sich sichtbar Sorgen um den Nachschub.
„Dann geht es eben mal einen Sommer lang ohne Tabak, ist sowieso viel gesünder."
„Verarschen kann ich mich selbst." Wenn es um Tabak und Bier ging, verstand Günther keinen Spaß.
„Tabak war ausverkauft." Suliver hörte nicht auf mit dem Spiel. Günther rüttelte an dem verschlossenen Kofferraum.
„Ist ja gut." Suliver wusste, dass er überreizt hatte und dass Günther gleich seine Axt holen würde, um den Kofferraum gewaltsam zu öffnen.

„Das war ein Spaß!"

„Scheiß Spaß, ich lach mich tot."

Suliver öffnete den Kofferraum. Dort stapelten sich jede Menge Bierdosen und einige Päckchen Tabak.

„Aldi hat jetzt Dosenbier im Sortiment."

„Das ist ja genial, wie früher."

„Aber schön die leeren Dosen sammeln, da ist Pfand drauf."

Günther schnappte sich ein Päckchen Tabak und kramte seine Blättchen aus der Hosentasche.

„Ich war schon voll auf Entzug", entschuldigte er sich bei seinem Freund.

„Schon gut, Papa lässt euch doch nicht im Stich."

Als Günther endlich eine brennende Kippe zwischen den Lippen hatte, war für ihn die Welt wieder in Ordnung.

„Was sagst du zu dem genialen Wetter?" wollte er von Suliver wissen.

„Fast schon Frühling, das ist gut."

„Das gibt einen Sommer wie aus dem Bilderbuch." Günther blies den Rauch aus der Lunge und klang sehr optimistisch.

„Kozlowski will jetzt mit dem Rauchen aufhören." Das war die erste Neuigkeit, die Suliver zu berichten hatte.

„Ich nicht."

Suliver musste lachen. Alles andere hätte ihn auch gewundert.

„Ich hab euch noch ein paar Dosen Ravioli mitgebracht und das Übliche."

„Du bist einfach der Beste." Gemeinsam trugen sie die Vorräte zu den Bauwagen. Günther öffnete sich ein Dosenbier.

„Auf Suliver!"

Karl machte es ihm nach.

„Auf Suliver!"

Sie setzten sich alle an die Feuerstelle und feierten das Leben. Suliver hatte sich wie immer auch etwas zu trinken mitgebracht, er stand nicht so auf Bier.

„Ihr könnt jederzeit einen Job anfangen, Kozlowski braucht alle verfügbaren Kräfte."

„Wir sind nicht verfügbar, das kannst du ihm ausrichten."

Suliver war gut mit Kozlowski bekannt und traf ihn ab und zu in der Stadt. Sie hatten schon das eine oder andere Projekt zusammen durchgezogen, doch nun machte Kozlowski sein eigenes Ding. Viel zu Mainstream, wie Suliver fand. Da machte er es doch lieber wie

Günther und Karl, die sich aus allem heraushielten, so gut es eben ging. Es wurde ein schöner Abend am Lagerfeuer, es wurde eine lange Nacht. Suliver legte sich irgendwann in Günthers Bauwagen, die beiden Anarchisten spielten noch lange ihre Freiheitslieder und andere Gassenhauer auf der Gitarre und irgendwie endete alles friedlich im Nebel der immer noch sehr frischen Nacht.

8.

Ein neuer Tag brach über der verschlafenen Vorstadt an. Immerhin war es jetzt um sechs Uhr morgens schon dämmrig. Kozlowski hatte das Gefühl, dass mit dem anbrechenden Frühling alles besser wurde. Er verzichtete bewusst auf die erste Kippe am Morgen, statt dessen nutzte er die Zeit, in der die verkalkte Kaffeemaschine laute Geräusche von sich gab und einen starken Kaffee produzierte, um Pläne zu schmieden. Das machte er sonst zwar auch, doch es ging eben auch ohne Zigarette. Als der Kaffee nach circa zehn Minuten durch war, setzte er sich mit der dampfenden Tasse auf sein altes Sofa und rechnete sich aus, wie viel Geld er durch Nichtrauchen jeden Monat sparen konnte. Er wusste aber auch, dass es sehr schwierig werden würde. Ein Päckchen Tabak am Tag anstatt zwei, das wäre schon mal ein guter Anfang. Kozlowski kam ins Grübeln und schweifte mit seinen Gedanken ab. Es war mal wieder Mittwoch und er wollte heute unbedingt Lotto spielen. Ganz automatisch drehte er sich eine Zigarette und zündete sie ohne Umschweife an. Zum Kaffe war das in Ordnung, wenn er dann bis zum Mittag keine mehr rauchen würde. Ein paar Mal hatte es schon ganz gut funktioniert, Kozlowski war zufrieden. Und auf alle unnötigen Ausgaben verzichten, das Konto schonen, das war auch ein guter Plan. Er schaute auf die Funkuhr. Um sieben Uhr musste er los zur Arbeit. Wenn es das Wetter zuließ, ging er zu Fuß. Kozlowski fuhr sowieso nicht gerne Bus. Das hatte verschiedene Gründe: zu oft unpünktlich, zu teuer, immer überfüllt. Ein eigenes Auto wäre da natürlich die perfekte Lösung, doch dafür musste er erst einmal das nötige Kleingeld zusammensparen. Mit einem klaren Ziel vor Augen hatte man auch die nötige Motivation, das war seine Meinung. Doch war es nicht sowieso alles Kleinkram, um den er sich hier kümmern musste? Vergaß er schon wieder, was für einen genialen Plan er eigentlich hatte? Schreiben musste er, sonst nichts. Dann würde er irgendwann schmunzelnd an die mageren Jahre in seiner verrauchten

Bude denken, während ihm gerade eine braungebrannte Bikinischönheit den dritten Drink in Folge an den Pool brachte. Ja, Kozlowski kommt! Das war die Parole, das war der Plan. Er war dabei, einen Bestseller zu schreiben und die ganze Kunstfabrik unterstützte ihn dabei. Er sah wieder auf die Uhr und seufzte leise. Noch war es nicht soweit. Er musste sich beeilen. In Windeseile leerte er seinen Kaffeebecher und zog sich die Winterjacke an. Noch war es sehr kalt morgens, zum Teil gab es noch Nachtfrost. Mit warmen Gedanken an den bevorstehenden Sommer ging er los zum Getränkeladen.

9.

Schon wieder waren einige Tage vergangen, in denen Kozlowski hätte schreiben können. Lotto hatte er zwar gespielt, letzten Mittwoch und zuletzt am Samstag, doch leider waren nur zwei Richtige ohne Superzahl dabei. Dafür gab es nicht einmal einen Trostpreis. Wenn das so weiter ginge, wäre alles eher ein einziges riesiges Verlustgeschäft. Die Wahrscheinlichkeit auf einen Sechser im Lotto wollte Kozlowski im Moment jedenfalls nicht berechnen. Hatte er etwa schlechte Laune? Bei diesem genialen Wetter? Draußen schien die Sonne am blauen Himmel, es war Dienstag und er hatte frei. Keine Getränkekisten schleppen, kein Leergut sortieren, keine Flaschenregale abstauben. Eigentlich war es der perfekte Tag. Kozlowski wollte ihn nutzen um endlich einmal wieder ein paar Zeilen zu schreiben. Er schaltete den Computer an und holte sich ein abgelaufenes Naturradler. Abgelaufene Getränke durfte Kozlowski immer mit nach Hause nehmen, das machte den Job im Getränkeladen durchaus interessant. Er setzte sich an den Computer und las sich das letzte Kapitel noch einmal durch. Dazu rauchte er eine Kippe. Der Plan mit dem Nichtrauchen war bis auf weiteres verschoben, an freien Tagen wollte Kozlowski sowieso nicht auf das Befriedigen seiner Sucht verzichten. Genüsslich nahm er einen tiefen Zug, behielt den Rauch lange in der Lunge und blies ihn dann schließlich in kleinen Ringen zur Decke. Dann nahm er einen Schluck kaltem Radler, alles war perfekt. Auch die Geschichte gefiel Kozlowski bis jetzt ganz gut. Er musste sich jetzt nur aufraffen und weiter schreiben. Kozlowski drehte sich noch eine Zigarette und nahm noch einen Schluck Bier.

10.

Und ich erzähle euch jetzt, wie dieser Tag dann geendet hat. Kozlowski leerte die ganze Kiste Bier, die ersten drei Flaschen trank er noch mit dem guten Vorsatz etwas schreiben zu wollen auf dem klapprigen Drehstuhl vor seinem Computerbildschirm, hin und wieder tippte er einzelne Wörter auf das schrecklich weiße Blatt vor ihm, Wörter, die er dann bald darauf auch wieder löschte. Nach dem dritten Radler wurde ihm das Ganze zu blöd, außerdem war dieser Drehstuhl wirklich nicht bequem und so beschloss er, die nächsten Stunden auf dem Sofa zu verbringen. Sehr viel mehr ist dann auch nicht mehr passiert an Kozlowskis freiem Tag, Günther bepisste sich derweil vor Lachen und der ganze Laden fiel irgendwie auseinander. Ich sitze jetzt hier an Kozlowskis Stelle auf dem klapprigen Drehstuhl und übernehme das Schreiben. Ob ihm das gefällt oder nicht ist mir egal. Ich bin schon oft eingesprungen und werde wohl auch heute wieder versuchen, den Schaden in Grenzen zu halten. Mir gefällt die Geschichte bis hier her auch ganz gut, ich erkenne das Großartige und vielleicht schon Geniale an der Sache und helfe Kozlowski mal eben, sein großes Ding auch durchzuziehen. Doch ich muss an dieser Stelle auch mal einiges klarstellen, die Gelegenheit dazu ist günstig. Kozlowski ist der Chef einer großen Firma, man nennt sie auch die Kunstfabrik. Sie deckt viele Bereiche ab, unter anderem entsteht gerade ein Film, eine Art abgedrehter Kunstfilm, der die Musik der Band Belladonna visualisieren soll. Kozlowski machte seit Jahren mit befreundeten Musikern CDs, ob es sich dabei um echte Musik handelte, war allerdings umstritten. Viele konnten mit den hemmungslosen Sound- und Lärmkollagen nichts anfangen. Alles, was in Kozlowskis Kunstfabrik unter seiner Führung entsteht, ist irgendwie sehr abgedreht, dieses Buch übrigens auch. Dieses anders sein als alles andere ist wohl das Markenzeichen dieser Firma, die in Zusammenarbeit mit diversen unbekannten Künstlern schon einiges zustande gebracht hat. Erfolge wurden bisher jedoch meistens im Untergrund gefeiert. Kozlowski will das nun ändern, er scheut nicht das grelle Rampenlicht und verfügt aufgrund einer psychischen Deformation über ein gesteigertes Maß an Kreativität. Er selbst nennt das Genialität, darüber lässt sich gewiss streiten, doch seinen Plan, als Schriftsteller erfolgreich zu werden, unterstütze ich gerne. Nur vergisst Kozlowski leider, dass seine Kunstfabrik nur ein Tochterunternehmen eines noch viel größeren und sehr komplexen Konzerns ist, dessen Manager ich bin. Ich bin Kozlowskis Chef. Und wenn er schreibt, er geht jetzt arbeiten, dann stimmt das nicht ganz. Ich gehe arbeiten und Kozlowski darf mich begleiten. Er soll sich ein Bild der notwendigen Realität machen und Eindrücke sammeln, die er dann künstlerisch verarbeiten kann. Das vergisst er bisweilen alles, bringt Sein und Schein durcheinander und strickt daraus seine abgedrehten Geschichten. Solange ich noch dafür zuständig bin, dass der Laden läuft, solange Kozlowski nicht zufällig im Lotto gewinnt oder wir von seiner Kunst leben können, solange bleibe ich der Chef des Ganzen. Manchmal gibt er sich Mühe, manchmal scheitert Kozlowski aber auch an anarchistischen Mustern, die in seiner kranken Psyche ebenso Platz gefunden haben wie seine vielleicht genialen Ideen. Der Leser von morgen wird über das weitere Schicksal von Herrn Kozlowski entscheiden, nicht ich. Ich lasse ihn machen, solange er selbst an sich glaubt. Nur glaubt ihm nicht alles, was er so von sich gibt, gerne geht die Fantasie mit ihm durch. Gerne wäre er der Chef von dem ganz großen Laden und ich weiß nicht, ob es in jedem Fall gut wäre, wenn all seine fantastischen Träume Wirklichkeit werden würden. Soviel zu Herrn Kozlowski und seinen Geschichten. Soviel zum Verständnis für den Leser. Wir lassen ihn jetzt schön seinen Rausch ausschlafen auf dem Sofa und ich gebe noch schnell der Gewissensbehörde Bescheid, Kozlowski muss kapieren, dass es bei allem ein gewisses Maß an Selbstdisziplin braucht, wenn man Erfolg haben will. Er muss mehr schreiben, um seinen Traum zu verwirklichen. Sonst wird das nichts. Gute Nacht.

11.

Der Wecker riss Andreas aus einem unruhigen Schlaf. Leider hatte er keine eigene Abteilung für Schlafträume, sonst hätte er sich jetzt beschweren können. Mühsam erhob er sich aus seinem Bett und stolperte in Richtung Bad. Es dauerte immer, bis warmes Wasser kam und so machte er die Dusche an und betrachtete sich im Spiegel. Der Bart wucherte, doch auf rasieren hatte er im Moment gar keine Lust. Außerdem waren Bärte gerade im Trend. Er stellte sich unter die Dusche und ärgerte sich, dass er schon wieder vergessen hatte, die Kaffeemaschine zuerst anzuschalten. Das kostete ihn jeden Morgen wertvolle Minuten. Egal. Es war schon Mittwoch, die halbe

Arbeitswoche war quasi schon wieder rum. Nach dem Duschen zog er frische Klamotten an und stellte fest, dass er dringend mal wieder Wäsche waschen sollte. Das Leben war eben kein Zuckerschlecken, er schüttelte den Kopf über diese Metapher und machte sich Kaffee. In der Zeitung gab es nicht viel Neues, kleinere Katastrophen und der tägliche Wahnsinn. Andreas öffnete das Küchenfenster und ein Luftzug verschaffte ihm eine angenehme Abkühlung. Gestern wurde zum ersten Mal in diesem Jahr die 25 Gradmarke erreicht, der Sommer klopfte an die Tür. Doch bis zum Wochenende waren schon wieder Schauer angesagt. Zum Kaffee rauchte Andreas seine erste Zigarette und auf dem Weg zur Arbeit noch eine. Pünktlich um acht kam er zum Stempeln, der Pförtner grüßte ihn höflich und Andreas nahm den Fahrstuhl nach oben. Karla saß schon an ihrem Rechner und schenkte ihm ein verschlafenes Lächeln.

„Dann mal sehen, was uns dieser wunderbare Tag bringt." Andreas hob die Hand zum Gruß.

„Ich weiß es schon." Karla klang bei diesem Satz noch mürrischer als sonst um diese Uhrzeit.

„Warum? Was liegt an?"

„Kozlowski hat neues Geld zur Verfügung, bezahlte Überstunden."

„Das ist doch erst mal nicht schlecht." Andreas konnte sich denken, dass es bei der Sache wieder einen Haken gab.

„Kozlowski will sparen, kein Zugriff auf das Konto. Weißt du, was er vorhat?"

Andreas überlegte kurz. Allzu viel war zuletzt nicht auf Kozlowskis Konto und dass er jetzt wegen ein paar Überstunden richtig reich geworden wäre, glaubte er auch nicht.

„Ich tippe auf einen fahrbaren Untersatz."

„Warst du das?" Karlas Laune wurde nicht besser.

„Na ja, wir haben mal bei Autoscout Autos zwischen 1000 und 2000 Euro angeschaut, nur so zur Information."

„Das sind Beträge, die fallen in meinen Bereich. Du sollst dich doch um die großen Träume kümmern." Karla war sichtlich angepisst.

„Dann kann ich ja gleich wieder heimgehen, wenn du jetzt meinen Job erledigst."

„Tut mir leid, das hat sich so ergeben. Kümmer mich auch gleich wieder um meinen Scheiß. Weißt du, wie hoch der Jackpot heute ist?"

Karla zog die Augenbrauen nach oben und wirkte genervt. „Fünfzehn Millionen."

Andreas pfiff anerkennend. Das war ja mal ein nettes Sümmchen. Also nichts wie ran an die Arbeit, mit fünfzehn Millionen würde er Kozlowski schon zum Spielen bringen.

12.

Kozlowski tastete im Halbschlaf nach dem Wecker. Was war los? „Oh, Scheiße, Mittwoch, ich muss früh arbeiten." Ein Ruck ging durch Kozlowski, ein Ruck, der sogar sein benebeltes Gehirn erreichte. Alarmstufe Rot. Es war sechs Uhr morgens, er hatte den Wecker gestellt. Mittwoch. Und warum zum Teufel fühlte er sich so beschissen? Ganz langsam fiel es ihm wieder ein. Ein Blick auf die fast leere Bierkiste genügte. Der Ohnmacht nahe schloss er schnell wieder die Augen und ließ seinen Kopf zurück in die Kissen fallen. Er wollte gestern an seinem freien Tag eigentlich schreiben, stattdessen hatte er sich nur ein weiteres Mal sinnlos besoffen.
„Da musst du durch...." Die Stimme im Kopf klang heute sehr fremd. Kozlowski rappelte sich auf, der Weg ins Bad war nicht einfach, er musste über dreckige Klamotten und anderen Müll steigen. Was war los? Egal. Ein bisschen Wasser ins Gesicht und unter die Arme, Zähne putzen, alles Routine. Und dann wäre ein starker Kaffee nicht schlecht. Sein betäubtes Gehirn fing an zu arbeiten und es fiel ihm wieder ein, dass der Kaffee alle war. Leise zu stöhnen half meistens in solchen Fällen. Kozlowski entschied sich für eine Tasse Pfefferminztee, den hatte er noch vom Winter übrig. Was machte eigentlich das Wetter? Kozlowski zog den Rollladen nach oben und freute sich, dass die Sonne an einem klaren Himmel aufging. Wenigstens was. Zum Glück hatte er nicht verschlafen und auf dem Weg zur Arbeit würde er schon wieder zu sich kommen. Mittwoch. Er musste auch den aktuellen Jackpot rauskriegen. Aber das hatte Zeit, bis er im Laden war, spielen könnte er nach der Arbeit. Kozlowski schnappte seine warme Jacke und zog sich die ausgelatschten Turnschuhe an. Unterwegs bremste er beim Bäcker und holte sich was zu beißen.
„Was machen die denn schon hier?" Von weitem schon sah Kozlowski, dass der Getränkelaster schon auf dem Hof stand. Mittwochs kam immer eine Lieferung, doch so früh war ungewöhnlich. Kozlowski schaute auf die Uhr. Noch nicht mal acht. „Die können mich mal." Kozlowski setzte sich auf eine Parkbank und rauchte noch schnell eine Zigarette, ehe er die letzten hundert

Meter zu dem Getränkeladen hinter sich brachte. Volltreffer! Der ganze Hof stand schon voll mit Paletten, fünf, nein sechs Paletten. Der Tag fing gut an, das musste man sagen. Irgendwie schaffte es Kozlowski bis um neun einigermaßen Ordnung in das Chaos zu bringen, der LKW war wieder weg und hatte auch wieder sechs Paletten Leergut mitgenommen. Jetzt hatte er wenigstens wieder Platz auf dem Hof. Lustlos brachte er die Ware an seinen Platz und bediente nebenher die ersten Kunden. Es wurde halb elf bis alles mit der Lieferung erledigt war. Jetzt endlich hatte Kozlowski Zeit etwas zu essen und nach dem Jackpot zu schauen. Der letzte Bissen blieb ihm fast im Halse stecken. Kozlowski traute seinen Augen nicht. Fünfzehn Millionen. So viel war noch nie im Jackpot, seit er ab und zu Lotto spielte. Das durfte er sich nicht entgehen lassen. Er malte sich aus, was man mit so viel Kohle alles machen könnte, wurde aber schnell wieder auf den Boden der Realität zurückgeholt. Draußen war ein Transporter vorgefahren und der Kunde stapelte schon kistenweise Leergut aus dem Kofferraum. Kozlowski raffte sich auf und erledigte seine Arbeit vollends gewissenhaft, bis dann endlich Feierabend war.

13.

Es war jetzt kurz vor neun, Kozlowski war müde und hätte fast vergessen, nach den Lottozahlen zu schauen. Mittags war er nach der Arbeit direkt zum Bahnhofskiosk gegangen und hatte dieses Mal sogar vier Felder gespielt. Bisher waren es immer nur zwei Felder gewesen und somit hatte sich seine Gewinnchance quasi verdoppelt. Diese auszurechnen ergab jedoch wenig Sinn, bei Lotto handelte es sich um ein reines Glücksspiel und die Sache war somit ziemlich unberechenbar. Er bräuchte also nur etwas Glück, es war eigentlich ganz einfach. Er fuhr den Rechner hoch und rauchte noch schnell eine Zigarette. Es ging um fünfzehn Millionen, eine brutale Summe, wie er fand. Selbst ohne Zusatzzahl gäbe es bestimmt noch ordentlich Kohle. Die Vorfreude auf Reichtum und Glück wich jedoch schnell der vorhersehbaren Enttäuschung. Wieder zwei Richtige ohne Zusatzzahl, ein Griff ins Klo. Kozlowski fuhr den Rechner wieder runter und genehmigte sich ein letztes Feierabendbier. Er hatte da eine Idee. Auf seinem Konto hatte er im Moment viel Geld, er könnte sich auch mal wieder etwas leisten. Etwas Kleines natürlich, den Umständen entsprechend und wie immer sehr bescheiden, wie es so seine Art war. Aber immerhin. Mit einem kleinen Traum, der vielleicht schon bald in Erfüllung gehen würde, ging er glücklich und zufrieden ins Bett.

14.

Es war ein kalter Morgen, die Sonne schien zwar schon sehr verheißungsvoll am blauen Himmel, doch die Temperaturen lagen nur knapp über dem Gefrierpunkt. Außerdem war es Montag, wie immer nach einem erholsamen Wochenende fiel es Andreas nicht leicht, wieder Fahrt aufzunehmen, sich der Arbeit hinzugeben und neue Tagträume zu schmieden. Dabei lag der aktuelle Jackpot für den kommenden Mittwoch schon bei unglaublichen 21 Millionen, wie er soeben in Erfahrung gebracht hatte. Es war schon kurz vor neun, als Karla gut gelaunt das Büro betrat.
„Wie war dein Wochenende?"
„Kurz aber gut."
„Und so gute Laune?"
Karla pfiff ein lustiges Lied während sie ihren Rechner in Gang setzte
„Kozlowski hat sich ein Netbook gekauft." Karla klang zufrieden.
„Wie hast du das denn angestellt? Ich dachte, das Konto ist zurzeit tabu."
Karla grinste überlegen.
„Ich habe mit jemandem von der Vernunft telefoniert, die haben Kozlowski ganz schnell die Sache mit dem billigen Auto ausgeredet."
„Ach was."
„Zu teuer im Unterhalt, Steuer, Versicherung, Benzin, Reparaturen und so weiter."
„Nicht schlecht. Und für was braucht er ein Netbook?"
„Na zum Schreiben natürlich, für unterwegs."
„Also geht er jetzt richtig ab." Das war für das ganze Projekt natürlich von Nutzen. Andreas erzählte Karla von dem aktuellen Jackpot, doch sie meinte, dass das mit den Lottospielen sowieso alles Quatsch sei. Sie nannte Andreas noch einmal die theoretische Gewinnchance und machte sich dann daran, wieder kleinere Träume vorzubereiten. Auch Andreas machte sich an die Arbeit, er wollte eine spannende Weltreise ausarbeiten.

15.

In der Ferne hörte man die Kirchturmuhr schlagen, es war zehn Uhr, ein schöner sonniger Frühlingsmorgen ging langsam in einen ebenso sonnigen und schon etwas wärmeren Vormittag über. Die Bauwagentür öffnete sich mit einem Ruck und die beiden Hunde hechteten mit einem beherzten Sprung und mit lautem Gebell ins Freie. Hier draußen konnten sie nach Herzenslust springen und toben. Bei Karl drüben waren noch alle Fensterläden geschlossen und Günther machte in aller Ruhe ein kleines Feuerchen im Ofen. Bis Karl vom Gebell der Hunde wach war, würde schon der allmorgendliche Kaffee in den dreckigen Bechern dampfen. Sie waren nach all den Jahren in der Wildnis schon ein gut eingespieltes Team und sie meisterten ihren Alltag im Wechsel mit den Jahreszeiten. Heute standen Gartenarbeiten auf dem Programm. Wie jedes Jahr wollten sie wieder Gemüse anbauen, auch ein paar Blumen und vielleicht noch die ein oder andere Graspflanze. Suliver wollte vorbeikommen und mit ihnen in die nahegelegene Gärtnerei fahren. Das Wetter war perfekt um draußen zu arbeiten und Günther hatte einfach gute Laune. Mit dem Kaffee in der Hand ging er rüber zu Karl.

„Aufwachen, alte Hütte!"

„Ist ja gut." Karl öffnete seine Bauwagentür und nahm den Kaffee dankend entgegen. Sie besprachen, was sie heute alles besorgen und erledigen wollten und machten es sich in der angenehmen Sonne an der Feuerstelle gemütlich.

16.

Kai Kozlowski hatte gute Laune. Es war Dienstag und er hatte frei. Die Kaffeemaschine röchelte und spuckte stoßweise die duftende dunkle Brühe in die staubige Kanne. Kozlowski nahm sein neues Netbook und stellte es vor sich auf den Glastisch. Vor kurzem hatte er erfahren, dass die Kunstakademie in der Stadt auch Teilzeitstudiengänge anbot. Wenn er schon einen Teilzeitjob hatte, warum sollte er dann nicht auch teilzeitmäßig studieren? Er hatte sich bereits über das Angebot der Kunstakademie informiert und eine E-Mail mit der Bitte um ein Beratungsgespräch dorthin geschrieben. Das war gestern gewesen und nun hoffte er, eine Antwort in seinem Posteingang zu finden. Mit dem neuen Windows kam er noch nicht ganz zurecht, doch nach ein paar Versuchen war er auf der richtigen Seite gelandet. Er schenkte sich einen Kaffee ein und setzte sich wieder an den Tisch. Drei neue E-Mails. Einmal Werbung von Amazon, ein Kontaktangebot einer ihm völlig unbekannten Frau und die Antwort der Kunstschule.

„...kommen Sie doch am Mittwoch um 10 Uhr zu mir ins Sekretariat. Mit freundlichen Grüßen..." Das war es, was er hören wollte. Morgen musste er erst nachmittags arbeiten, also passte der Termin perfekt. Eine Mappe mit einigen wie er fand gelungenes Werken hatte er bereits vorbereitet, die würde er morgen einfach mal mitnehmen. Dann mal hören, wie so ein Teilzeitstudium ablief und dann... Kunst zu studieren war schon immer sein Traum gewesen, jetzt hatte er vielleicht die Gelegenheit dazu. Schnell wieder raus aus dem Internet, das war nicht so sein Ding. Für vieles sehr nützlich, doch oft auch einfach unnötig kompliziert, wie er fand. Er nahm einen Schluck Kaffee und gönnte sich eine Zigarette. Er wollte ein bisschen weiter schreiben. Dazu hatte er diese wunderbar handliche Schreibmaschine schließlich gekauft. Kozlowski öffnete das Worddokument und überflog die letzten Zeilen, die er am Abend zuvor noch in die Maschine getippt hatte. Schnell fand er wieder Anschluss an die Geschichte und schrieb munter weiter. Erst gegen Mittag gönnte er sich eine Pause. Es war Dienstag und er wollte noch Lotto spielen. Der Jackpot betrug diese Woche die unglaubliche Summe von 21 Millionen, mehr als genug, das stand fest. Kozlowski zog seine alten Turnschuhe an und ging hinaus in die warme Sonne. Es hatte um die zwanzig Grad und Kozlowskis Laune war nach wie vor sehr gut. Vielleicht könnte er ja als millionenschwerer Vollzeitstudent diesen Sommer genießen. Oder er würde erst einmal... Kozlowski träumte die Träume aller Lottospieler bis er schließlich vor dem Bahnhofskiosk stand. Hatte er überhaupt noch genügend Geld zum Lotto spielen? Der Blick in die Geldbörse war ernüchternd. Zum Spielen würde es schon noch reichen, doch arg viel mehr war dann heute nicht mehr drin. Kozlowski hatte im Moment keinen Hunger und ein Tag ohne Bier würde ihm sicher auch nicht schaden. Tabak hatte er noch. Also ging er zu dem Lottoregal und füllte seinen Schein aus. Vier Felder bei so einem Jackpot mussten schon sein, das konnte er sich auch gerade noch leisten. Völlig pleite für diesen Tag lief er den Weg zurück. Morgen könnte er dann wieder Geld abheben, Kozlowski hatte ein tägliches Budget zur Verfügung, an das er sich auch meistens hielt.

Das restliche Kleingeld, das er noch hatte, reichte sogar noch für eine Dose Bier an der Tankstelle und somit war dann der Tag für ihn gerettet. Zuhause könnte er dann noch Spaghetti mit Ketchup machen, solche Dinge fanden sich immer, wenn man die Küche nur einmal gründlich durchsuchte. Kozlowski machte es sich im Schatten auf einer Parkbank gemütlich und drehte sich eine Zigarette. Das Bier in der Dose war angenehm kühl und er genoss diesen freien Tag in vollen Zügen. Kozlowski trank langsam und malte sich aus, was man mit 21 Millionen alles anstellen könnte.

17.

Andreas wusste vor Kozlowski, dass es mit den 21 Millionen leider nichts werden würde. Gerade war die Ziehung zu Ende und mehr als zwei Richtige pro Feld waren wieder nicht dabei. Andreas fuhr seinen Rechner herunter und schloss die Bürotür hinter sich. Das wäre ja auch zu schön gewesen. Andreas sah es schon vor sich. So ein Gewinn und alles, der komplette Laden, müsste mal wieder neu strukturiert werden. Für treue Dienste und gute Arbeit wäre ihm dann ein besserer Job sicher. Bis dahin war es natürlich noch ein weiter Weg. Kozlowski würde die nächsten Jahre weiter erfolglos Lotto spielen und die einzige Chance auf Erfolg war eben dieses Buch, das Kozlowski gerade schrieb. Andreas machte es etwas misstrauisch, dass der Anfang des Buches, der ja bereits geschrieben war, gar nicht für die Mitarbeiter einzusehen war. Irgendwie war das Buch Chefsache. Aber solche Sachen passten zu dem ganzen System Kozlowski, nie ganz logisch und stellenweise ziemlich undurchsichtig. Andreas setzte sich in seinen Wagen und dachte an all die kleinen, bescheidenen Träume, die das Leben lebenswert machten. Kozlowski träumte im Moment vielleicht nur von einem kühlen Bier und einer Zigarette, schön gemütlich auf dem Sofa und gut. Andreas hatte für heute auch nichts anderes mehr vor. Früh ins Bett und morgen dann wieder etwas bescheidenere Tagträume fabrizieren.

18.

Kozlowski saß mit seinem Netbook auf der Bank vor dem Haus und schrieb noch ein paar Zeilen. Es war Sonntag und eine eher erfolglose Woche ging zu Ende. Im Lotto hatte er kein Glück gehabt, die Ziehung war ja am Mittwoch gewesen und am Donnerstag hatte Kozlowski seine Zahlen mit den Gewinnzahlen verglichen. Zwei Richtige, für mehr hatte es auch dieses Mal nicht gereicht. Und auch das Gespräch in der Kunstschule war eher ernüchternd gewesen. Es bestand zwar die Möglichkeit, einzelne Kurse zu besuchen, das kostete nicht allzu viel und wäre finanzierbar, doch einen Abschluss konnte er sich nur mit einem Vollzeitstudium erarbeiten, das war dann natürlich teurer und derzeit eher schwierig. Neben dem Studium müsste er weiter im Getränkeladen arbeiten und das wenige Geld wäre dann einfach weg. Das war alles nicht so optimal. Kozlowski kam zu dem Schluss, dass er seine gesamte Energie in das Schreiben stecken sollte, damit könnte er vielleicht irgendwann Erfolge feiern. Falls es irgendwann doch mit einem Lottogewinn klappen sollte, könnte er sich die Sache mit dem Kunststudium ja noch einmal überlegen. Kozlowski tippte ein paar Zeilen, dann rauchte er wieder eine Zigarette. Heute hatte er es mal wieder dreieinhalb Stunden ohne Rauchen geschafft, doch vom Aufhören war er noch weit entfernt, das war ihm klar. Und auch die Suche nach einem besseren Job betrieb er nicht mit viel Engagement. Eigentlich war er ganz zufrieden damit, wie sein Leben verlief, ohne allzu viel Stress in überschaubaren Bahnen. Kozlowski wollte heute früh ins Bett, morgen müsste er wieder früh raus und arbeiten. Er tippte noch einen letzten Satz und rauchte noch eine letzte Kippe. Er freute sich darauf, gleich ein paar Stunden in der Welt der Träume verbringen zu können. Kozlowski klappte sein Netbook zu und wünschte allen eine gute Nacht.

19.

Grün schimmerte der Himmel über Nordland. In der Ferne rauschte das Meer und ein eisiger Wind fegte die letzten Blätter von den Bäumen. Die Jungs vom Sägewerk bekamen ihr Bier in zerbrochenen Krügen und das Kind fiel dabei nicht nur einmal in den Brunnen. Die Bedienung huschte wie ein dunkler Schatten im langen Gewand über die steinerne Terrasse und summte dabei ein trauriges Seemannslied. Jack der Pirat baumelte gemütlich an seinem Galgen im Hintergrund. Die wenigen Kerzen brannten flackernd in den dreckigen Gläsern und beleuchteten die Szene, alles wurde von ihrem schwachen Schein in ein schummriges Licht getaucht. Ibis

Samma betrat den Garten, an seinen Stiefeln klirrten die Sporen.

„Seid gegrüßt Brüder zur Sonne!"

„Sei gegrüßt du Hüter des heiligen Grals!" Der bärtige Kapitän erhob sich geschmeidig und umarmte den Neuankömmling.

„Dann sind wir ja vollzählig."

In der Küche der Gaststätte zählte derweil Diego Zamora seine Kräuter, er war der Chef dieser Spelunke und wollte seinen Gästen etwas Besonderes zu trinken anbieten.

„...41, 42, 43. Alles da zum Glück." Er zog an seiner dicken Zigarre und blies den Rauch zur geschwärzten Decke der Küche.

„Geh in den Stall und hol einen Eimer voll Milch!"

Micki, der junge Koch, stellte seinen Humpen auf den großen Tisch und wischte sich den Mund an seiner dreckigen Küchenschürze ab.

„Gibt es heute wieder Zaubertrank?" Micki grinste und ging in den Stall. Nur wenige Gäste kamen in den Genuss dieser Mixtur aus Kräutern und Schnaps, die mit Milch verdünnt serviert wurde. Diego Zamora nahm einige Flaschen vom Regal und pustete den Staub darauf weg. Es war ihm eine Ehre, den zwölf Aposteln oder wie sie sich nannten, einen unvergesslichen Abend zu bescheren. Er selbst nippte an der ersten Flasche und teste deren Inhalt auf seine Qualität.

Auf der Terrasse grölte die fröhliche Runde derweil ihr erstes Sauflied. Der Kapitän spielte auf einer fünfsaitigen Gitarre und Ibis Samma entlockte seinem Diggeridoo mystische Töne dazu.

„...auf des Totenmannskiste – yoho – yoho – und eine Buddel voll Rum!"

Alle lachten und erhoben ihre Krüge.

„Auf die Kunst!"

„Auf den größten Deckel des Universums!"

„Auf Eddy the Eagle!" Alle lachten und prosteten sich zu. So jung würden sie nie wieder zusammenkommen.

„Jungs, alles klar bei euch?" Micki kam mit einem großen Krug auf die Terrasse. Man gab zu verstehen, dass alles klar sei.

„Nicht mehr lange, jetzt gibt es 43er mit Milch, Spezial..." Die Runde sah ihn fragend an und Micki lachte.

„Ihr müsst schon erstmal austrinken, sonst kann ich ja nichts einschenken." Die zwölf heiteren Gesellen von der gar nicht traurigen Gestalt ließen sich das nicht zweimal sagen.

„Ex oder Arschloch!" Der Kapitän setzte zum finalen Schluck an. Die anderen folgten tapfer seinem Beispiel und als der Letzte seinen leeren Krug auf den Tisch geschmettert hatte, kam die Frage auf, was 43er mit Milch denn sei.

„Das ist gut das Zeug, das hab ich schon mit Meister Eichkorn in Los Lobos ehemaliger Kneipe zu mir genommen." Der Kapitän hörte sich überzeugend an und alle waren gespannt auf den weißen Drink.

„Der erste ist auch relativ harmlos, aber wenn ihr probiert habt, wollt ihr bestimmt mehr davon." Micki grinste diabolisch und alle lachten. „Dann mal her mit der Plörre…"

Micki machte mit seinem großen Krug die Runde und schenkte allen ein, sich selbst füllte er auch einen Humpen.

„Den hat mein Chef selbst gemischt, der weiß, wie das geht. Und heute gibt es sogar die Spezialmischung…"

Diego Zamora nahm in der Küche die Sanduhr vom Regal und drehte sie um. Sein Spezial würde in wenigen Minuten zu wirken beginnen. Von draußen hörte man das Klirren der Krüge und nur Micki wusste, auf was sie sich alle eingelassen hatten. Mit dem scharfen Küchenmesser machte der Chef der Spelunke schon mal zwölf Ritzen in die hölzerne Wand.

„Die erste Runde ist durch, ich mach jetzt Feierabend, Chef." Micki legte grinsend seine dreckige Küchenschürze ab und winkte noch kurz, bevor er die steile Treppe nach oben in die Wohnung nahm.

43 Kräuter, eines besser als das andere. Seine Mischung war legendär. Der Wirt musste grinsen. Noch nie gab es Beschwerden, im Gegenteil, die Gesellen da draußen konnten sich auf eine lange Nacht einstellen.

„…und Meister Eichkorn hat dann einfach noch einen zweiten 43er mit Milch bestellt. Es war ja schon damals alles irgendwie all inclusive. Doch richtig erwischt hat es ihn dann in Spanien. Da verlor er drei Viertel seiner Flotte und trank danach ein halbes Jahr keinen Tropfen mehr." Der Kapitän unterhielt seine Gefährten mit lustigen Geschichten und als das Bier alle war, das alle dazu tranken, war man sich schnell einig, dass man noch einen 43er Spezial trinken sollte. Schon huschte die Bedienung herbei und vernahm den Wunsch. Die See war stürmisch in dieser Nacht und es ging auf und ab. Eine Windböe peitschte den einsetzenden Regen auf das Aquarell des Meisters, die frischen Farben zerflossen und manifestierten Chaos und Urgewalt in neuer Gestalt. Die trunkenen Gestalten gingen allesamt in die kleine Gaststube. Das Problem des Betrachters war am Ende nur, dass es mehrere Meister gab, das skizzierte und gemalte Bild änderte lediglich seine Gestalt. Sulamith kam mit

Engelsflügeln von der geschwärzten Decke geflogen und segnete das Bild, welches draußen im Regen mutierte. Der Kapitän kannte kein Zurück.

„Setzt alle Segel, mit dem Sturm voraus!"

20.

Steve kletterte etwas unbeholfen über den großen Stein und hangelte sich doch geschickt über die langen Blätter der Wasserpflanze bis ganz nach oben auf das Filtergehäuse. Steve war ein prächtiger Flusskrebs, der richtig was hermachte in dem großen Aquarium. Sein auffällig roter Körper zog das Auge des Betrachters unwillkürlich an und es machte Spaß, Steve beim Klettern zu beobachten. Leider hatte ich nicht die Zeit, dieses Schauspiel länger zu genießen. Draußen saß Kai Kozlowski und rechnete mit einem doch eher unangenehmen Gespräch über seine weitere Zukunft im Unternehmen. Vielleicht rechnete er auch mit einem richtigen Anschiss, vielleicht hatte er auch Angst, dass ich ihn einfach kündigen würde. Um ehrlich zu sein, wusste ich zu diesem Zeitpunkt selbst nicht genau, wie es weitergehen sollte. Ich war der Chef und musste mir etwas einfallen lassen, den Karren mal wieder aus dem Dreck ziehen, den andere an die Wand gefahren hatten. Ich gönnte mir noch eine Filterkippe und ein Gläschen Irish Cream. Sollte Kozlowski ruhig noch ein bisschen schmoren da draußen. Schließlich war er maßgeblich für die aktuelle Schieflage verantwortlich, ich hatte ihm vielleicht zu viele Freiheiten gegeben und ihm zu viel zugetraut. Um ehrlich zu sein, war ich schon etwas enttäuscht. Ich stellte mir vor, ich wäre der Boss von einem großen Drogenkartell und einer meiner besten Leute hätte versucht, mich zu verraten. Dann wäre die Sache klar und ich müsste mich nur für eine von vielen verschiedenen unnatürlichen Todesursachen entscheiden. Doch in unserem Fall brachten mich derartige Gedanken nicht weiter. Ich war vielleicht der Einzige, der noch an das große Projekt glaubte und ich brauchte Kozlowski noch immer. Kozlowski war meine Idee, Kozlowski war das Projekt, ich wollte daran festhalten. Bestimmt hatte auch ich dazu beigetragen, dass die Sache aus dem Ruder gelaufen war. Auf jeden Fall war das Ganze jetzt irgendwie Chefsache und somit mein Problem. Ich beschloss, freundlich zu Kozlowski zu sein. Freundlich aber bestimmt. Steve kletterte wieder nach unten und beide

Antennenwelse waren aus ihrem Versteck gekommen. Ich ging zu der grünen Tür und öffnete sie.

„Kommen Sie rein!"

Kozlowski drückte seine Zigarette aus und schlich sich an mir vorbei in mein Büro.

„Setzen Sie sich!"

Kozlowski nahm auf dem großen Besuchersofa Platz. Vielleicht war Kozlowski in diesem Moment entzückt von dem Schachbrettmuster auf dem Boden meines Büros, auf jeden Fall ging sein Blick nach unten und er saß da wie ein begossener Pudel, der auf eine Tracht Prügel wartet. Ich beschloss, die Situation zu entschärfen. Kozlowski war braun gebrannt und hatte ein T-Shirt mit dem Los Pollos Hermanos Logo aus der Serie *Breaking Bad* an.

„Sie trinken bestimmt ein Bier…" Ich stellte zwei Flaschen auf den Tisch mit der Glasplatte und öffnete sie. Kozlowski griff nach der Flasche und sah mich etwas erstaunt an.

„Ich weiß noch nicht, wie wir den Fall lösen und ich weiß auch noch nicht, wie ich Ihre Leiche entsorgen soll. Vielleicht lasse ich Sie einfach am Leben." Ich grinste und hielt ihm die Flasche zum Anstoßen hin. Als Chef hatte man Macht, ich genoss das ein wenig in diesem Moment. Kai Kozlowski zögerte nur kurz, dann stießen wir an. Wir nahmen beide einen großen Schluck und stellten die Flaschen wieder auf der Glasplatte ab.

„Wie war Ihr Sommer?"

„Mein Sommer? Ganz gut. Ich war viel im Freibad."

„Sieht man, braungebrannt wie nach drei Wochen Südsee."

„Ja, war ja auch super Wetter, kann man nicht motzen."

Das Eis war gebrochen doch ich hatte keine Ahnung, wie dieses Gespräch enden würde. Wie sollte es weiter gehen? Hatte ich überhaupt einen Plan? War ich nicht genau so verplant wie Kozlowski selbst?

„Wir haben viel Zeit verloren, ich denke, das ist Ihnen bewusst."

„Ja, die Dinge haben sich irgendwie geändert."

Das stimmte.

„Wie geht es mit der Arbeit in der Fabrik?" Seit einem Monat arbeiteten wir wieder in Vollzeit über eine Zeitarbeitsfirma in verschiedenen Fabriken um die maroden Finanzen wieder ins Lot zu bringen.

„Geht so, toll ist das nicht."

34

Wir mussten schichten, früh, spät und nachts. Das Ganze für einen Hungerlohn.

„Das erste Geld ist da, ich denke, in einem Monat reicht es dann für ein Auto."

Kozlowski nahm noch einen Schluck Bier und drehte sich eine Kippe.

„Dann sind wir endlich wieder mobil und noch flexibler."

„Genau so, wie sich das die Sklaventreiber von der Zeitarbeitsfirma wünschen, ich weiß."

Ich zündete mir eine Filterkippe an und lachte.

„Ja, dumm gelaufen. Es gibt aber irgendwie keine Alternative." Es war bestimmt schwer neben der Arbeit noch Zeit für das Projekt zu finden.

„Sie müssen weiter schreiben, wir dürfen nicht aufgeben."

„Das hört sich nach Sonntagsarbeit an."

„Genau, leider ohne Zuschläge."

Kozlowski zündete sich seine Kippe an und inhalierte tief.

„Lotto haben Sie auch schon lange nicht mehr gespielt."

„Das läuft wieder an, wenn wieder etwas Kohle übrig bleibt. Leider kommt auch bald der Winter."

„Jetzt wird es erst einmal Herbst und wir hatten alle einen sehr entspannten Sommer." Die ausgezahlten Überstunden aus dem Getränkeladen hatten gereicht um eine ganze Woche Berlin zu finanzieren. Alle hatten diesen Betriebsausflug genossen.

„Wir machen einfach weiter, der Anfang steht ja. Es gibt auch andere positive Sachen zu berichten."

Kozlowski sah mich an.

„Der Bandfilm ist fertig, neunzig Minuten feinster Trash. Aktuell wird noch ein Trickfilm gemacht, so als Bonus auf der DVD. Das Ganze soll bis Weihnachten fertig sein und die Jungs liegen gut in der Zeit."

„Das hört sich gut an." Kozlowski hob die Flasche kurz in meine Richtung und genehmigte sich einen großen Schluck.

„Dann würde ich vorschlagen, Sie machen sich jetzt gleich ans Werk."

Kozlowski war froh, dass ich ihm keine Vorwürfe gemacht hatte und dass er noch dabei war.

„Kozlowski kommt! Die ganze Mannschaft hat die Sommerpause beendet und steht Ihnen ab sofort wieder zur Verfügung."

„Das ist gut, dann fahr ich mal raus zur Kunstfabrik und klemm mich hinter die Tastatur."

„Machen Sie das. Nächste Woche wird auch wieder Lotto gespielt, das Projekt geht weiter."

„Ich bin froh, dass es weiter geht."

„Irgendwie geht es immer weiter, das sollten Sie wissen."

Kai Kozlowski hob die Hand zum Gruß und verschwand durch die grüne Tür. Steve machte sich an der Wasserpflanze im Vordergrund zu schaffen und die roten Neons schwammen im Schwarm von links nach rechts.

21.

Andreas blätterte den Kalender an der Wand im Büro von Juli auf September um. Eine lange und schöne Sommerpause war zu Ende. Gleich würde Karla erscheinen, etwas unausgeschlafen und dementsprechend gelaunt. Irgendwie hatte er die Arbeit im Büro schon ein wenig vermisst. Andreas hatte viel Zeit im Freibad verbracht und in der Sonne viele neue Ideen gehabt. Letzte Woche war der Jackpot bei 20 Millionen, er musste nachschauen, ob er in der Zwischenzeit geknackt worden war, das wusste er jetzt gar nicht so genau. Er hatte sich mit diesem Thema in den letzten Wochen nicht wirklich befasst.

„Willkommen zurück im Hamsterrad." Karla lächelte ihn an und war ebenfalls braun gebrannt.

„Wie war es auf Kreta?" Karla verbrachte alle ihre Sommerurlaube auf der griechischen Trauminsel.

„Traumhaft, super Wetter, 40 Grad. Nur viel zu kurz."

„Warum? Wie lange warst du dort?"

„Dieses Mal nur zwei Wochen, ich hatte noch viele andere Dinge zu erledigen."

„Dann können wir ja jetzt ganz entspannt und erholt wieder loslegen."

„Ich will zurück nach Kreta, dort war es so schön."

„Musst mir nachher Fotos zeigen, hast ja bestimmt welche mitgebracht."

Karla seufzte nur und schaltete ihren Rechner ein.

„Kozlowski arbeitet Vollzeit, hab ich gehört. Dann müsste es ja mit dem Kontostand wieder aufwärts gehen."

„Geht alles drauf für ein Auto. Muss ich mich drum kümmern."

„Ein alter Audi A4? Oder ein Wohnmobil?"

„Ich glaube, dass ich kleinere Brötchen backen muss, check ich gleich ab." Karla gab ihr Passwort ein und die Bucht von Balos erschien auf dem Desktop als Hintergrund.

„14 Millionen im Eurojackpot, das ist doch schon mal was." Andreas war schon wieder voll in seinem Element.

„Damit kann ich was anfangen."

„Kozlowski hat schon seine Gehaltsabrechnung bekommen, das Geld kommt aber erst am Fünfzehnten."

„Wieviel ist es? Über Zeitfirma ist ja nicht so viel Geld zu machen."

„900 Euro mit Zulagen, wirklich nicht viel."

„Doppelt so viel wie im Getränkeladen."

„Das stimmt, aber ich werde dann wohl doch bei sehr alten gebrauchten Kleinwagen nachsehen müssen."

„Kozlowski war immer verliebt in kleine Autos, da wirst du schon was finden."

„Ich weiß, kleine Fiats, schau ich gleich mal nach." Karla ging zur Detailsuche bei Autoscout 24 und suchte erst einmal Autos bis 1000 Euro.

22.

Karl drehte ein klassisches Dreiblatt mit dem Zeug aus Berlin. Karl fing an zu erzählen.

„In der Hasenheide läuft noch immer alles wie damals."

Günther lachte.

„Du weißt ja, nur bei den Schwarzen kaufen, die Russen links oben zocken dich nur ab."

„Ja, genau so läuft das noch immer. Ich war auf jeden Fall bei den Schwarzen und hab gleich mal für hundert eingekauft."

„Das heißt, du hast noch mehr?"

„Nein, wir haben in Berlin schon einen ganzen Fuffi weggeraucht."

„Dann war es eine lustige Woche, zum Kotzen, dass ich nicht mit dabei sein konnte." Günther hatte auf die Teilnahme an dieser Berlinreise verzichtet, einer musste sich ja schließlich um die Hunde und die Pflanzen kümmern.

„Ich stand auch unter ständiger Beobachtung, die ganzen Typen aus der Kunstfabrik haben auf mich aufgepasst."

„Du hast keinen Scheiß gebaut in Berlin? Keine versuchte Brandstiftung, kein kleiner Amoklauf, kein Haus besetzt?"

„Nein, gar nichts. Wirklich entspannt."

„Was habt ihr dann die ganze Zeit getrieben? Gab es wenigstens Döner Deluxe?"

„Zu essen haben wir tolle Sachen gefunden, weist du ja, dass es da alles gibt."

„Ja, sogar die ganze Nacht über, das ist schon ziemlich genial." Karl zündete den Joint an und zog kräftig daran.

„Unsere Pflanzen kommen auch gut, riesige Blüten."

„Ja, noch ein paar Wochen bis zum ersten Frost, das wird eine gute Ernte."

„Die Tomaten haben sich auch gelohnt dieses Jahr, nur die Auberginen haben etwas enttäuscht."

„Holen wir nächstes Jahr eine andere Sorte." Karl gab Günther den Joint weiter und musste grinsen. Gutes Zeug eben, ganz wie früher, ganz wie damals in der großen Stadt.

23.

Kozlowski war an diesem Montagmorgen der Erste auf dem großen Parkplatz vor der Kunstfabrik. Das Gespräch mit seinem Chef ging ihm immer noch im Kopf herum, alles musste irgendwie neu organisiert werden. Die Arbeit über Zeitfirma in irgendwelchen großen Betrieben, an irgendwelchen beschissenen Maschinen oder am laufenden Band, all das machte Kozlowski sehr zu schaffen und er freute sich, dass sie heute und morgen nicht irgendwo zur nächsten Schicht erscheinen mussten und dass sie mal wieder Zeit für die eigentlichen Dinge hatten. Er sollte ein Buch schreiben, ein verdammt gutes Buch sollte es werden, in diesem Punkt waren sich alle einig. Doch dass er quasi nebenher wie ein Verrückter als Lohnsklave schuften musste, das passte irgendwie nicht zusammen. „Wie soll ich denn kreativ und produktiv sein nach neun Stunden Maloche? Das geht nicht! Das geht verdammt noch mal nicht! Unmöglich!" Kozlowski schmiss seine ausgerauchte Kippe ins Gebüsch und kickte einen Kieselstein in die Dunkelheit des frühen Morgens. In seinem Büro brannte noch Licht, das hatte er wohl am Abend zuvor vergessen, bis Mitternacht war er am Rechner gesessen und hatte die ganze Geschichte abgetippt. Da wusste er schon, dass sie sich am Montag und Dienstag nur zur Verfügung halten mussten, auf Abruf den freien Tag für andere Dinge nutzen konnten, während sich die Zeitfirma zusammen mit irgendeinem beschissenen Betrieb das nächste Horrorszenario für Kozlowski ausdachte. Natürlich konnte man auch Glück haben, es gab gute Betriebe und durchaus auch angenehme Arbeiten, manchmal, doch oftmals hatte man auch einfach nur Pech. Als Leiharbeiter musste man oft die Drecksarbeit machen, Jobs, die sonst keiner machen wollte. Was Kozlowski fertig machte, war die Ungewissheit an diesem Morgen. Wann würde es wo wieder weiter gehen als Leiharbeiter? Als Lohnsklave? Als Schütze Arsch? Leiharbeit ist wie Krieg, jederzeit können sie dich an die nächste Front schicken, dachte Kozlowski. Er ließ sich auf den Drehstuhl fallen und schaltete den Rechner an. Er hatte irgendwie gar keine Lust was über Zeitarbeit zu schreiben.

24.

Als Karla mit ihrem Wagen auf das Firmengelände fuhr, standen noch nicht viele Autos auf dem Parkplatz. Das war sie gar nicht gewöhnt, wenn sie sonst um acht Uhr zur Arbeit kam, war es manchmal gar nicht leicht, einen freien Parkplatz zu finden. Sie hatte schlecht geschlafen oder gar nicht geschlafen, es war auf jeden Fall zum Kotzen gewesen und als ihr Wecker dann ungefähr halb sechs angezeigt hatte, hielt sie es nicht mehr aus im Bett. Anstatt sich eine weitere Stunde sinnlos herumzuwälzen beschloss sie, einfach früher als sonst aufzustehen. Sie stellte ihren Wagen ganz in der Nähe des Eingangs ab und öffnete die hintere Tür, um ihren großen Rucksack aus dem Auto zu holen. Als sie drinnen im Foyer in Richtung Treppenhaus ging, sah sie Kai Kozlowski wie er fluchend auf den Kaffeeautomaten einhämmerte.
„Morgen, tut der Automat nicht?"
Kozlowski blickte sie überrascht an.
„Der hat mein ganzes Kleingeld gefressen und spuckt nicht mal einen leeren Becher aus, zum Kotzen!"
„Das müssen Sie dem Hausmeister sagen, der kümmert sich darum."
„Das bringt mir auch nichts, ich will JETZT einen Kaffee!"
Kozlowski drehte sich wieder um und schlug mit der Faust auf den Automaten ein.
„Au! Scheiß Ding!"

„Wir haben eine eigene Kaffemaschine in unserem Büro, die tut, denke ich. Ich trinke ja sonst eher Schwarztee."

Kozlowski blickte sie wieder etwas verwirrt an.

„Schwarztee?"

„Ja, wie in England, Sie wissen schon."

„Natürlich, die Engländer, ich meine nur…"

„Wenn Sie wollen, mache ich Ihnen auch einen Kaffee, könnte heute selbst einen gebrauchen."

„Das hört sich gut an, doch."

Karla konnte sich ein Grinsen nicht verkneifen. Das war also der geniale Dichter und Denker, nicht in der Lage einen Kaffeeautomaten zu bedienen.

„Kommen Sie mit." Karla ging mit ihm durch das Treppenhaus nach oben und öffnete die Tür zu ihrem Büro.

„Ah, die Traumabteilung, das ist gut."

„Wir haben erst letzte Woche wieder mit unserer Arbeit angefangen, es war ja lange Sommerpause." Karla machte das Licht an und ging in die Kaffeeküche. Kozlowski sah an der Pinnwand Fotos von älteren Kleinwagen, daneben jeweils der Ausdruck der technischen Daten, Telefonnummern und Preisangaben.

„Sie arbeiten am nächsten großen Traum?"

Karla kam mit einem Kaffeefilter in der Hand aus der kleinen Küche.

„Ja, eher ein bescheidener Traum, bis 1000 Euro."

Kozlowski seufzte.

„Ja, wurde nochmal um einen Monat verschoben, ich weiß. Irgendwie geht es gerade drunter und drüber."

Karla schaltete die Kaffeemaschine ein und suchte zwei saubere Tassen.

„Bekomme ich jetzt vom obersten Chef zu hören, dass ich in einem Chaosladen arbeite?" Karla lachte. Kozlowski räusperte sich.

„Ich bin nicht der oberste Chef, das ist Ihnen hoffentlich klar. Ich kann also die ganze Verantwortung jemand anderem zuschieben."

„Ich weiß, dass es ein Megakonzern ist, zu dem wir gehören. Aber ich dachte, unsere Sparte soll Zugpferd werden."

Kozlowski lächelte.

„Wir haben die wunderschöne Aufgabe, den Konzern zukunftsfähig zu machen, ja. Aber es ist eben manchmal gar nicht so leicht, seinen Verpflichtungen nachzukommen, wenn ständig noch mehr und noch mehr von einem verlangt wird."

Karla sah nach dem Kaffee.

„Dauert noch einen Moment."

„Ah, ja."

„Sie müssen schwer schuften, um die Finanzen in Ordnung zu bringen."

„Das hat sich wohl herumgesprochen, das stimmt."

„Aber es lief doch eine Zeit lang ganz gut, als alles durch einen Minijob finanziert wurde…"

Kozlowski fiel ihr ins Wort.

„…unvorhergesehene Mehrausgaben, Pfusch von oberster Stelle."

„Und Sie müssen das jetzt ausbaden?"

Kozlowski lachte.

„Ja, genau so sieht es aus. Ich soll den Karren aus dem Dreck ziehen und nebenher noch kreativ und produktiv sein."

„Aber das geht doch nicht." Karla klang empört.

„Es ist ja nicht so, dass wir trotz der vielen zusätzlichen Arbeit das eigentliche Ziel aus den Augen verlieren dürfen."

Karla kam mit zwei Tassen Kaffee aus der kleinen Küche.

„Ich möchte nicht mit Ihnen tauschen, das hört sich ja alles nicht so toll an."

„Danke." Kozlowski nahm eine Tasse und gönnte sich einen Schluck.

„Vergessen Sie es, alles läuft nach Plan. Wenn es einer schafft, das Unmögliche wahr werden zu lassen, dann bin ich das."

Karla sah in nicht ganz überzeugt an.

„Ich habe schon viel mitgemacht und weiß, dass es immer irgendwie weiter geht. Das Projekt ist über die Startphase hinaus und läuft ja auch irgendwie weiter."

„Dieses Irgendwie stört mich."

„Als Chef der Kunstfabrik sollte ich bei solchen Gelegenheiten mehr Zuversicht verbreiten, ich weiß." Kozlowski lächelte sie an und bekam ein halbwegs zuversichtliches Lächeln zurück.

„Der Kaffee ist vorzüglich." Kozlowski griff in seine Jackentasche und holte seinen Tabak heraus.

„Rauchen Sie auch?"

„Nur selten, hier drin sowieso nicht."

Koslowski drehte sich eine und zündete sie an.

„Ich vergesse manchmal, dass ich hier der Chef bin. Aber wenn Sie mir den Raucherbalkon zeigen, gehe ich auch gerne an die frische Luft."

In diesem Moment betrat Andreas mit einem dampfenden Becher Kaffee das Büro.

„Morgen."

Andreas konnte seine Verwunderung nicht verbergen. Nicht nur, dass Karla vor ihm im Büro war, das war ja eigentlich schon Sensation genug. Aber da stand auch noch rauchend Kozlowski mit einer Tasse Kaffee in der Hand im Büro.

„Wo haben Sie den Kaffee her?"

Auch diese Frage überraschte Andreas, was sollte er antworten?

„Unten, der Kaffeeautomat…"

Karla lachte und Kozlowski grinste.

„Na ja, egal. Dann lass ich sie beide jetzt ihre Arbeit machen, ich habe selbst genug zu tun." Kozlowski leerte die Tasse mit einem Zug, drückte darin seine Kippe aus und gab sie Karla zurück. „Danke für den Kaffee." Kozlowski verschwand auf dem Flur und Andreas setzte sich an seinen Schreibtisch.

„Was war das denn?"

„Die Mitarbeiter kümmern sich eben um Kozlowski." Karla grinste.

„Hä?" Andreas gab es auf. Er würde schon noch erfahren, was das alles zu bedeuten hatte. Der Mittwochsjackpot wurde immer noch nicht geknackt, rund dreißig Millionen konnte er bis morgen in schicke Tagträume umwandeln. Andreas wollte Kozlowski ein eigenes Kunstmuseum schmackhaft machen, das wäre drin bei so vielen Millionen.

25.

Steve, der Flusskrebs, knabberte ein wenig an seiner Lieblingspflanze herum. Das attraktive Aquariumgras hatte er schon lange vernichtet, Flusskrebse und Unterwassergras passten in so einem Aquarium nicht zusammen. Es war Montag und ich ging die Stellenanzeigen in der Zeitung von Samstag durch. Nichts Passendes dabei. Ein Blick auf die Jobangebote der Arbeitsagentur im Internet brachten mich weiter. Parkplatzkontrolleur gesucht als Minijob. Das würde sich doch gut im Lebenslauf machen. Die Zeitfirma, für die wir gerade tätig waren, hatte uns zu zwei Tagen Zwangsurlaub verpflichtet. Nichts gegen Urlaub, wir hatten schließlich schon einige Wochen am Stück durchgearbeitet. Aber man musste seine Überstunden verbraten, um dann auf einen Anruf zu warten und es konnte passieren, dass man unverzüglich ins Auto springen musste um eine halbe Stunde später dann den nächsten Job zu machen. Meine freien Tage hatte ich mir eigentlich anders vorgestellt, Kozlowski kam damit auch nicht zurecht. Ich schrieb eine Bewerbung an die angegebene E-Mailadresse und genehmigte mir einen Schluck Irish Cream. Dieser Schluck brannte noch angenehm in der Kehle, als das Telefon in meinem Büro klingelte. Es war die Firma, die für das Kontrollieren der Parkplätze zuständig war. Es dauerte keine fünf Minuten, da hatte ich einen Termin zum Probearbeiten ausgemacht. Musste ich nur noch der Zeitarbeitsfirma klar machen, dass ich an dem Tag keine Zeit zum Arbeiten hätte. Doch ich hatte in meinem langen Leben als Konzernchef schon ganz andere Probleme gelöst, ich blieb gelassen. Steve verzog sich in seine Höhle und die Kirschflecksalmler tanzten vorne an der Scheibe ihren Reigen. Auch die Glühfadensalmler schwammen in Formation. Sollten doch mal wieder andere Zeiten anbrechen, das war schon in Ordnung. Die Ausbeuterei, die diese Zeitarbeitsfirmen betrieben, ging mir gegen den Strich. Ich informierte die zuständigen Stellen und goss mir nach. Musste Kozlowski eben mal wieder umdenken. Er war Manager, genau wie ich, und musste eben flexibel sein. Ich machte mir keine weiteren Gedanken darüber und beschloss, heute für niemanden mehr erreichbar zu sein.

26.

„Grüner Marmor, ohne Witz."
Günther lachte sich tot. Er hatte mit Karl ein paar kultige Dreiblätter geraucht und hörte gespannt zu. Karl besaß die Fähigkeit, die Tagträume aus der Kunstfabrik anzuzapfen, wenn er genügend geraucht hatte.
„Und Kozlowski baut sich ein gläsernes Atelier, in dem er dann als lebende Installation arbeitet."
Das war zu viel. Günther fiel lachend von der Holzbank und kringelte sich auf dem Boden.
„´Tschuldigung, muss dringend pissen, " brachte er noch heraus und verschwand hinter dem Bauwagen. Karl klebte noch einmal drei Blättchen zusammen und grinste wie ein Honigkuchenpferd. Wenn es so etwas gab. Was war schon sicher in diesem Universum? In der

Ferne hörte man ein Motorengeräusch. Karl blickte in Richtung Waldrand und erkannte eine sich nähernde Staubwolke.

„Kommt heute Suliver?"

„Was?"

„Vergiss es, da kommt ein Auto."

Günther erschien wieder und versuchte, seinen Hosenladen zu schließen.

„Scheiß Reißverschluss…"

„Klemm dir nichts ein…"

„Ist das Suliver?"

„Hab ich dich gefragt..." Keine Minute später hatten sie eine Antwort auf ihre dringenden Fragen. Suliver bremste den Ford Ka sportlich zwischen den beiden Bauwagen und stieg aus.

„Na, ihr Penner? Alles klar?"

„Bei uns schon, bei dir hoffentlich auch."

Karl gab ihm die Hand und wollte wissen, ob der Besuch auch angemeldet war.

„Ich hab zur Zeit viel Freizeit, muss ich mich da jedes Mal vorher ankündigen?"

Karl lachte.

„Vielleicht kommen wir ja voll auf Paranoia, wenn wir nicht wissen, wer da kommt."

„Die Bullen, Mann, denen hab ich euer Versteck verraten!" Suliver lachte und sah die aneinandergeklebten Blättchen.

„Komm ich ja genau richtig, so steht es ja auch im Drehbuch."

„Hätte dir gern in den Tank gepisst, war aber schon." Günther gab Suliver die Hand und sie setzten sich.

„Komm gerade von einem Vorstellungsgespräch, vielleicht mach ich bald in Sachen Luxusuhren."

Günther klopfte Suliver auf die Schulter.

„Wir wissen, dass wir in einer verrückten Welt leben. Das kann uns alles nicht schocken."

„Keine Ahnung, wäre vielleicht ganz okay, der Job."

Karl hatte schon den Tabak verteilt und machte sich daran, etwas in das Dreiblatt zu bröseln.

„Wir haben hier auch unseren Spaß, wissen alles über Kozlowski und sein neues Kunstmuseum."

„Ja? Davon weiß ich ja noch gar nichts."

„Ich sag nur: grüner Marmor!"

Günther fing wieder an zu lachen. Die Drei hatten ihren Spaß und erst als die Sonne untergegangen war, machte sich Suliver auf den Heimweg. Sie hatten für nächste Woche einen Termin ausgemacht, so lange hielten die Vorräte noch. Es war kalt, als der Halbmond über den Stoppelfeldern auftauchte und Karl zusammen mit Günther ein kleines Lagerfeuer entfachte. Immer wieder empfing Karl kleine Stücke der ganz großen Träume von Kozlowski und Günther amüsierte sich prächtig.

27.

Kozlowski war nervös, er wusste, dass heute irgendetwas schief laufen würde. Er hatte gestern viel geschrieben und heute wollte er dort weiter machen, wo er aufgehört hatte. Was war das überhaupt für eine Geschichte? Er schrieb über sich und sein verpfuschtes Leben. War es etwas anderes? Er schrieb von seinen Träumen, von dem ganz großen Plan. Er vertraute darauf, dass irgendwann einmal irgendjemand sein Talent entdecken würde. Toller Plan. Hatte er nicht schon über vierzig Jahre versucht, mit seinem Talent etwas zu reißen? Eben nicht. Die Stimmen in seinem Kopf wurden unerträglich und Kozlowski erinnerte sich an den guten Kaffee, den er gestern Morgen in der Abteilung für Träume getrunken hatte. Auf seinem Regal hinter seinem Schreibtisch stand seit kurzem eine Flasche Irish Cream, die hatte er von seinem Chef geschenkt bekommen. Bestimmt sollte das ein Zeichen sein, ein Signal, dass Wirtschaftswunderzeiten bevorstanden. Pur würde er das Zeug bestimmt nicht trinken, aber in einem guten Kaffee? Kozlowski überlegte nicht lange und nahm die Flasche vom Regal. Sein Posteingang blinkte auf dem Bildschirm. Was war jetzt schon wieder los? Mit der Flasche in der Hand öffnete er die E-Mail. Sein Chef teilte ihm in drei Sätzen mit, dass die Geschichte mit der Zeitarbeitsfirma Geschichte war und dass er sich darauf einstellen konnte, die nächste Zeit als Knöllchenschreiber unterwegs zu sein. Oh Mann, vielleicht doch das Zeug pur versuchen? Strafzettel schreiben, ja genau das stand dort. Immerhin als Minijob, das war vielleicht das Gute an der Sache. Kozlowski ließ die Email unbeantwortet und machte sich auf den Weg zur Traumabteilung. „Willkommen auf der dunklen Seite der Macht..." Kozlowski hatte ja geahnt, dass mal wieder irgendetwas aus dem Ruder laufen würde an diesem Dienstag. Etwas verwirrt stand er vor den Räumen der

Gewissenshüter. Hier war er falsch, mit denen sollte er sich besser nicht anlegen. Das Gebäude war einfach zu groß, als dass man sich darin leicht zurecht finden konnte. Kozlowski nahm den Aufzug und fand in viel zu kleiner Schrift den entscheidenden Hinweis: 3. Stock Abteilung für Träume und Traumarchiv. Was für alte Träume wohl im Archiv lagerten? Kozlowski nahm sich vor, dort bald einmal vorbei zu gehen. Vielleicht konnte man irgendeinen alten Traum wiederbeleben, er erinnerte sich an ganz vorzügliche Träume aus seinen jüngeren Jahren. Der Fahrstuhl bremste etwas unsanft und Kozlowski stieg im dritten Stock aus. Den langen Gang runter und dann hinten rechts. Kozlowski fand die Tür mit der richtigen Kennzeichnung und klopfte an. Er hätte auch einfach reinstolpern können, doch danach war ihm im Moment nicht. Er wollte ja etwas, es war ja nicht anders herum.

„Wer da?" Andreas stand von seinem Schreibtisch auf und öffnete die Tür. Vor ihm stand Kai Kozlowski mit einer Flasche Irish Cream in der Hand.

„Hier gibt es so vorzüglichen Kaffee, ich dachte, vielleicht bekomme ich da nochmal einen." Kozlowski reichte Andreas die rechte Hand, die Flasche hielt er in der linken.

„Kozlowski übrigens, wir kennen uns noch nicht wirklich."

Andreas ergriff die Hand etwas zaghaft und sagte:

„Kleinbier, Abteilung für Tagträume."

„Angenehm, ist Ihre reizende Kollegin auch da?"

„Frau Kolmar? Die ist im Moment mit ihrem Hund Gassi gehen. Manchmal muss sie sich zwischendurch um den Hund kümmern."

„So, das finde ich interessant. Vielleicht gibt es ja trotzdem einen Kaffee?"

„Ja klar, ich mach gleich welchen. Mögen Sie den Kaffee aus dem Automaten nicht?"

„Nein, der schmeckt wirklich abscheulich." Kozlowski machte die Tür hinter sich zu und stellte die Flasche Irish Cream auf einem der Schreibtische ab.

„Kleines Geschenk, muss auch mal weg. Und ich dachte, davon einen Schluck im Kaffee…"

Andreas grinste nur und füllte die Kaffeekanne unter dem Wasserhahn.

„…dann sind Sie verantwortlich für die Tagträume?"

Andreas füllte gerade den Filter mit fair gehandeltem Kaffeepulver.

„Ja, ich gebe mir sehr viel Mühe mit den Tagträumen."

„Die sind auch echt gut, gestern Abend habe ich über ein eigenes Museum nachgedacht, waren Sie das?"

Andreas drückte den Knopf der Maschine und lächelte zufrieden. Mit der Verbindung zum System schien alles zu funktionieren.

„Ich gebe Impulse, ja das mache ich. Aber wie Sie sich dann ein solches Museum vorstellen, das ist Ihre Sache. Ich gebe Impulse, wie gesagt."

Kozlowski hatte den Eindruck, dass dieser Traumschreiber nicht ganz ehrlich zu ihm war.

„Der grüne Marmor war nicht von Ihnen? Daran erinner ich mich noch ganz deutlich."

„So etwas führe ich unter Spezifikationen auf, das haben Sie dann selbst ausgewählt."

„Also machen Sie keine fertigen Träume?"

„Nein, dazu bin ich gar nicht in der Lage. Die Kollegin für mögliche Träume kann das, da geht es aber um ganz andere Summen. Peanuts, wie man sagt."

„Ich finde das sehr interessant, ich habe mich noch nie wirklich mit meinen Träumen befasst."

Andreas ging kurz in die kleine Küche und schaute nach dem Kaffee.

„Einen Moment noch."

Kozlowski packte seinen Tabak aus und drehte sich eine Kippe.

„Rauchen Sie?"

„Ja schon, nur hier drin? Das müssen Sie entscheiden."

„Ich gehe mit Ihnen auf den Raucherbalkon, wenn es so etwas gibt."

Andreas grinste und zeigte in Richtung Teeküche.

„Gleich gibt es auch einen richtigen Kaffee."

Die Tür ging auf und Karla Kolmar kam ins Büro.

„Wo ist Ihr Hund?"

Karla war es gewohnt, spontan zu antworten.

„Im Auto, den kann ich ja nicht hier ins Büro mitbringen."

Kozlowski überlegte eine Sekunde.

„Warum nicht? Steht das in irgendeiner Hausordnung?"

Karla wunderte sich.

„Natürlich, keine Tiere im Gebäude."

„Das ist ja richtig schade." Kozlowski hatte da eine Idee.

„Wer ist für die Hausordnung zuständig?"

Karla runzelte die Stirn.

„Ich nehme an Sie."

„Dann werde ich mich wohl gleich darum kümmern. Doch erst einmal gibt es einen leckeren Kaffee, ich habe auch etwas zum Verfeinern mitgebracht." Kozlowski zeigte auf die Flasche, die sehr unschuldig auf dem Schreibtisch thronte.

„Es kommen jetzt die guten Zeiten." Kozlowski klang sehr optimistisch und hatte an dieser Stelle vergessen, dass er in Zukunft Strafzettel verteilen musste.

„Dieser Dienstag gehört auf jeden Fall der Kunst, das ist doch eine gute Nachricht."

28.

Mit dem ganz großen Gewinn im Lotto war es leider nichts geworden. Es war jetzt kurz vor acht Uhr morgens, Kozlowski stand neben dem Parkscheinautomat, hier war der Treffpunkt. Er nahm einen letzten Zug von seiner Zigarette und warf sie dann in den Gully. Strafzettel schreiben, da wäre er ja im Traum nicht darauf gekommen. Was das oberste Management wohl für Drogen nahm? Kozlowski wusste es nicht, vielleicht war es ja nur Zufall, das Leben hatte eben die seltsamsten Wandlungen parat und ein solches Drehbuch konnte sich nicht einmal sein Chef ausdenken, bei allem Respekt.

„Herr Kozlowski?" Eine sehr klein gewachsene Frau um die Vierzig sah ihn fragend an.

„Ja, dann sind Sie Frau Pettersen?"

Man gab sich kurz die Hand und dann ging die Einweisung auch schon los. Hier ein Fahrzeug außerhalb der gekennzeichneten Parkflächen, hier ein Parkschein vom Vortag. Kozlowski bekam zu hören, wie dreist die Berufsschüler hier sein konnten, man durfte sich auf keinen Fall auf Diskussionen mit ihnen einlassen, meinte Frau Pettersen. Der Kontrollgang über den Parkplatz dauerte ungefähr eine Stunde und es kamen etliche Strafzettel zusammen. Dann noch Schriftkram für die Verwaltung erledigen und weiter zu dem Parkplatz bei der Kfz-Zulassungsstelle. Kozlowski dachte bei sich, dass er sich ganz schön unbeliebt machen würde in der Stadt. Nach gut zwei Stunden war sein erster Tag als Knöllchenschreiber überstanden, ein sehr entspannter Minijob, wie ihm schien. Über dem Fluss stand noch der Frühnebel, es wurde wirklich langsam Herbst. Kozlowski schlenderte durch die Vorstadt zurück und gönnte sich beim Bäcker ein kleines Frühstück.

29.

Auf dem Couchtisch standen viele leere Flaschen und aus den Lautsprechern kam Jazzmusik. Kozlowski hatte den nächsten Tag frei und machte sich einen gemütlichen Nachmittag. Der Aschenbecher war schon wieder voll und Kozlowski lachte. Irgendwo im hintersten Winkel seines benebelten Gehirns hörte er sich die neueste Ansage des Managements noch einmal an.

„Wir müssen das Rauchen aufhören." Haha, ohne Witz, das war die Ansage.

„Wir müssen das Rauchen aufhören." Wenn es weiter nichts war. Als ob das irgendein Problem wäre, als ob es überhaupt ein Problem gäbe. Kozlowski hatte noch einen letzten Tabak, der lag vor ihm und er konnte sich jederzeit Nachschub besorgen. Oder waren sie jetzt mal wieder pleite? Das hatten sie schon lange nicht mehr. Kozlowski drehte sich erstmal eine Kippe und öffnete sich noch ein Bier. Dann würde er eben diesen letzten Tag im Paradies genießen, danach war ihm sowieso alles egal.

„Prost!" Er führte die Flasche zum Mund und nahm einen großen Schluck.

„Wir müssen das Rauchen aufhören." Da fehlte eindeutig das Ausrufezeichen, Kozlowski konnte das nicht ernst nehmen. Konnten die sich nicht um die wichtigen Sachen kümmern? Die großen Dinge regeln und ihn einfach machen lassen? Kozlowski hatte keine Ahnung, nicht mehr. Das Bier war alle und er überlegte, was er als nächstes trinken könnte. Über der Stadt versank die Sonne rot und schnell, ganz plötzlich war es finster und Kozlowski fiel auf seinem Sofa in einen unruhigen Schlaf.

30.

Es war ein modernes Haus mit Flachdach, irgendwo im Süden. Das Besondere daran war wohl, dass alle Zimmer geflutet waren. Die Terrassentüre stand offen und man konnte durch das gekachelte Wohnzimmer in die hinteren Bereiche schwimmen. Durch die Fenster fiel die Sonne und das Wasser glitzerte wunderschön in diesem Haus. Neben einem vollen Aschenbecher schwamm eine Flasche Rotwein. Alles war irgendwie normal, gerade so, als ob alles auch so sein müsste. Es gab keine Fragen in diesem Haus und auch keine Antworten. Er öffnete die Flasche und hielt sich mit strampelnden Füßen über Wasser. Die Wände waren grün gestrichen und ein gerahmtes Bild von Hieronymus Bosch zierte die Wand mit dem schwimmenden Sofa. Er fühlte sich wohl in diesem Haus und nahm einen Schluck Rotwein. Wahrscheinlich hatte er längst im Lotto gewonnen und sich ein paar durchgeknallte Träume erfüllt. Genauso fühlte es sich an. Irgendwie war das sein Haus. Mit der Flasche in der Hand kletterte er auf das Sofa, das mit mehreren Seilen an der Wand verankert war. In Griffweite war ein Regal aus dunklem Holz an der Wand befestigt, dort lagen eine Schachtel Chesterfield und mehrere Feuerzeuge. Nur der volle Aschenbecher schwamm in der gegenüberliegenden Ecke des Zimmers, egal. Er zündete sich eine Filterkippe an und genehmigte sich einen weiteren Schluck Rotwein. An der Decke waren Lautsprecher befestigt aus denen ganz leise Musik kam. Das Plätschern des Wassers war laut und man musste sich schon sehr auf die Musik konzentrieren. *Bad Religion*, eindeutig. Der passende Soundtrack zu diesem Film, wie ihm schien. Zu gerne hätte er die Musik lauter gemacht, doch eine Fernbedienung konnte er nicht finden, weder auf dem Regal noch im Wasser. Der Rotwein schmeckte vorzüglich und er zündete sich noch eine Filterkippe an. Alles war stimmig. Die Sonnenstrahlen tanzten auf der unruhigen Wasseroberfläche in diesem Zimmer und als der Rotwein alle war, fiel er auf dem schaukelnden Sofa in einen unruhigen Schlaf.

31.

Es war eine neblige Nacht und Günther sah nur einen hellen verschwommenen Punkt am Himmel, wenn er das eine Auge mit der Hand verdeckte. Tat er die Hand weg, waren es zwei oder sogar drei verschwommene Punkte am Himmel, sie tanzten wild im Kreis herum und auch der Horizont, der im Dunkel der Nacht nur zu erahnen war, stand nicht mehr still. Günther lag neben dem Feuer, er war wohl bei dem Versuch aufzustehen irgendwie auf dem Boden gelandet und kam nicht mehr hoch. Auf die Seite wälzen, dann würde es gehen. Günther stieß sich mit einem Bein ab und flog durch die Nacht. Die Landung war heiß, aus einem entfernten Tal hörte er die Kirchturmglocken läuten. Es wurde immer heißer am Rücken und das Glockengeläut ging in das Heulen von Sirenen über. „Ich brenne…" Kein schöner Gedanke. Günther raffte sich auf und schmiss sich mit voller Kraft in die andere Richtung und gleichzeitig

50

auf den Rücken. Sofort wurde es besser, er lag im kühlen Gras und was er sonst noch spürte war nur seine Haut unter der dicken Jacke. Es roch irgendwie verbrannt.

„Scheiße..." Günther wusste, dass er sich verbrannt hatte, doch das würde er überleben.

„Was für ein Scheiß..." Und wieder tanzten die drei verschwommenen Monde am Himmel.

32.

Sechs Uhr morgens, eine gute Zeit zum Sterben. Kozlowski machte den Wecker aus und sortierte alles. Jahr, Monat, ungefähr genaues Datum, Wochentag. Nach wenigen Sekunden war er sich darüber im Klaren, dass er arbeiten musste. Er erhob sich einigermaßen sportlich von seinem Sofa und steuerte die Kaffeemaschine an. Alter Filter raus, neuer Filter rein, Wasser einfüllen, Kaffeepulver, stimmt, fast vergessen, anschalten und warten. Kozlowski setzte sich wieder und drehte sich eine Kippe. Gestern wollte er schreiben, doch stattdessen hatte er nur alle alkoholischen Vorräte vernichtet. Auf dem Tisch vor dem Sofa standen und lagen ungefähr ein Dutzend leere Bierflaschen, plus minus. Der Aschenbecher war umgekippt und überall lagen ausgedrückte Kippen und Asche herum. Kozlowski seufzte. Wozu? Warum? Totschläger mit Fragezeichen. Gestern noch hatte das Leben Sinn ergeben, warum sollte es jetzt anders sein? Und wieder dieses Warum. Er wusste, dass er nichts wusste und dass das geklaut war. Von wem? Die Kaffeemaschine machte ihre üblichen Geräusche und langsam füllte sich die dreckige Kanne mit einer schwarzen und dampfenden Brühe. Alles in Ordnung. Runterkommen und weitermachen. Kozlowski drückte die Kippe aus und drehte sich die nächste, dann stand er auf und suchte seine Tasse. Alles an seinem Platz. Eine halbe Stunde später war er angezogen und bereit für diesen neuen Tag. Auf dem Weg in die Stadt rauchte er noch genau zwei Zigaretten, mehr gab der Restetabak einfach nicht her. Kozlowski zählte sein Bargeld und kam zu dem Schluss, dass es noch locker für einen neuen Tabak reichen würde, er müsste nur einmal mehr auf ein teures Frühstück beim Bäcker verzichten. Pünktlich um Acht stand er auf dem Parkplatz bei der Berufsschule und zückte seinen Stift. Ein Auto parkte außerhalb der gekennzeichneten Parkfläche, das nächste Auto hatte gar keinen Parkschein. Insgesamt acht Strafzettel musste er schreiben, ehe er zu dem Hausmeister der Schule gehen konnte, um sich seine Unterschrift abzuholen. Kozlowski grüßte freundlich und saugte beim Sprechen die Luft ein. Das funktionierte ganz gut und reduzierte die morgendliche Alkoholfahne für sein Gegenüber auf ein erträgliches Maß. Ein schlechtes Gewissen hatte Kozlowski deswegen nicht, sie waren alle Proletarier, da kam so etwas schon mal vor. Auf dem Weg zur Kfz-Zulassungsstelle, wo er auch noch kontrollieren musste, kaufte er sich einen Tabak. Auf einem großen Schild stand der aktuelle Jackpot. Acht Millionen. Doch Kozlowski konnte sich das Lottospielen im Moment nicht leisten. Lieber ein Feierabendbier um Zehn, dachte er. Der Hochnebel löste sich langsam auf und die Sonne kam zum Vorschein. Es bestand immer die Chance auf ein Happy End, das wusste er.

33.

„Kozlowski ist jetzt wieder öfters da und schreibt. So ein Minijob hat eben auch Vor- und Nachteile." Karla setzte sich mit einer Tasse Tee wieder an ihren Schreibtisch.

„Man spricht schon wieder von der nächsten Finanzkrise, das mit der Zeitarbeit hat sich irgendwie gar nicht gelohnt." Andreas klang etwas frustriert, er studierte seinen Posteingang.

„Die Verwaltung schlägt mir vor, eine Woche Urlaub zu machen."

„So schlimm?"

„Lottospielen fällt die nächste Zeit aus, da ergibt meine Arbeit wenig Sinn."

Karla pustete in ihren heißen Tee.

„Jetzt bleib mal locker, am Mittwoch ist der Fünfzehnte, da gibt es nochmal richtig Geld. Wird sich schon irgendwie wieder einspielen. Mit dem Minijob in dem Getränkeladen kam Kozlowski ja auch ganz gut zurecht, das braucht eben alles seine Zeit."

Andreas seufzte.

„Vielleicht hast du Recht, ich hab da auch noch ein Projekt laufen, damit bin ich im Moment noch beschäftigt. Urlaub kann ich immer noch machen."

„…keine Ausgaben mehr vorgesehen für Oktober, auch nichts Kleines. Da können wir zusammen Urlaub machen." Karla lachte, doch ihr Lachen klang enttäuscht.

„Als Nächstes kürzt man wieder unser Gehalt und ruft den Notstand aus. Das kennen wir doch schon."

„Du darfst den Teufel nicht an die Wand malen."

„Du solltest bei der Propagandaabteilung anfangen und bei der Bekämpfung des sich einschleichenden Pessimismus helfen."

Jetzt lachte Andreas.

„Es sind spannende Zeiten, es wird niemals langweilig."

„Alles Propaganda!" Jetzt lachten beide und für einen Moment machte die Arbeit wieder Spaß.

34.

Nur ein paar Wochen später war schon wieder Weihnachten und alles war ganz anders gekommen, als gedacht. Steve, der Flusskrebs war gestorben und eigentlich war auch sonst kein Stein mehr auf dem anderen geblieben. Wir hatten einen sehr milden Herbst und waren mit Temperaturen um die 15 Grad zu Weihnachten mitten im Klimawandel angekommen. Doch auch sonst überschlugen sich die Ereignisse. Aus dem Minijob als Parkplatzkontrolleur war ein ordentlicher 5-Stunden-Halbtagsjob geworden, um diesen antreten zu können, mussten wir aber Hals über Kopf einen italienischen Kleinwagen finanzieren, was zur Folge hatte, dass alle stillen Reserven aufgebraucht waren und wir mit neuen Schulden in das neue Jahr starten mussten. Der Tabak wurde Anfang Dezember rationiert, es gab nur noch ein Päckchen am Tag, manchmal noch weniger, Bier war zum Luxusartikel geworden und wurde nur zum heiligen Fest und an den Feiertagen genehmigt. Die fetten Zeiten waren bis auf weiteres vorbei, es würde Monate dauern, bis wir uns wirtschaftlich wieder erholt haben würden. Dafür hatten wir jetzt einen italienischen Kleinwagen, der dringend in die Werkstatt musste, eine durchgerostete Ölwanne war eben ein richtiges Problem, das behoben werden musste, wenn wir auf lange Sicht noch etwas Spaß und vor allem Nutzen mit dem fahrbaren Untersatz haben wollten. Kozlowski nahm aber alles relativ gelassen. Der neue Job war ganz entspannt, er hatte noch genügend freie Zeit um all die wichtigen Dinge zu erledigen und auch für das Schreiben war noch genügend Zeit vorhanden. Ein geregeltes Einkommen stand auch für bessere Zeiten, wenn die Schulden erst einmal abgezahlt waren, das wusste er. Und so genehmigte er sich noch ein Bier aus der noch fast vollen Kiste, Reste vom Fest, es war Sonntag und der letzte freie Tag. Am Montag würde er wieder seinen Parkplatz am Landratsamt kontrollieren, die Berufsschulen hatten Weihnachtsferien und so war alles sehr entspannt bis Silvester. Richtig los ging es dann erst wieder Anfang Januar. Bis dahin wollte er weiter an seiner Geschichte arbeiten. Doch heute gab es wie gesagt noch Restbier und die Wahrscheinlichkeit, dass Kozlowski heute viele Zeilen zu Papier bringen würde, war eher gering. Ich hatte großes Verständnis für ihn, Hauptsache, er würde sich die nächsten Tage wieder an die Tastatur klemmen. Bis dahin übernahm ich das Schreiben für ihn. Das brachte die Geschichte weiter und war noch ein kleines Geschenk zu Weihnachten von mir. Aus den kleinen Lautsprechern in Kozlowskis Zimmer ergossen sich derweil die tiefgründigen Verse von Tocotronic, Kozlowski trank ein Bier und rauchte dazu eine selbstgedrehte Kippe. Er las in einem kleinen Gedichtband, das ihm Suliver Hansen zu Weihnachten geschenkt hatte. Nach dieser Lektüre fühlte sich Kozlowski neu inspiriert und voller Tatendrang. Ganz bald würde er wieder tippen, neue Zeilen raushauen und die Geschichte weiter vorantreiben. „Kozlowski kommt!" Er erhob die Flasche und stieß im Geiste mit Suliver an.

35.

Drei Monate später war natürlich alles anders gekommen als gedacht. Kozlowski litt unter einer schweren Winterdepression. Nach Silvester war es kalt geworden, es regnete fast zwei Monate lang, manchmal fiel auch nasser Schnee, die Sonne zeigte sich nicht mehr und die Arbeit auf dem Parkplatz machte unter diesen Bedingungen keinen Spaß. Kozlowski hatte einfach keinen Kopf zum Schreiben. Hinfort war die ganze Motivation des letzten Jahres und mit ihr die Inspiration und der Glaube an einen Erfolg. Kozlowski quälte sich über den Parkplatz, mit kalten Füßen und einem großen Schirm in der Hand gegen den Regen machte es keinen Spaß Strafzettel zu schreiben. Wenn er dann nachmittags nach Hause kam fiel er entweder vor Erschöpfung auf sein altes Sofa oder er tauchte in der Badewanne ab und träumte vom nahenden Frühling. Doch zum Schreiben hatte er absolut keinen Nerv. Finanziell sah es zu dieser Zeit auch eher düster aus. Die stillen Reserven waren aufgebraucht, der Kleinwagen musste dringend in die Werkstatt, Steuer und Versicherung waren zum ersten Januar schon fällig gewesen und dann war da noch die Sache mit dem fehlenden Zahn, die ein paar Sitzungen beim Zahnarzt nach sich zog und auch noch eine fette Rechnung. Das alles bei einem sehr bescheidenen Einkommen, nicht dass Kozlowski viel Geld gebraucht hätte, für einen Halbtagsjob war die Bezahlung auch nicht schlecht, aber wenn dann so viele ungeplante Ausgaben zu bewältigen waren, wurde es eben für mehrere Monate eng. Für Mitte Mai war eine Besserung der finanziellen Situation in Sicht, doch das war jetzt eben noch lange hin. Kozlowski setzte all seine Hoffnung auf den Frühling, bis dahin konnten ihn alle mal kreuzweise.

36.

Andreas stand etwas später auf als sonst unter der Woche, es gab nichts mehr zu tun in der Abteilung für Tagträume, er und Karla waren bis auf weiteres vom Dienst freigestellt. Heute würde er nur noch kurz ins Büro fahren und seine wenigen persönlichen Gegenstände in einen großen Karton packen. Aus den kleinen Lautsprechern in der Küche kam *You can't allways get what you want* von den Stones, das passte irgendwie zu der allgemeinen Stimmung im Land. Die Kunstfabrik musste ihren Betrieb einstellen, das ganze Projekt wurde nur noch künstlich am Leben gehalten, was drohte war ein Versorgungsengpass oder gar der totale Bankrott. Andreas traute den ganzen Versprechen der Verwaltung nicht, in der Zeitung war zu lesen, dass es bald wieder aufwärts gehen würde und dass man durch Sparmaßnahmen den Haushalt wieder in den Griff bekommen würde. Für Andreas hieß das, dass er keine Arbeit mehr hatte, dass es auch keinen anderen Job für ihn geben würde und er sich mit Lebensmittelmarken vom Sozialamt durchschlagen konnte, bis es vielleicht irgendwann wieder besser laufen würde. Keine tollen Aussichten. Er machte sich noch einen Kaffee und stopfte sich ein paar Zigaretten. Eine halbe Stunde später war er im Büro und begrüßte seine Kollegin, die wie er heute nur noch ihre sieben Sachen packte.
„Glaubst du, dass es irgendwann hier wieder weitergeht?"
Karla überlegte einen Moment und zuckte dann mit den Schultern.
„Wer kann das wissen, vor einem Jahr waren alle noch Feuer und Flamme, es war ein richtiger Hype. Wir waren ja auch voll dabei und glaubten, dass schon alles laufen würde."
„Manchmal kommt es eben doch anders. Auf jeden Fall geben sich die aus der Verwaltung oben noch immer optimistisch. Aber ich persönlich glaube nicht mehr an ein Happy End."

„Abwarten. Ich fliege erst einmal nach Griechenland und vergess den ganzen Scheiß. Vielleicht komme ich ja dann in ein paar Wochen zurück und alles ist wieder gut." Beide lachten.

„Die Hoffnung stirbt zuletzt, das ist wahr." Andreas hatte als erster seinen Karton gepackt und stand schon in der Tür.

„Der letzte macht das Licht aus."

„Die Ratten verlassen das sinkende Schiff."

„Oder so." Karla umarmte Andreas freundschaftlich und wünschte ihm noch eine gute Zeit.

„Wir machen das Beste daraus. Ich melde mich per E-Mail mal bei dir."

„So machen wir das." Andreas schnappte seinen Karton und ging mit einem merkwürdigen Gefühl den Gang entlang zum Fahrstuhl. Keiner konnte wissen, wie und wann es weiter gehen würde.

37.

Es war Anfang April und Ostern war schon vorbei. Die Tage wurden wieder länger, trotzdem tat sich der Frühling schwer in diesem Jahr. Es regnete viel, nachts hatte es manchmal noch Frost. Am Tage kletterten die Temperatur kaum über zehn Grad, die Sonne war eher ein seltener Gast. Karl legte ein bisschen Holz nach in dem kleinen Kanonenofen in seinem Bauwagen. Erst mal einen Kaffee, der machte warm und wach. Auf der Wiese draußen blühten schon die ersten Gänseblümchen. Man konnte das Positive betrachten und all das Negative ignorieren. Man konnte aber auch als Pessimist glücklicher werden als ein Optimist. Wenn man immer von dem Schlimmsten ausging, konnte man sich wenigstens freuen, wenn es dann doch nicht ganz so schlimm gekommen war wie befürchtet. Alles Quatsch. Karl drehte sich eine dünne Kippe von seinem Krümeltabak, es wäre gut, wenn Suliver sie mal wieder besuchen würde. Günther hatte da so was gemurmelt, als er vor gut einer Stunde mit den Hunden in den Wald zum Bärlauchsuchen gegangen war. Karl setzte die Blechkanne mit Wasser auf den Ofen und suchte nach Kaffeepulver. In der verrosteten Dose fand er noch einen Rest, das würde für zwei Tassen Wachmacher reichen. Ein lautes Hupen riss ihn aus seinen Gedanken. Schon doof, wenn die Hunde mal nicht da waren. Normalerweise konnte sich niemand unbemerkt den zwei Bauwagen nähern. Vorsichtig schob er den Vorhang am Fenster ein

Stück zur Seite und erkannte mit Erleichterung, dass es Suliver war.
Karl öffnete die Bauwagentür.
„Gerade hab ich an dich gedacht!"
„Hat Günther nichts gesagt?"
„Der hat heute Morgen noch keinen einzigen logischen Satz zusammengebracht." Beide lachten.
„Sei gegrüßt!"
„Heil Eris!" Suliver kletterte in den warmen Bauwagen und setzte sich an den kleinen Tisch.
„Arschkalt heute."
„Bald kommt der Frühling, wir haben ja schon April." Karl bot einen frischen Kaffee an, Suliver lehnte dankend ab. Kaffee war nicht so gut für seinen bisweilen nervösen Magen.
„Sonst kann ich dir nicht viel anbieten, unsere Vorräte sind ziemlich am Ende…"
„Ich weiß, ich hab eine neue Lieferung dabei." Suliver hatte Günther ein einfaches Handy geschenkt, damit er ihm immer Bescheid geben konnte, wenn es an etwas fehlte oder wenn es sonst etwas Neues gab. Den Strom dazu lieferte eine kleine Solarzelle auf dem Dach von Günthers Bauwagen.
„Günther benutzt das Handy ja nur im absoluten Notfall, er könnte sich ruhig auch einmal einfach so melden."
„Wir haben es nicht so mit der modernen Technik…" Karl klang so, als wenn er sich dafür entschuldigen wollte.
„Egal, schön dass ich den Weg mal wieder hierher gefunden habe, im Winter war mir auch nicht so richtig nach Lagerfeuer."
Karl setzte sich mit der dampfenden Tasse zu Suliver.
„Günther ist mit den Hunden im Wald, er schaut, ob der Bärlauch schon kommt."
„Sind das Drogen?" Suliver lachte amüsiert.
„Mach keine Witze, wirst ja wohl wissen, was Bärlauch ist."
„Ja, schon gut, irgend so ein Kraut, das nach Knoblauch stinkt. Könnte ja sein, dass es trotzdem dicht macht." Suliver war gut drauf und Karl lachte auch.
„Das wäre natürlich der Idealfall, aber zum Abdichten haben wir andere Kräuter." Draußen hörte man jetzt das Gebell der Hunde.
„Ich glaube, Günther kommt zurück." Keine zehn Sekunden später standen die bellenden Tölen vor der Tür zu Karls Bauwagen. Karl öffnete die Tür und die nassen Hunde sprangen in den Wagen. Am Waldrand sah man Günther ganz gemütlich durch das nasse Gras

laufen, rauchend und grinsend ließ er sich Zeit mit seiner Rückkehr. Suliver floh nach draußen, mit den aufgeregten Hunden wurde es ihm zu eng in dem Bauwagen.

„Ein bisschen mehr Elan, wenn ich bitten darf!"

Günther verstand nicht, was Suliver da schrie.

„Was?" Auch diese Gegenfrage kam nicht wirklich bei Suliver an.

Es dauerte noch eine Minute, bis Günther am Bauwagen war.

„Wuff, wuff! Wie die Hunde…"

„Genau, alter Gauner, schön, dass du uns besuchen kommst." Sie umarmten sich kurz und für einen kurzen Moment durchbrach die Sonne die dunklen Wolken.

„Kozlowski kommt nicht mehr, habt ihr das schon gewusst?"

„Kozlowski kriegt keinen mehr hoch, das war mir klar." Günther lachte dreckig und musste husten.

„Nein, ohne Spaß, in der Kunstfabrik ist gerade Land unter." Suliver berichtete das Neueste, von der zeitweiligen Schließung und dem offiziellen Sparkurs, von den vielen Menschen, die jetzt ohne Job dastanden und von der Rationalisierung der Konsumgüter.

„Ein Glück für euch, dass ich nicht davon betroffen bin." Suliver ging zu seinem Ford Ka und öffnete den Kofferraum.

„Hast du auch an Eier und Mehl gedacht?"

„Hab ich, wollt ihr Spätzle machen?"

„Mit Bärlauch, genau. Leider braucht der noch ein bisschen, aber die Eier werden ja nicht so schnell schlecht."

Suliver reichte ihnen alles, was auf der Bestellung gestanden hatte und Karl und Günther räumten das Zeug auf.

„Und natürlich hab ich auch noch was zum Feiern dabei! Wie wäre es mit einem anständigen Höllenfeuer für den hohen Besuch?"

Das ließen sich die beiden Aussteiger nicht zweimal sagen und in kürzester Zeit brannte ein anständiges Feuer in der Feuerstelle.

38.

Es war kalt, auf den Scheiben war zwar kein Eis, aber sie waren von innen und außen beschlagen. Kozlowski verharrte noch ein Weilchen in dieser unbequemen Haltung und fror ganz leicht und heimlich in seinem billigen Schlafsack. So ein Fiat Seicento war eben doch kein richtiges Wohnmobil. Irgendwie tat ihm von der linken Hüfte aufwärts alles weh, weil er zu lange in dieser einzig möglichen Position in dem wirklich kleinen Auto geschlafen hatte. Aber das war Kozlowski alles egal, er spürte die unendliche Freiheit da draußen hinter den beschlagenen Scheiben und war froh, dass er dem ganzen Stress und dem großen Elend entflohen war. Was hätte er auch sonst noch tun können? Die Kunstfabrik war bis auf weiteres geschlossen, keine Fabrik bedeutete auch, dass kein Chef mehr nötig war, es gab also auch keinen Job mehr für Kozlowski, er hatte keine Aufgabe mehr, nichts. Niemand glaubte mehr an einen Erfolg, keiner glaubte mehr an die tolle Geschichte, die alles reißen sollte, verbrannte Erde war alles, was übrig geblieben war. Kozlowski öffnete den klemmenden Reißverschluss des Schlafsacks ein wenig und angelte sich seinen Tabak vom Beifahrersitz. Mit Mühe und kalten Fingern drehte er sich eine Zigarette. Er schaute auf die Uhr, erst kurz vor acht, also noch früh am Morgen. Soweit er erkennen konnte, war draußen noch alles ruhig. Gut so. Er wollte erst einmal in Ruhe einen Plan machen. Die Kippe brannte scheiße ab, na toll, dachte er und drückte sie in dem kleinen und schon übervollen Aschenbecher des Fiats aus. Vor einem Jahr waren noch alle im Fieber, im Kozlowskiwahn, „Kozlowski kommt!" war die Parole gewesen, alle hatten an ihn und seine Fähigkeiten geglaubt, gemeinsam wollten sie alle mithelfen und… Und jetzt? Brachte er, Kozlowski, keine anständige Kippe mehr hin, schlief er, Kozlowski, in einem italienischen Kleinstwagen auf einem verdammten Aldiparkplatz. Er tippte darauf, dass die Endzeit längst begonnen hatte und dass sich da draußen die Apokalypse breit machte. Das Ende vom Anfang oder der Anfang vom Ende, irgendwie so. Kozlowski seufzte ganz leise und hatte noch immer keinen Plan. Es war Samstag, so langsam kam die Erinnerung zurück. Er war gestern am Freitag nach der Arbeit als Kontrolleur direkt zum Aldi gefahren und hatte Bier gekauft. Sehr viel mehr wusste er jetzt auch nicht mehr. Zum Glück lag der Schlafsack immer im Kofferraum, sonst wäre er nach dem ersten Sixpack auf dem Parkplatz bestimmt auf die dumme Idee gekommen, noch nach Hause zu fahren. Natürlich hatte er nicht nur ein Sixpack gekauft und der Rest ergab jetzt auch einen Sinn. Kozlowski drehte seinen Kopf ganz langsam nach hinten und freute sich. Ganz viele leere Pfandflaschen, juhu! Im Unverstand geleert und einfach nach hinten geworfen, Kozlowski war von sich selbst begeistert. Er könnte jetzt das Pfand abgeben und davon neues Bier kaufen. Kurz war er in Gedanken beim Bier-Perpetuum-Mobile, jedoch hatte auch diese Sache wie so vieles einen winzigen kleinen Haken. Nach einer kurzen Betrachtung der näheren Umstände gab

Kozlowski den Gedanken wieder auf. Frühstück als Option, kam als nächstes. Bierfrühstück. Die Gedanken drehten sich irgendwie noch immer im Kreis. Kozlowski öffnete jetzt den klemmenden Reißverschluss des Schlafsacks ganz und schälte sich heraus. Zwiebeln. Irgendwie alles Schrott. „Ich bin eine Zwiebel." Seine Stimme war rau und tief beim Aussprechen dieser Erkenntnis. Er machte die Scheibe auf der linken Seite runter und kalte Luft kam zu ihm herein. Die ersten Konsumwütigen warteten bereits darauf, dass der Discounter seine Pforten für die breite Masse öffnen würde. Kozlowski musste pissen. Dringend. Er drehte sich noch eine Zigarette und machte sich dann auf, um ein stilles Gebüsch zu suchen.

39.

Karla hatte Tränen in den Augen, als sie von ihrem Fensterplatz aus den Strand von Amnissos wiedererkannte. Das Flugzeug war im Landeanflug auf Heraklion und für Karla wurde einmal mehr ein Traum wahr. Sie war verliebt in diese Insel, sie war verliebt in dieses wundervolle Kreta, seit Jahren schon und mit jedem einzelnen mal mehr. Es gab noch so viel zu entdecken auf dieser Insel, so viele schöne Orte wollte sie ein weiteres Mal besuchen. Und dieses Mal hatte sie sehr viel Zeit, ihr Geld würde für sechs bis acht Wochen locker reichen, was danach kommen würde, darüber machte sie sich keinen Kopf, jedenfalls nicht in diesem Moment. Die Landung war etwas holprig und Karla war froh, als sie die Maschine verlassen konnte und ihr diese wunderbare Luft entgegenkam. Es roch nach Frühling am Meer, es roch nach Freiheit und Lebenslust. Es roch für Karla in diesem Moment einfach nur wunderbar. Sie war zuhause angekommen. In dem kleinen Ankunftsbereich wartete sie geduldig auf ihr Gepäck, auf Kreta hatte man schließlich Zeit und Hektik war hier zum Glück noch ein Fremdwort. Der Mann am Schalter der Autovermietung begrüßte sie herzlich auf Englisch, er kannte sie schon, es war das erste Wiedersehen mit einem alten Bekannten auf der Insel ihrer Träume. Sie bekam den Schlüssel für einen Fiat Panda mit Klimaanlage, das war hier kein Extra sondern Standard und sehr angenehm in der Sommerhitze bei Temperaturen um die vierzig Grad. Karla kämpfte sich mit dem kleinen Auto geschickt durch das wilde Verkehrschaos vor dem Flughafen und fädelte sich auf der Schnellstraße ein. Es waren nur ein paar Kilometer bis Karteros, wo sie für die erste Nacht wie immer ein Zimmer im Prince of Lillies gebucht hatte. Das Prince of Lillies war ein gemütliches kleines Hotel mit Pool und einem guten Restaurant, wo sie heute Abend lecker essen würde. Auf dem Seitenstreifen der Schnellstraße waren ein paar Fahrradfahrer unterwegs, nichts Außergewöhnliches hier, wie Karla schon wusste. Es hätte sie auch nicht gewundert, wenn ein Eselsgespann oder eine Ziegenherde den Verkehr blockiert hätten, doch sie kam ohne Zwischenfälle in Karteros an und parkte ihren Wagen auf der Hauptstraße der kleinen Ortschaft. Auch an der Rezeption des kleinen Hotels wurde sie sehr herzlich begrüßt, fast als wäre sie schon ein Teil dieser großen kretischen Familie.

40.

Mir kamen verschiedene Kinofilme in den Sinn, doch am ehesten dachte ich an die Fernsehserie *Breaking Bad*. Es war noch nicht viel los an diesem Samstagmorgen auf dem Aldiparkplatz und in der hintersten Ecke entdeckte ich den kleinen blauen Fiat. Kozlowski hatte hier im Auto übernachtet und was er jetzt tat, war nicht schwer zu erraten. Ich kam mir vor wie Walter White, der sich mit einem rebellierenden Jesse auseinandersetzen musste. Ich näherte mich dem Fiat mit entschlossenen Schritten. Die Scheiben waren einen Spalt weit geöffnet und aus zehn Metern Entfernung drang Musik von Cypress Hill an mein Ohr. Durch den kleinen Spalt in der Scheibe qualmte es verdächtig. Ich öffnete die Fahrertüre mit einem Ruck und Jesse alias Kozlowski starrte mich erschrocken an. In der linken Hand ein Bier, in der rechten einen vorbildlich gedrehten Joint, der qualmte. Ich drehte die Musik ab und war außer mir.
„Was soll das werden?"
Kozlowski antwortete nicht, stattdessen nahm er einen tiefen Zug von der Tüte. Wenn das Universum eine Sackgasse hatte, dann waren wir da jetzt gelandet.
„Aufgeben, das letzte Geld versaufen und kiffen, ich bin begeistert!"
Kozlowski sah nur seinen Joint an, drehte ihn in der Hand und lachte etwas zu verrückt. Mir reichte es, ich hatte die Faxen dicke. Ich schlug Kozlowski den Joint aus der Hand und er landete mitsamt dem Bier auf der Fußmatte des Fiats. Hektisch beförderte ich beides an die frische Luft.
„Ey, was geht denn jetzt ab?"

Ich trat den Joint aus und kickte das Bier ins Gebüsch, dann schnappte ich Kozlowski am Kragen und zerrte ihn aus dem Auto. „Wir fahren jetzt heim!"

Kozlowski torkelte gegen den Kleinwagen und dann mit unkoordinierten Schritten über den Parkplatz. Ich schnappte ihn mir wieder und bugsierte ihn zur Beifahrertür, die nicht verriegelt war, öffnete diese und quetschte ihn unsanft auf den Sitz.

„Es geht weiter, der Urlaub ist vorbei!"

Kozlowski war zu fertig für irgendeine Form der Gegenwehr. Es war mir zu stressig, ihm den Gurt anzulegen, ich ging um das Auto herum und setzte mich hinters Steuer.

„Ein Verleger ist auf Papadopoulos aufmerksam geworden, reiß dich jetzt einfach nochmal zusammen!" Papadopoulos war ein kleines Projekt gewesen, an dem Kozlowski damals beteiligt gewesen war. Es handelte sich dabei um einen Krimi, der von einem sehr eigenwilligen Kommissar handelte und der sich in Insiderkreisen schon einer gewissen Beliebtheit erfreute. Ich setzte nicht zu viel Hoffnung in die ganze Sache, aber ich wollte ihn ein bisschen wach rütteln und motivieren. Kozlowski grunzte nur.

„Ich bin eine Zwiebel…" Kozlowski lachte sich halb tot. Ein weiteres Mal hatte ich so meine Zweifel, dass Gras eine bewusstseinserweiternde Droge war. Es war nicht sehr weit bis zu seiner Wohnung und ich ignorierte einfach alles, was er in seinem Zustand von sich gab. Das war nicht der Kozlowski, den ich engagiert hatte, auch nicht der, den alle als produktiven und angenehmen Menschen in Erinnerung hatten. Ich kannte mich aus mit Typen, die einfach aufgeben und sich gehen lassen. Hatte er so viel Stress in der letzten Zeit? War es nicht eher so, dass ich nichts gesagt hatte, wenn von ihm selbst gar nichts mehr gekommen war? War er mit dem ganzen Projekt überfordert? Hatte er die Hoffnung verloren? Oder machte er sich aus all dem nur einen Spaß? Nahm er mich und das Projekt nicht mehr ernst? In diesem Zustand nahm er wohl gar nichts mehr ernst. Wir parkten in der Parkbucht vor seiner Wohnung und ich stieg aus. Kozlowski hing schwer in den Seilen. Ich beschloss, ihn im Auto pennen zu lassen und ihn dann in zwei oder drei Stunden zu wecken. Ich nahm mir eine Filterzigarette aus der Packung und zündete sie an, fragte mich selbst, ob ich noch Hoffnung hatte und kam nach zwei energischen Zügen zu dem Schluss, dass alles sehr wohl noch funktionieren könnte. Ich hatte gute Nachrichten im Gepäck, für die Kozlowski im Moment leider nicht erreichbar war, aber das würde sich noch ändern, so schnell würde ich nicht aufgeben.

41.

Andreas trank seinen Kaffee aus wie jeden Morgen und zog sich eine Jacke über. Heute war es frisch draußen, in der Nacht hatte es geregnet und der Himmel war immer noch grau und wolkenverhangen. Es war immer noch kein richtiger Frühling in Sicht. Andreas hatte um neun einen Termin auf dem Amt, es ging dabei um seine berufliche Zukunft und seine soziale Absicherung. Themen, mit denen sich ganz viele seiner Kollegen zurzeit herumschlagen mussten. Die Wirtschaft stagnierte, der Staat lebte auf Pump und ein Sparprogramm nach dem anderen wurde beschlossen. Andreas las schon keine Zeitung mehr, das war viel zu deprimierend. Als er in sein altes Auto stieg und die Zündung anmachte, blinkte sofort die Tankleuchte auf. Noch hatte er ein wenig Geld auf dem Konto, doch das wäre sicher bald aufgebraucht. Er wusste, dass er noch genügend Geld dabei hatte, zum Tanken würde es schon noch reichen. Doch wie lange noch? Wie lange konnte er sich noch ein Auto leisten? Brauchte er überhaupt ein Auto, wenn er keinen Job mehr hatte? Andreas beschloss, erst einmal abzuwarten, was die vom Amt für Arbeit und Soziales zu sagen hatten. Es war eine alte Erkenntnis, dass es immer irgendwie weiter gehen würde, die Frage war natürlich nur wie? Auf Nacht folgte Tag und auf Tag folgte Nacht, nur die Hoffnung nicht aufgeben, dachte Andreas und fuhr los zur Tankstelle. Der Sprit war zurzeit günstig, das passte irgendwie gar nicht zu der aktuellen Finanzkrise. Er tankte seinen Kombi voll und gönnte sich noch eine Schachtel Gauloises. Mit Anstand und Würde in den Untergang, stilvoll eben, irgendwie so, das war der Plan für diesen Tag. Es dauerte eine Weile, bis er am Empfangsschalter des Amtes für Arbeit und Soziales endlich an die Reihe kam. Der Andrang war groß, und als er schließlich mit einem ganzen Stapel Formulare zum Ausfüllen weiter vertröstet wurde, bis er dann irgendwann aufgerufen werden sollte erblickte er Albert, seinen Exkollegen.
„Grüß dich, Albert. So sieht man sich wieder."
„Grüß dich, Andreas. Wir sind alle hier, die ganze Mannschaft."
„Ich muss erstmal tausend Formulare ausfüllen, da hab ich eigentlich gar keinen Bock drauf."

„Das hab ich schon hinter mir, ich war letzte Woche schon da. Die sollen mir meine Gutscheine geben, dann bin ich wieder weg. Hab wirklich besseres zu tun, als hier den ganzen Tag rumzuhängen."

„Hab es schon gehört, es gibt nur noch Sachleistungen, ziemlich beschissen."

„Wem sagst du das?"

Andreas erkannte einige Bekannte aus der Kunstfabrik unter den Wartenden, die Stimmung war irgendwie gedrückt bis angespannt, um es ganz undramatisch zu schildern. Albert erkundigte sich nach Karla, die er auch gut kannte.

„Die hat es gut, die liegt auf Kreta am Strand und macht sich hoffentlich keine Sorgen. Ich hätte auch einfach abhauen sollen, das bringt doch alles nichts."

„Jetzt lass mal den Kopf nicht hängen, wir werden schon..."

„Nummer Zwei Zwei Sieben, Zimmer Fünfzehn, Nummer Zwei Zwei Sieben, Zimmer Fünfzehn bitte, " ertönte es aus einem Lautsptrecher.

„Das bin ich, wir sehen uns..." Albert ging den langen und überfüllten Flur entlang und suchte Zimmer Fünfzehn. Andreas setzte sich auf einen freien Stuhl an einem der kleinen runden Tische im Flur und fing an seine Formulare auszufüllen. Name, Vorname, Geburtsdatum, Geburtsort und noch ganz viel anderes Zeugs, bei dem Andreas richtig ins Grübeln kam. Arbeit von bis als. Da gab es nur fünf Zeilen, das würde im Leben nie reichen. Ah, hier, sind auf einen kenntlich gemachten Anhang zu schreiben. Toll, alles völlig logisch, irgendwie mussten die Beamten ja beschäftigt werden. Andreas war sich sicher, dass es wenigstens einen Beamten gab, der den ganzen Tag nichts anderes zu tun hatte, außer zu überprüfen, ob der beigefügte Anhang auch kenntlich genug war. Und da wunderte man sich, dass die Bearbeitung solcher Anträge manchmal Wochen dauern konnte. Er hatte schon gar keine Lust mehr auf den ganzen Quatsch als ein Raunen durch die wartende Menge ging. Erst ganz leise und vereinzelt, dann immer lauter und aufgeregter. Manche zeigten das Display von ihren Smartphones herum, die anderen versuchten darauf etwas zu lesen.

„Amerika hat Russland den Krieg erklärt..." Andreas fiel nichts anderes ein als Erklärung. Doch irgendwie herrschte bald eine ganz ausgelassene Stimmung und Andreas hielt es nicht mehr aus.

„Was ist denn los hier?" Er tippte einem fast schon vor Freude grölenden Arbeitssuchenden auf die Schulter. Der drehte sich verdutzt um und sah Andreas fragendes Gesicht.
„Es geht weiter! Wir sind schuldenfrei!"
Andreas nahm sein eigenes Smartphone zur Hand und suchte nach den neuesten Nachrichten. Da stand es.
"Kunstfabrik nimmt bald die Arbeit wieder auf!"

42.

Ich machte Kozlowski einen starken Kaffee in der dreckigen Kaffeemaschine, sie röchelte und stieß kleine Dampfwolken aus. Eine dunkle, fast schwarze Brühe tropfte in die ebenso dreckige Glaskanne. Kozlowski hatte schon seit langem keinen Staub mehr gewischt, in den Ecken an der Decke hingen dunkle Spinnweben und auf dem Fußboden lag regelrecht Dreck. Das war nicht immer so gewesen und musste sich auch dringend wieder ändern. Es gab viel zu tun für Kozlowski, das würde ich ihm gleich in den vernebelten Kopf hämmern. Rumhängen, aufgeben, gar nichts mehr machen war einfach nicht. Nicht mit mir. Ich hatte schon zu viel Zeit und Energie in das Projekt investiert, von dem vielen Geld, das gerade wieder floss, ganz zu schweigen. Wir mussten alle weiter machen, noch einmal alles geben. Eine lange Zeit der Dürre lag hinter uns, doch wir hatten es einmal mehr bis zur nächsten grünen Oase geschafft, das hatte ich schon an alle wichtigen Stellen weitergeleitet, nur Kozlowski wusste noch nichts von seinem Glück. Die Metapher mit der Dürre und der grünen Oase hörte sich ziemlich kitschig an, zugegeben, doch im Moment fiel mir einfach nichts Passenderes ein. Das war eigentlich alles Kozlowskis Job. Der Kaffee tropfte noch immer in die Kanne und ich ging raus, um Kozlowski aus seinen Träumen zu reißen. Ich rüttelte ihn an der rechten Schulter.
„Heute sind rund dreißig Millionen im Jackpot, wir müssen spielen!" Er öffnete seine Augen nur einen Spalt weit und stöhnte.
„Haben wir Geld?"
Ich wunderte mich selbst, dass ich ihm keine Vorwürfe machte und ihn nicht einmal belehrte.
„Geld ist kein Problem, wir sind endgültig in der Gewinnzone gelandet."
„Was ist dann der Plan?" Kozlowski öffnete vollends die Augen und sah sich fragend um.

„Es gibt Kaffee, einen neuen Tabak hab ich auch besorgt. Kaffee und Kippen, das ist der Plan."

„Bin begeistert." Kozlowski kam ohne Hilfe aus dem kleinen Auto und steuerte zielstrebig seine Wohnungstür an.

„Ich muss erstmal für kleine Erfolgsautoren."

Das war es, was ich hören wollte. Er war wieder an Bord, er war wieder dabei, das freute mich. Nach zwei großen Tassen Kaffee und einigen selbstgedrehten Zigaretten hatte ich Kozlowski auf den neuesten Stand gebracht. Es war jetzt kurz vor elf Uhr, also noch früh genug um Lotto zu spielen.

„Lotto spielen, einfach die richtigen Zahlen tippen und am Montag sehen wir uns dann in der Kunstfabrik, in alter Frische und zu allem bereit."

„Wird erledigt."

„Schönes Wochenende noch!" Ich ließ ihm ein bisschen Geld da und war froh, dass er wieder funktionierte, so gut es eben ging.

„Kozlowski kommt!" Die Parole hatte ich schon lange nicht mehr im Kopf gehabt.

43.

Kozlowski betrachtete den ausgefüllten Lottoschein skeptisch. Hatte das überhaupt einen Sinn? War die Wahrscheinlichkeit zu gewinnen nicht lächerlich gering? Er wollte so schnell wie möglich nach Hause und einfach weiterschreiben, er hatte das Gefühl, dass es heute nur so sprudeln würde, zwei oder drei Seiten wollte er mindestens schaffen. Er hatte viel aufzuholen, es lag eine lange und schwere Zeit hinter ihm, das könnte er alles mit einbauen in seine Geschichte. Wenn irgendwann einmal der ganz große Durchbruch geschafft wäre, dann wäre das sein Verdienst. Kozlowski wollte gar nicht im Lotto gewinnen, er stellte sich lieber vor, dass sich seine Geschichte bald mit Erfolg verkaufen würde. Er gab den ausgefüllten Schein trotzdem ab und nahm noch zwei Flaschen Orangensaft mit, er wollte seinem Körper mal wieder ein paar Vitamine spendieren und gute Zeilen raushauen. Voller Tatendrang und vor Inspiration strotzend lief Kozlowski den Berg hoch und die Straße lang bis zu seiner Wohnung. Er rauchte noch eine Kippe und setzte sich dann mit seinem Netbook auf das alte Sofa. Er fing an zu tippen und fand sofort wieder den Anschluss, die Geschichte entwickelte sich weiter mit jedem Satz und am Ende des Tages war Kozlowski seit langem einmal wieder mit sich und der Welt zufrieden.

44.

Die ersten Handwerker parkten schon vor der Kunstfabrik, es war Montag und Kozlowski war auch schon da. Ich parkte den Fiat auf dem Parkplatz und wünschte allen einen guten Morgen.
„Hier wird noch einiges umgebaut und renoviert, das ganze Gebäude soll heller und freundlicher werden, damit sich die Mitarbeiter auch wohl fühlen."
Kozlowski nickte.
„Das ist gut. Wann geht es dann wieder weiter mit dem Betrieb?"
„In zwei Wochen, nach den Pfingstferien."
„Ich habe am Wochenende schon weiter geschrieben, ist nur so aus mir rausgesprudelt."
„Freut mich, das zu hören." Ich klopfte ihm anerkennend auf die Schulter und lachte.
„Nur mit dem Sechser im Lotto hat es mal wieder nicht geklappt…"
„…der Versuch zählt, das passt schon. Wollen wir kurz Ihr neues Büro besichtigen?" Wir fuhren mit dem Fahrstuhl nach ganz oben und sahen uns in dem großen Büro um.
„Bester Ausblick, eine kleine Dachterrasse, neue Möbel. Ich denke, hier kann man gut arbeiten."
„Das ist perfekt." Kozlowski stellte sein Netbook auf den großen Schreibtisch und entfernte die Schutzhülle aus Plastik von dem neuen Drehstuhl.
„Ich werde gleich anfangen zu schreiben, ich bin voller Tatendrang, das muss ich ausnützen."
„Alles klar, ich habe noch ein paar Sachen mit den Handwerkern zu klären." Ich ließ Kozlowski in seinem neuen Büro alleine und freute mich, dass es mit dem Projekt weiter ging. Im zweiten Stock fand ich die Elektriker und ließ mir die neue indirekte Beleuchtung vorführen. Dem Amt für Arbeit und Soziales hatte ich auch schon Bescheid gegeben, ich hoffte, dass hier bald wieder motiviertes Personal arbeiten würde. Den Stundenlohn für die Mitarbeiter wollte ich entsprechend erhöhen.

45.

Karla war unterwegs von Chania nach Balos. Es war nicht viel
Verkehr auf der nördlichen Schnellstraße, links zogen hohe Berge
vorbei und rechts schimmerte das Meer verführerisch türkis. Die
Klimaanlage blies ihr eine angenehm kühle Brise ins Gesicht und der
Panda flitzte ohne Probleme die Steigungen hoch und wieder runter.
Unterwegs hielt sie rechts an, ein alter Kreter verkaufte frisches Obst
am Straßenrand und Karla hatte Lust auf eine kleine Pause. Für die
Nacht hatte sie sich telefonisch schon im To Kastri in Falassarna
angemeldet, die Vermieterin kannte sie schon lange und diese hatte
sich riesig gefreut, als sie Karlas Stimme am Telefon wiedererkannt
hatte. Doch erst einmal ein saftiges Stück Melone und dann weiter in
die Traumbucht von Balos. Karla freute sich schon auf die kleine
Wanderung zum Strand und die sagenhafte Aussicht. Balos war
eines der beliebtesten Postkartenmotive auf dieser herrlichen Insel.
Der alte Kreter wollte einen Euro für das große Stück Melone und
Karla gab ihm zwei. Der Mann bedankte sich sehr herzlich und sie
plauderten mit Händen und Füßen auf Englisch und Griechisch über
das Wetter und andere Belanglosigkeiten. Frisch gestärkt nahm sie
wieder in dem kleinen Mietwagen Platz und schaute aus reiner
Gewohnheit auf ihr Smartphone. Eine SMS von Andreas, was wollte
der denn?
Hier geht es weiter, kannst mich ja mal anrufen, Gruß Andreas.
Karla schnaubte. Nicht einmal im Urlaub hatte man seine Ruhe.
Karla hatte keine Lust zu telefonieren, das musste jetzt eben mal
warten. Nur keinen Stress. Sie legte das Handy wieder weg und ließ
den Motor an. Nach einer Stunde war sie schon unterwegs auf der
Schotterpiste, die sich bis zu dem Parkplatz auf dem Bergrücken
hoch über der Bucht von Balos hinzog. Man konnte kaum schneller
als zehn Stundenkilometer fahren und musste ständig meckernden
Ziegen und riesigen Schlaglöchern ausweichen. Karla genoss schon
hier eine traumhafte Aussicht, rechts ging es steil hinab und das
tiefblaue Meer brandete wild gegen die Felsen. Karla fuhr möglichst
weit links und war froh, dass ihr nicht allzu viele Autos auf der doch
sehr schmalen Straße entgegenkamen.

46.

Es war Freitag und nach ein paar Regentagen schien die Sonne endlich einmal wieder, am Himmel waren nur ganz wenige Schleierwolken zu erkennen und das hohe Gras war noch feucht vom frischen Tau. Karl drehte sich vor dem Bauwagen eine Zigarette und freute sich mit den tobenden Hunden über das geniale Wetter.

„Was stellen wir heute an?" Günther kniete an der Feuerstelle und versuchte mit der restlichen Glut der letzten Nacht ein Feuerchen zu entfachen.

„Müssen wir was tun?"

„Wir sollten dieses herrliche Wetter ausnutzen…"

„…und einfach mal nichts tun."

Günther lachte und musste dabei husten, kleine Flammen züngelten empor und das trockene Holz brannte.

„Wir könnten zum Frühstück grillen, wir haben noch Landjäger."

„Das hört sich nach einem guten Plan an."

Karl holte noch mehr trockenes Holz unter dem Bauwagen hervor und brachte es Günther.

„Einfach mal nichts machen, warum nicht?"

„Es ist gar nicht so einfach gar nichts zu machen, schätze, wenn du das hinkriegst bist du tot."

„Könntest du Recht haben…."

„…dann verschieben wir das mit dem Nichtstun auf ein anderes Mal…"

Karl lachte und legte ein paar größere Holzstücke ins Feuer.

„Jetzt muss ich mir aber auch mal eine drehen…" Günther schnappte sich den Tabak von Karl und ließ sich auf der Holzbank neben der Feuerstelle nieder.

„Hast du keinen Tabak mehr?"

„Doch, einen hab ich noch und Krümel."

„Willst du dann nicht lieber Suliver Bescheid sagen? Stell dir vor, der Tabak ist alle…"

Günther musste wieder husten.

„Haha, Endzeit, ich weiß, ruf ihn nachher mal an."

Karl ging in seinen Bauwagen und Günther rauchte genüsslich. Karl kam mit einem Sixpack zurück.

„Wenn wir schon grillen, darf ein kühles Bierchen nicht fehlen…"

„Hoho, jetzt aber! Irgendwie gehst du mit deinen Vorräten sparsamer um als ich."

Beide lachten, das war gewiss keine neue Erkenntnis.

„Dafür habe ich noch was zum Rauchen, Alter, da machen wir uns erst einmal richtig Appetit."

„Das wird ein perfekter Tag, hab ich so das Gefühl." Karl reichte Günther eine Plastikflasche Bier und öffnete sich auch eine.

„Auf den perfekten Tag..."

„Genau! Hau weg!"

Sie prosteten sich zu und fingen an, diesen Tag in vollen Zügen zu genießen.

47.

Es war Freitag, es waren Ferien, die Sonne schien am blauen Himmel und kurz nach neun war ich fertig mit meinem Parkplatz. Ich hatte Feierabend, ich hatte Wochenende. Nach all dem Stress der letzten Zeit und den ganzen bescheidenen Tagen wollte ich es mir heute einmal richtig gut gehen lassen. Das Freibad hatte schon seit Anfang Mai geöffnet und es wurde Zeit, einmal einen Wellnesstag einzulegen. Ich fuhr an der Tankstelle vorbei und besorgte mir zwei Dosen eiskaltes Radler. Im Freibad war trotz des guten Wetters noch nicht viel los, im Becken waren nur vier Leute, sie zogen ihre Bahnen und schienen sich nicht um die Wassertemperatur zu kümmern. Ich hielt meine Zehen in das kühle Nass und beschloss erst einmal in der Sonne zu baden. Die Liegewiese war noch komplett leer, ich legte mein großes Handtuch in das noch feuchte Gras und überlegte, wie wohl die Schatten der wenigen Bäume wandern würden. Ich wollte Sonne pur und keinen Schatten. Keine zehn Sekunden später saß ich mit einer Dose Radler in der einen und einer brennenden Filterkippe in der anderen Hand auf meinem Handtuch und entspannte. Gegen Mittag kamen dann doch mehr Leute ins Freibad, am Kiosk bildete sich eine lange Schlange und ich war froh, dass ich noch eine zweite Dose Radler dabei hatte. Mehr wollte ich hier nicht trinken, ich war schließlich mit dem Auto unterwegs. Als ich dann ganz gemütlich die zweite Dose ausgetrunken hatte, lief ich zum Bademeister, neben der Tür zu seinem Häuschen hing ein großes Thermometer. Es war jetzt kurz nach zwölf und wir hatten immerhin schon zweiundzwanzig Grad im Schatten. Ich zögerte noch einen Moment, dann nahm ich Anlauf und stürzte mich mit einem gewagten Sprung ins Becken. Ich tauchte unter, meine Füße berührten den Grund und ich ließ mich zurück an die Wasseroberfläche treiben. Das Wasser war mit einem Mal angenehm frisch und ich schwamm rüber zu der langen Rutsche. Ich wollte Spaß!

48.

Karla saß in der Orange-Blue-Bar in Falassarna und genehmigte sich einen Cocktail mit viel Eis. Aus den Lautsprechern kam moderner Reggea und der Barkeeper hinter der Theke schüttelte seine Rastamähne. Jetzt war Feierabend, Karla hatte den ganzen Tag in der Bucht von Balos zugebracht, dann war sie zum To Kastri gefahren, ihrem Traumhaus hier in Falassarna, hatte den Schlüssel zu der kleinen Ferienwohnung wie mit der netten Vermieterin am Telefon schon besprochen unter der Fußmatte am Eingang gefunden und ihre sieben Sachen nur kurz abgestellt. Der schöne Strand und ein kühler Cocktail in der Reggeabar lockten. Nach einem erfrischenden Bad im warmen und kristallklaren Wasser ging sie die hölzerne Treppe hoch und saß nun in der Abendsonne bei einem Mai Tai. Konnte es etwas Schöneres geben? Im Moment jedenfalls nicht. Sie hatte absolut keine Lust zu telefonieren. Am Strand von Balos hatte sie kein Netz gehabt, sonst hätte sie mit Andreas telefoniert. Hier hatte sie wieder Empfang, doch diesen schönen Abend wollte sie sich nicht verderben. Was gab es schon zu besprechen? Irgendwie ging es mit der Kunstfabrik weiter, wahrscheinlich standen alle wieder voll unter Druck, Erfolge und gute Ergebnisse mussten erzielt werden. Die Propaganda würde wieder von einem Etappensieg sprechen, von einem schnellen Erfolg und unbekümmerten Zeiten in der Zukunft. Karla hatte all das längst durchschaut, sich daran satt gehört und gar keine Lust auf diese ewige Tretmühle. Vielleicht ginge sie ja wieder zurück, vielleicht würde sie ja wieder mit kleinen Beträgen hantieren und kleine Träume wahr werden lassen. Vielleicht. Karla konnte sich aber auch einen Job auf Kreta vorstellen, im Sommer in der Tourismusbranche arbeiten und im Winter bei der Ernte im Gewächshaus helfen, warum nicht? Viele Menschen auf dieser wundervollen Insel schlugen sich auf diese Weise durch. Okay, reich wurde man dabei bestimmt nicht, aber wofür quälte sie sich jeden Tag ins Büro? Um nach Kreta zu kommen, das war doch die einzige Antwort. Karla nahm einen großen Schluck aus dem Cocktailglas und seufzte. Eigentlich wollte sie sich doch über solche Sachen keinen Kopf machen im Urlaub.

„Don´t worry!" Der Barkeeper mit den langen Rastas hatte sie wohl beobachtet und hielt ihr sein Glas zum Anstoßen hin. Karla lächelte zurück und wusste, dass all das Grübeln auch nichts brachte. „Cheers!"

49.

Andreas parkte seinen alten Kombi auf dem großen Parkplatz vor der Kunstfabrik und hatte irgendwie ein merkwürdiges Gefühl. Es war noch gar nicht lange her, da hatte er seine persönlichen Sachen in einen Karton verpackt und sie mit einem ähnlichen Gefühl zu seinem Kofferraum getragen. Jetzt war es nur anders herum. Den Karton hatte er zuhause noch gar nicht ausgepackt und jetzt durfte er ihn wieder ins Büro tragen. War jetzt alles gut? Für wie lange denn dieses Mal? Der Anteil an Unsicherheit war groß bei diesem seltsamen Gefühl, das ihn beschlich, als er sich mit dem Karton unter dem Arm auf den Weg zum Eingang der Kunstfabrik machte. Im Foyer standen viele Leute, einige ehemalige Mitarbeiter aber auch ganz neue Gesichter waren darunter. Sie alle hatten wahrscheinlich ihren ersten Arbeitstag an diesem Montag und wussten nicht so recht wohin. Andreas blickte sich um als ihm jemand die Hand auf die Schulter legte.
„Herr Kleinbier, schön, dass sie wieder mit an Bord sind." Kai Kozlowski lächelte ihn an und schien ehrlich erfreut zu sein.
„Ach, der Chef persönlich. Ich freue mich auch, dass es weiter geht. Sind wir noch in unserem alten Büro?"
„Das waren die Tagträume, eine tolle Abteilung übrigens, mal schauen…" Kozlowski blätterte in einem ganzen Stapel Papiere.
„…wurde vergrößert und umstrukturiert, der ganze fünfte Stock, hier, am besten sie gehen hoch und schauen sich dort um. Heute herrscht noch ein bisschen Chaos wie sie sehen…"
„Fünfter Stock, also gut…"
Kozlowski war schon wieder mit einer anderen Gruppe von Neuankömmlingen beschäftigt, Andreas sah die Menschenmenge vor den Aufzügen und entschied sich für den Weg durchs Treppenhaus. Im zweiten Stock klingelte sein Handy. Karla. Andreas stellte seinen Karton auf den Boden und meldete sich.
„Karla? Grüß dich."
„Kalimera! Ich hoffe, es ist wichtig…"

Es war kurz nach acht und das war nicht Karlas liebste Tageszeit. „Ist es bei dir auch kurz nach acht?"

„Nein, kurz nach neun, früh genug. Es ist nur schon wieder so heiß, dass ich nicht mehr schlafen kann. Werde gleich an den Strand gehen und mich abkühlen."

„Du hast es gut, heute ist mein erster Arbeitstag in der Kunstfabrik, alles wieder umstrukturiert und ein einziges Durcheinander."

„Kannst du dir vorstellen, dass ich genau darauf keinen Bock habe? Ich glaube, mir geht es hier besser."

„Die vom Amt für Arbeit und Soziales haben mich nach dir gefragt, ich hab gesagt, dass es im Moment schwierig sein dürfte, dich zu erreichen, dass ich es aber versuchen werde."

„Ich soll hier meine Koffer packen und sofort zurück fliegen? Ist es das? Sag denen vom Amt oder sonst wem, dass ich noch zwei Wochen Erholung brauche."

„Und dann?"

„Dann komm ich zurück ins Hamsterrad."

„Ja? Das ist gut, ich habe immer gerne mit dir zusammen gearbeitet."

„Spar dir die Floskeln, ich will Gleitzeit und mehr Geld, das kannst du denen auch gleich ausrichten."

„Wir bekommen jetzt alle mehr Geld, scheint so, als hätte sich die Firma die letzten Monate gesund gespart."

„Na prima, Gleitzeit von acht bis zwölf, sag das denen, dann bin ich in zwei Wochen wieder dabei. Und jetzt muss ich schnorcheln gehen, mach's gut."

Karla beendete das Gespräch und Andreas musste grinsen. So kannte er seine Kollegin. Er hatte sich schon Sorgen gemacht, dass Karla gar nicht mehr kommen würde, doch irgendwie hörte sich das ja gerade gar nicht so an. In zwei Wochen, auch gut. Bis dahin hätte er sich schon im fünften Stock eingerichtet und sich den nötigen Überblick verschafft. Er nahm seinen Karton wieder unter den Arm, noch drei Stockwerke.

50.

Suliver saß in Berlin auf seinem Balkon und genoss das gute Wetter, es sah ganz so aus, als ob der Sommer endlich kommen würde. Es war sechzehn Uhr, endlich Feierabend. Seit über einem Jahr wurde er von der Arbeitsagentur zu irgendwelchen mysteriösen

Fortbildungen verdonnert, einen lockeren Job für gute Kohle gab es irgendwie nicht. Nicht hier in Berlin und sowieso nicht für ihn. Er fühlte sich langsam überqualifiziert und unterfordert, genauso wie William „D-Fense" Foster in dem Film *Falling Down*. Die Frage, ob es anders herum war, stellte er sich für gewöhnlich erst nach einigen Longdrinks. Auf jeden Fall war es Freitag und das Wochenende konnte kommen und ihm einen Cuba Libre spendieren. Suliver wollte sich gerade zum Kühlschrank aufmachen, da klingelte das Telefon.

„Hallo?"

„…Bonzen in die Produktion! Alles klar?"

Suliver erkannte Günther sowohl an seiner einmalig rauen Stimme als auch an dem typischen Revoluzzergelaber.

„Schon wieder gut drauf? Komme gerade erst heim."

„Schwing deinen Arsch hierher, wir grillen…"

„Was grillt ihr denn schönes? Habt ihr ein Wildschwein gekillt?"

„Was Wildschwein? Es gibt Landjäger und Ravioli."

„Das hört sich toll an, mir ist leider schon schlecht." Suliver lachte.

„Also was? Jetzt voll Angriff, oder?"

„Ein anderes Mal, bin ziemlich platt."

„Es ist nur wegen der Bestellung, du hast doch gesagt ich soll anrufen."

„Ich wollte nächste Woche mal bei euch vorbei schauen, das reicht noch, oder?"

„Ja Mann, nur weil wir grillen, machen nicht jeden Tag nichts."

„Dann wünsche ich euch noch viel Spaß, ich komme Dienstag oder Mittwoch."

„Cool, das Übliche, oder?"

„Ich weiß doch, was euch glücklich macht. Vielleicht bringe ich auch was Anständiges zum Grillen mit."

„Ein Wildschwein? Oder was?"

„Lass dich einfach überraschen, muss dringend zum Kühlschrank."

„Dann mal Rotfront, Alter, bis dann."

Suliver legte auf und schüttelte grinsend den Kopf. Eigentlich müssten die zwei alten Anarchos das Sagen haben da drüben in der Kunstfabrik, dann wäre wahrscheinlich bald Schluss mit lustig, Schluss mit Kozlowski und Co. Günther würde den ganzen Betrieb innerhalb von zwei Wochen bankrott saufen und dann nach Berlin auswandern, Karl wäre natürlich wie immer voll dabei. Suliver machte sich eine angenehme Mischung, die Eiswürfel klirrten beim Laufen in dem Glas und er setzte sich wieder auf seinen Balkon.

51.

Im fünften Stock waren alle Trennwände entfernt worden, Andreas stand in einer Art Großraumbüro, überall standen noch verpackte Schreibtische, neue Computer und jede Menge Zimmerpflanzen. Sollte das das Arbeiten erleichtern? Sollte man sich in Zukunft an seinem Arbeitsplatz etwa wohl fühlen? Andreas schüttelte etwas irritiert den Kopf und ging zu einem Schreibtisch vor einem der großen Fenster. Man hatte von diesem Schreibtisch aus eine fantastische Aussicht auf die Natur da draußen. Sehr hübsch, hier würde er sich einrichten. Doch weiter kam Andreas nicht.

„Herzlich willkommen in der Abteilung für Träume und Schlaf!" Andreas drehte sich um und vor ihm stand ein recht junger Mann und streckte ihm die Hand hin.

„Hallo, Kleinbier..."

„Ah, sehr gut, Hippie Skues, Skues wie Blues, haha..."

Was war denn das für ein Spaßvogel?

„Ist das ihr Spitzname? Hippie?"

„Nein, ich weiß, dass das merkwürdig klingt, aber meine Eltern haben mir wirklich diesen Namen gegeben. Oft haben sie mir die Geschichte erzählt, wie ich 1968 hinten in einem mit Blumen bemalten VW-Bus auf der Fahrt von Detroit nach Mexiko gezeugt wurde. Am Steuer saß ein langhaariger Freak und aus dem Radio kam Musik von Grateful Dead, das erklärt doch einiges..."

Andreas rechnete.

„Dann werden sie bald 50?" Andreas klang überrascht, er hätte diesen Hippie Skues auf höchstens Ende dreißig geschätzt.

„Überrascht sie das?" Und dann wieder diese Lache, daran musste Andreas sich wohl erst einmal gewöhnen.

„Manchmal fühle ich mich noch wie mit zwanzig, das hält fit."

Und führst dich auch so auf, dachte Andreas.

„Sie arbeiten jetzt auch in dieser Abteilung?"

„Ich bin hier, wie soll ich sagen, nicht der Chef aber doch derjenige, der die Verantwortung trägt, ja, Projektleiter."

Das fing ja gut an.

„Ist es in Ordnung, wenn ich mich hier an diesen Schreibtisch setze?"

„Oh ja, natürlich, wenn es ihnen hier gefällt…"
Andreas stellte seinen Karton ab und befreite den Drehstuhl von dem Plastik, das noch die Sitzfläche und die Rückenlehne einhüllte. Alles roch noch ganz neu. Andreas zog seine Jacke aus und setzte sich. Draußen blühten die Bäume und Sträucher und alles war saftig grün von dem vielen Regen der letzten Wochen.

52.

Es war jetzt Anfang Juni, das Wetter war eher durchwachsen, sehr regnerisch und auch zu kühl für diese Jahreszeit. Trotzdem machte die Arbeit auf dem Parkplatz Spaß. Ich konnte auf Kozlowskis Hilfe verzichten, der sollte sich lieber um die Arbeit in der Kunstfabrik kümmern. Ich hatte jetzt noch einen Parkplatz mehr zu betreuen und brachte jeden Monat genügend Geld nach Hause, die Finanzen hatten sich wirklich gut erholt und ich konnte sogar kleinere Beträge auf die Seite schaffen. Ohne finanzielle Sorgen konnten alle wieder kreativ sein, ein paar Seiten jede Woche, dann waren wir gut dabei und kamen dem Ziel auch Stück für Stück näher. Ich war wieder zuversichtlich, dass wir eines Tages von der Kunst leben konnten und wünschte mir, dass diese Zuversicht auf alle Beteiligten überspringen würde. Ein getunter Ford Focus in Knalloronge hatte leider keinen Parkschein, das riss mich aus meinen Gedanken und ich füllte meinen ersten Strafzettel an diesem Tag aus.
„Einer für mich und einer für dich…"
Learning by paying, dachte ich. Ich machte meine Runde wie gewohnt, gönnte mir die eine oder andere Zigarettenpause und war pünktlich um zwölf fertig. Um zwei musste ich noch einmal los, der neue Parkplatz wollte kontrolliert werden, doch bis dahin hatte ich Mittagspause. Ich freute mich auf ein paar ungesunde Burger bei Burger King und setzte mich in den kleinen Fiat als ich eine neue Nachricht bekam. Seite 63. Es ging voran mit dem Buch, 63 Seiten waren doch schon mal ein guter Anfang. Ich fuhr los und machte das Radio an. Udo Lindenberg landete auf der goldenen Landebahn in Eldorado, das passte ganz gut zu meiner Stimmung und im Handumdrehen war ich bei Burger King gelandet.

53.

„Am Bach wachsen die ersten Pilze!" Günther kam mit den Hunden zurück und hatte gute Laune.

„Denen gefällt der Regen." Karl goss das angebaute Gemüse und rupfte ein wenig Unkraut aus den großen Pflanzkübeln.

„Drei von den sechs Tomaten werden wohl nichts, für die war der Regen leider gar nicht gut."

„Hauptsache, wir können selbst Ketchup machen, da hab ich voll Bock drauf."

„Wenn das so gut klappt wie mit dem Senf, dann wird das bestimmt gut."

„Hoho, der war ja mal super scharf. Der hat mir die Nebenhöhlen ausgebrannt, besser als Chili, ohne Witz!" Günther ließ sich auf der Bank an der Feuerstelle nieder und drehte sich eine Kippe.

„Könnte wetten, dass heute Suliver vorbeikommt, heute oder morgen."

„Hat er ja gesagt. Dann wird gegrillt, wenn das Wetter mitmacht."

„Sonst hauen wir das Fleisch in die Pfanne, auch kein Problem."

„Die ersten Erdbeeren werden auch schon rot, die sind spät dran dieses Jahr."

Günther rauchte seine Kippe und beobachtete die dunklen Wolken. Die Hunde spielten im hohen Gras hinter den Bauwagen und bellten vergnügt. Günther stand auf und ging zu seinem Bauwagen.

„Ich werde mal Ausschau halten, hab da sowas im Urin." Er kletterte die Leiter hoch auf das Dach und lies den Blick in die Ferne schweifen.

54.

„So, noch einmal herzlich willkommen an alle, wir haben uns ja gestern schon gesehen, doch heute wollen wir ganz offiziell unsere Arbeit beginnen." Hippie Skues nippte an seiner Kaffeetasse und erhöhte dadurch die Spannung. Die ganze Abteilung für Träume und Schlaf hatte sich in dem Konferenzraum zusammengefunden und alle waren gespannt, was der neue Projektleiter zu sagen hatte.

„Vielleicht ganz kurz ein paar Anmerkungen zu meiner Person. Ich wurde in den USA geboren, doch ich kam schon mit drei Jahren nach Deutschland, wo ich bei meiner Tante aufwuchs. Meine Eltern waren zu dieser Zeit ständig zwischen Europa und Indien unterwegs und auf dem Weg zur universellen Erleuchtung. Hippies eben, die es sich leisten konnten nichts zu arbeiten, wirklich beneidenswert. Leider haben sie es geschafft, ihr ganzes Vermögen durchzubringen bis zu ihrem Tod vor ein paar Jahren, sonst müsste ich heute nicht für meinen Lebensunterhalt arbeiten gehen. Haha."

Die ganze Abteilung lachte mit, der Projektleiter schien eine lustige Art zu haben.

„Spaß, ich freue mich auf diese neue Aufgabe und bin mir sicher, dass wir zusammen gute Arbeit leisten werden. Ich habe ein Kunststudium absolviert mit dem Schwerpunkt Fotokunst, habe aber schon viele verschiedene Projekte begleitet und zuletzt an einem Film mit Herrn Kozlowski persönlich mitgewirkt, das war der Belladonnafilm, von dem sie sicher schon gehört haben. Es war Kozlowskis Idee, dass wir die großen und kleinen Träume modifizieren, quasi animieren um mehr Schwung in die ganze Sache zu bringen. Kurze Traumsequenzen sind der Plan, Sequenzen, die wir dann auch in die Schlafträume mit einbringen können. Deshalb arbeiten wir jetzt auch mit den Schlafspezialisten zusammen. Es wird also zunächst darum gehen, kurze aber knackige Drehbücher zu schreiben. Und denken sie bitte an die Details, die sind quasi das Salz in der Suppe, haha."

Hippie Skues stellte noch einige seiner Ideen vor, die er nach und nach in die Tat umsetzen wollte und kündigte erst einmal eine Reihe von Workshops und Fortbildungen an. Für Andreas galt ab sofort eine als realistisch anzusehende Summe von 20 Millionen, um die Lottophantasien am Laufen zu halten. Karla würde auch über etwas höhere Beträge verfügen können, wenn sie wieder da war. Es schien tatsächlich weiter zu gehen mit einem größeren Etat und neuem Elan.

„Und wenn sie nichts dagegen haben, können wir uns ab sofort duzen, das sollte unter Künstlern und Kreativen möglich sein. Vielen Dank für eure Aufmerksamkeit und auf eine gute und produktive Zusammenarbeit."

Die ganze Abteilung spendete Applaus und alle gingen mit neuer Zuversicht zurück zu ihrem Arbeitsplatz.

55.

„Ein Auto, ja, das ist bestimmt Suliver…" Günther stand auf dem Dach seines Bauwagens und sah das Auto am Waldrand entlang fahren.

„Schmeiß das Feuer an, gleich wird gegrillt!"

Günther kletterte runter zu Karl, als es in der Ferne schon hupte. Die Hunde sprangen dem Auto entgegen und bellten aufgeregt.

„Hey, ihr Penner!" Suliver stieg aus seinem Auto und begrüßte die beiden herzlich.

„Hast du was zu grillen dabei? Hab voll Bock…"

„Wohl eher voll Hunger. Fressflash, nehme ich an." Suliver lachte.

„Brennt ja noch gar kein Lagerfeuer, so geht das aber nicht."

„In einer halben Stunde können wir loslegen, wollte gerade das Feuer in Gang bringen." Karl sammelte kleines Holz zum Anzünden zusammen und trug es zur Feuerstelle.

„Was gibt es denn leckeres?"

„Das willst du gerne wissen. Ravioli, Alter, lecker."

„Haha, verarschen kann ich mich selbst."

„Es gibt Garnelen mit Knoblauch, dann eine richtige Bratwurst und zum Abschluss noch ein Rindersteak, das ist ja wohl mal was für Feinschmecker."

„Absolut, ich bin begeistert!"

„Womit haben wir das verdient? Garnelen und Steak, da bekomme ich auch schon Hunger." Karl hatte das Feuer entfacht und kleine Flammen züngelten zusammen mit dem weißen Rauch im Wind.

„Hoffe nur, dass das Wetter mitmacht…" Suliver klang ein wenig besorgt.

„Das sind nur dunkle Wolken, ich finde, es hat die letzten Tage schon genug geregnet, das wird schon halten."

Suliver öffnete den Kofferraum von seinem Ford Ka und Günther verstaute die neuen Vorräte im Bauwagen.

„Endlich wieder vernünftiger Tabak, ich musste jetzt die ganze Zeit den scheiß Krümeltabak rauchen." Günther öffnete ein Päckchen und drehte sich erst einmal eine Kippe.

„Ich hab euch auch mal wieder Dosenbier mitgebracht, für mich gibt es Cuba Libre…"

Suliver schenkte sich einen Becher ein und die drei prosteten sich zu.

Es wurde ein gelungener Abend mit Köstlichkeiten vom Grill, Suliver erzählte den beiden, dass es mit Kozlowski und der

Kunstfabrik wieder weiter ging, es wurde viel getrunken und ebenso viel gelacht, bis schließlich alle im Schein des Lagerfeuers irgendwann vom Schlaf übermannt wurden.

56.

Die Sonne schien am wolkenlosen Himmel und das Meer schimmerte herrlich türkis und blau zu Karla herauf. Sie machte eine kleine Pause auf dem Weg von Falassarna nach Elafonisi und erfreute sich an der guten Luft und diesem herrlichen Ausblick. In zwei Stunden würde sie schon am nächsten Traumstrand in der Sonne liegen und es sich einfach gut gehen lassen. Sie hatte sich im Panorama angekündigt, eine einfache Pension mit einem guten Restaurant, von dessen Terrasse aus man wirklich ein traumhaftes Panorama genießen konnte. Für einen kurzen Moment dachte Karla an die Kunstfabrik, an das schlechte Wetter zuhause und andere unangenehme Sachen. Doch dann freute sie sich, dass sie immer noch ganze zehn Tage auf dieser wundervollen Insel zubringen konnte, sie musste sich noch keine Gedanken machen, heute nicht und die nächsten zehn Tage auch nicht. Karla trank noch einen Schluck Wasser aus der großen Plastikflasche, in zwei Stunden würde es ein kühles Alpha aus der Dose für sie geben, das sie in der flachen Bucht von Elafonisi trinken würde. Die Vorfreude war groß und so stieg sie ein lustiges Lied pfeifend in ihren Mietwagen und fuhr weiter auf dieser traumhaften Küstenstraße Richtung Süden.

57.

Kozlowski schnappte sich sein Netbook vom Schreibtisch und kletterte auf das Dach des hohen Gebäudes. Vor seinem Büro gab es zwar eine sehr schöne Terrasse, doch zum Schreiben saß er lieber ganz oben auf dem Dach. Hier war er dem Himmel ganz nah, in der Ferne sah man den Horizont und Kozlowski stellte sich vor, dass er an einem schönen Strand saß und die Wellen kommen und gehen sah. Hier konnte er am besten schreiben. Seite 67. Er schickte eine SMS an seinen Chef, der würde sich freuen. Kozlowski tippte ein paar Zeilen, dann rauchte er genüsslich eine Zigarette. Fehlte eigentlich nur noch ein kühles Bier. Er tippte weiter, doch nach zwei Sätzen, die er geschrieben hatte, griff er zu seinem Smartphone und suchte die Nummer vom Pizzaexpress heraus. Er bestellte eine große

Pizza Hawaii und sechs Flaschen Bier. Der Inder am anderen Ende der Leitung nahm die Bestellung entgegen und meinte, dass es wohl eine halbe Stunde dauern würde. Das war akzeptabel. Kozlowski tippte noch ein paar Zeilen und freute sich schon auf die Pizza und das Bier. Eine graue Taube flatterte auf und setzte sich neben Kozlowski auf die Brüstung. Was hatte das zu bedeuten? Wahrscheinlich gar nichts, dachte Kozlowski und freute sich einfach nur über den unerwarteten Besuch.

„Gleich gibt es Pizza!"

Doch die Taube hatte etwas anderes vor, sie gurrte noch zum Abschied und flog davon. Nach ziemlich genau einer halben Stunde kam die Bestellung, Kozlowski gab dem Fahrer ein ordentliches Trinkgeld und ließ es sich auf dem Dach schmecken. Mit dem Bier kam neue Inspiration und so schaffte Kozlowski noch einmal zwei Seiten, das war genug für diesen Tag. Er kletterte wieder runter und verließ sein Büro so gegen sechs. Er hatte etwas zustande gebracht und freute sich jetzt auf den wohlverdienten Feierabend. Er hatte noch zwei Bier, die wollte er auf dem Nachhauseweg trinken, er war zu Fuß da und konnte sich das erlauben. Am Himmel hingen dunkle Wolken, doch zum Glück blieb es trocken. Auf einer Parkbank ließ er sich nieder und gönnte sich ein Feierabendbier. Das letzte trank er dann schließlich doch zuhause auf der Bank vor seiner Wohnung. Jeden Tag ein paar Seiten, es lief ganz gut mit dem Projekt. Kozlowski war zufrieden und ging dann früh schlafen. Lieber morgen wieder früh angreifen, dachte er sich und ließ die Rollläden herunter.

58.

Es ist ein bis dahin ganz gewöhnlicher Samstagabend. Kozlowski schaut auf die Uhr und stellt fest, dass er mal wieder die Ziehung der Lottozahlen verpennt hat. Er hat zu diesem Zeitpunkt schon ein paar Bierchen intus und rechnet mit höchstens zwei Richtigen. Relativ emotionslos schaut er im Internet nach den ermittelten Glückszahlen und stellt fest, dass er tatsächlich sechs richtige Zahlen getippt hat, nur die Superzahl stimmt nicht. Kozlowski kann es nicht glauben, immer und immer wieder vergleicht er seinen Spieltipp mit den Zahlen der Ziehung. Sechs Richtige ohne Zusatzzahl. Unglaublich. Völlig nervös sucht er weiter nach der Gewinnausschüttung. Und da steht es: rund vierhunderttausend Steine einfach so, unglaublich.

Kozlowski öffnet sich eine neue Flasche Bier und feiert. Am Montag zur Lottoannahmestelle und den Gewinn klarmachen! Und bis dahin? Er lässt sich auf sein altes Sofa fallen und kann es immer noch nicht fassen. Fast eine halbe Million, unglaublich. Was macht man mit so viel Geld?

Andreas las seinen neuen Auftrag durch und erkannte die neue Herangehensweise von Hippie, dem Projektleiter. Sechs Richtige ohne Zusatzzahl, als wenn das so einfach wäre. Andreas suchte in seiner Hosentasche nach den Zigaretten, als ihm wieder einfiel, dass er jetzt seit drei Tagen nicht mehr geraucht hatte. Jetzt könnte er wirklich eine gebrauchen. Statt der Zigarette schob er einen Kaugummi in den Mund, den hatte er sich für genau solche Momente besorgt. Er stand auf und ging trotzdem auf den Raucherbalkon um dort ein wenig frische Luft zu schnappen und um auf die nötige Inspiration zu warten. Vierhunderttausend, immerhin. Und ganz viele Details, er hatte die Stimme von Hippie Skues noch immer im Ohr. Im Aschenbecher qualmte eine schlecht ausgedrückte Zigarette lustig weiter und Andreas roch diesen ekelhaften Qualm. Er drückte die Zigarette gründlich aus und stellte sich an das Geländer des Balkons um frische Luft einzuatmen. Drei Tage ohne Zigaretten, das war schon mal ein guter Anfang. Nur nicht schwach werden. Andreas war jetzt über fünfzig Jahre alt und wollte endlich etwas für seine Gesundheit und auch für seinen Geldbeutel tun. Vierhunderttausend, kam es ihm wieder in den Sinn. Na gut. Er ging zurück zu seinem Schreibtisch und fing an zu schreiben.

Ein neues Motorrad für Kozlowski. Eine nach eigenen Wünschen umgebaute Harley Davidson oder doch lieber eine reisetaugliche Yamaha XJ6 mit Zubehör? Kozlowski kam an diesem Samstag nicht mehr klar. Eine Sportster 1200 mit langer Gabel und vorverlegten Fußrasten? Apehanger oder ultrabreiter Lenker? Auf jeden Fall Ochsenaugen und das Kennzeichen auf der rechten Seite hinten. Tombstone Rücklicht. Lauter Auspuff. Geile Lackierung. Sissybar. Oder doch lieber eine japanische Vernunftsmaschine zum Kilometerfressen? Eine geil lackierte Yamaha? Welche Farbe? Scheiße... Oder beides? Oder gar kein Motorrad? Kozlowski hat noch genügend Tabak und auch noch ein ganzes Sixpack Bier da. Eigentlich alles, was man zum Leben braucht, alles für einen gelungenen Abend.

Andreas druckte die paar Sätze aus und war nicht zufrieden. Warum konnte er nicht einfach ein paar schöne Träume für Kozlowski formulieren? Warum hatte er im Moment das Gefühl, dass so viel Geld gar nicht glücklich machen konnte? War das nicht sein Job? Teure Träume? Andreas seufzte leise und schaute auf die Uhr. Es war erst kurz vor fünfzehn Uhr, noch über eine Stunde bis Feierabend. Er überflog den kurzen Text, den er geschrieben hatte. Das war alles zu deprimierend, Ziel verfehlt. Das konnte er unmöglich an den Projektleiter weiter schicken. Andreas nahm sich noch einen Kaugummi aus der Packung und versuchte es noch einmal.

Kozlowski stürmt mit einem Bier in der Hand auf die Straße und läuft direkt zu seiner Bank. Auf seinem Girokonto hat er noch über vierhundert im Plus, er hebt alles ab und geht in die nächstbeste Kneipe.

Aaaaah, so wird das doch nichts. Andreas gab es auf. Vielleicht würde es ja morgen wieder besser laufen. Er schloss das Programm und fuhr seinen Rechner runter. Es war jetzt fünfzehn Uhr und Andreas hatte keine Lust mehr. Schreibblockade nannte man das, weit verbreitet unter Kreativen, nichts Außergewöhnliches. Er schlich sich aus dem großen Büro und drückte den Knopf des Fahrstuhls. Er hatte schon genügend Überstunden auf seinem Arbeitszeitkonto, da konnte er auch mal um fünfzehn Uhr Schluss machen. Er fuhr runter bis zum Erdgeschoss und ging direkt zu seinem Wagen. Vierhunderttausend. Am besten er holte sich jetzt ein kühles Bierchen von der Tankstelle und machte sich zuhause noch ein paar Notizen für den nächsten Tag. Das war ein guter Plan.

59.

Es war Juli und endlich Sommer. Ich lag im Freibad in der Sonne und genehmigte mir ein kühles Radler. Kozlowski hatte eine gute und sehr kreative Phase gehabt, siebzig Seiten waren geschrieben, so konnte es weiter gehen. Der Eurojackpot lag diese Woche bei 69 Millionen, das wollte ich ihm noch mitteilen und so schrieb ich ihm eine kurze SMS. Nicht dass ich an das große Wunder geglaubt hätte, aber Lottospielen gehörte eben mit zu dem Plan, das machte die ganze Sache spannender. Ich stellte mir kurz vor, was wohl los wäre in unserem kleinen Zwergenstaat. Lustig. Aber leider sehr unwahrscheinlich. Ich dachte nicht weiter darüber nach und genehmigte mir einen großen Schluck aus dem Plastikbecher. Mein Leben als Parkplatzkontrolleur war sehr angenehm, ich hatte viel

Freizeit, keinen Stress, ausreichend Geld und konnte bisweilen eigentlich nur über schlechtes Wetter klagen. Ich war zufrieden. Wegen mir konnte es so weiter gehen. Irgendwann würde unser Buch erscheinen, vielleicht könnten wir dann vom Schreiben leben, doch bis dahin war es noch ein weiter Weg und so war ich einfach zufrieden damit, wie es war. Es gab auch schon ganz andere Zeiten, viele Durststrecken lagen hinter uns, es ging vielleicht nicht mehr ganz so rasant bergauf, doch wir lebten auf einem guten Niveau. Die Sonne schien und das Wasser lockte. Wer konnte schon unter der Woche zwei bis drei Nachmittage im Freibad verbringen? Ich schaute mich um, Schüler und Rentner wie mir schien. Ich dachte an all die armen Schweine, die bis abends im Büro sitzen mussten oder noch besser: acht Stunden jeden Tag in einer stickigen Fabrikhalle stehen, immer Stress, immer Druck von oben, dumme Sprüche, karger Lohn. Ich war in gewisser Weise privilegiert und mir dessen bewusst. Ich schob all diese Gedanken mit dem leeren Becher von mir weg und erhob mich. Erst einmal abtauchen, genießen, in den Pool springen, das war der Plan. Ich ging zu der Rutsche, die mich in das große Nichtschwimmerbecken katapultieren sollte. Dann ein paar Meter wie ein Hund durch das Becken schwimmen und an der Massagedüse abhängen, Sonne und Wasser genießen, so lange wie ich dazu Lust habe, dann noch ein Radler und dann das Ganze von vorn. Es war ein perfekter Sommertag, wie ich fand. Ich kletterte die Treppe zur Rutsche hoch und wandelte meinen Plan sofort in die Tat um.

60.

Eurojackpot spielen, also gut. Kozlowski machte pünktlich Feierabend und ging zu dem Kiosk am Bahnhof. Vier Felder zehn Euro, das war ein fairer Preis für den Traum vom großen Geld. Kozlowski füllte den Schein aus und bezahlte. Tabak und eine Dose Bier kamen noch dazu. Er steckte seinen Spielschein ein und überquerte die Straße. Er setzte sich auf die schmale Treppe, die zum Busbahnhof hinunter führte und drehte sich eine Kippe. Dazu ein kühles Bier, genial, das war doch der perfekte Feierabend, wie er fand. Die Dose zischte vielversprechend beim Öffnen und Kozlowski erinnerte sich. Genau hier saß er vor vielen Jahren, schon damals hatte er ein Bier und eine Kippe in der Hand und neben ihm stand seine nagelneue Gitarre in dem nagelneuen Gitarrenkoffer auf der Treppe und er musste das schöne Instrument immer wieder betrachten. Ja, das war auch genial gewesen, dieses Gefühl damals. Viel war seitdem geschehen und doch war alles gar nicht so weit weg. Schloss sich der Kreis? Zerfloss jetzt alles in purer Harmonie? Für einen kurzen Moment kam es ihm so vor. Er rauchte zwei Kippen auf der Treppe und leerte die Dose, die er für die Pfandsammler stehen ließ. Er war zu Fuß unterwegs und so führte ihn sein nächster Weg zu der nahegelegenen Tankstelle. Auf einem Bein konnte man bekanntlich nicht stehen und deshalb kaufte er sich gleich noch eine Dose. Die würde er ganz gemütlich am Fluss trinken, es war Sommer und Kozlowski hatte einfach nur gute Laune. Sein Weg führte ihn am Landratsamt vorbei, an dem Parkplatz, auf dem sein Chef sein Unwesen trieb von Zeit zu Zeit. Sehr viel Spannendes konnte man über das Leben eines Parkplatzkontrolleurs nicht schreiben, das hatte Kozlowski schon versucht, doch dabei kam nie etwas heraus. Er wollte seinen Chef auch so gut es ging aus der ganzen Geschichte heraus lassen, der war für die Staatsfinanzen zuständig und würde noch früh genug die Früchte des großen Projekts ernten und sich daran erfreuen können. Dafür war wiederum Kozlowski zuständig und er machte sich deswegen auch keine Gedanken. Er hatte heute wieder ein paar Seiten geschrieben, die Geschichte nahm ihren Lauf und alles lief nach Plan. Es gab keinen Zeitdruck und die Arbeit an dem Projekt machte wirklich Laune. Er setzte sich auf eine Bank am Ufer und überlegte? Wie oft war er schon hier gesessen? Wieviel Bier hatte er hier schon getrunken? Wieviel Kippen geraucht? Es gab Fragen, auf die es einfach keine Antwort gab. Kozlowski akzeptierte das und drehte sich eine Kippe. Dazu ein kühles Bier, immer noch der perfekte Feierabend. Man musste sich seine Tage einfach angenehm gestalten, dann brauchte man nicht viel für ein erfülltes Leben. Wozu große Träume? Wozu immer mehr? Er sah dem Wasser zu, wie es vor seinen Augen vorbeitrieb, immer weiter bis zum Meer, einfach so. Simpel und genial. Auch das Leben war einfach, wenn man sich keinen Kopf darüber machte. War das Zen? Kozlowski erhob die Dose und trank einen Schluck auf Buddhas Kosten. Das Leben war wirklich einfach, man brauchte nur den Plan für das ganz große Ding. Kozlowski war dieser Plan. Er wusste, was er zu tun hatte, machte deswegen aber keinen Stress. Seine Zeit würde kommen, auch er würde eines Tages das Meer erblicken und darin baden gehen. Er musste nur genug abgedrehtes Zeug schreiben, die Leser würden es ihm dann schon aus der Hand reißen. Die Verleger würden sich gegenseitig übertrumpfen, nur um sich die Rechte für die Fortsetzung zu sichern. Das ganz große Spiel würde bald beginnen. Kozlowski leerte die Dose genüsslich und machte sich auf den Heimweg.

61.

FUCK OFF
FUCK OFF
FUCK OFF
FUCK OFF
FUCK OFF
FUCK OFF
FUCK OFF
FUCK OFF
FUCK OFF
FUCK OFF
FUCK OFF
FUCK OFF
FUCK OFF
FUCK OFF
FUCK OFF
FUCK OFF
FUCK OFF
FUCK OFF
FUCK OFF
FUCK OFF

```
10 CLS
20 PRINT "FUCK OFF"
30 GOTO 20
```

„…das war echt genial. Du konntest die Rechner in den Elektrofachgeschäften ganz einfach programmieren und so die Verkäufer auf die Palme bringen. MS DOS, ich lach mich tot. IBM-kompatibel, das darfst du heute keinem mehr erzählen." Günther lachte und prostete Karl mit seiner Flasche zu.

„Als alle von einem Akkustikkoppler geträumt haben, haha, für die alten Telefone, unglaublich! Das war eben noch das letzte Jahrtausend."

„Noch gar nicht so lange her…"

Sie tranken beide an ihrem Bier und es kamen noch ganz andere Erinnerungen zurück. Die Neunziger, haha, auch unglaublich, aber die Achtziger erst…

Suliver wendete die drei großen Bratwürste auf dem Grill.

„…the girl`s never there, it´s allways the same!"

Günther und Karl hatten ihren Spaß.

„…wo ist denn der verdammte Barkeeper? Ich brauch noch eine Mischung…" Suliver torkelte zu den fast leeren Flaschen und stellte seinen Becher ins Gras.

„…nicht umkippen!"

„Wen oder was? Ich?" Suliver war gut drauf und zerschnitt fuchtelnd die Luft mit seinen Händen.

„…wir sind dreist, Dicker, ich hoff´du weißt…"

„Hast du noch genügend Rum? Sonst musst du Bier trinken."

„…äääh, ich hab noch einen ganzen Kofferraum voll mit Liquid Dope, Mann."

„Auch gut…"

Suliver setzte sich wieder zu den beiden auf die Bank am Feuer.

„Will jemand meine Wurst?"

„Seine Wurst? An was könnte man da denken?"

Karl stieß mit Günther und Suliver an.

„Ha ha, wir können das Grillen auch vorzeitig beenden…"

Irgendwie waren alle schon gut bedröhnt und Günther nahm die drei Würste vom Grill und legte sie auf einen Teller.

„Die gibt es morgen zum Frühstück…"

„…und Rinderwahn, ohne Witz!"

Hahaha, alle drei hatten einen ordentlichen Level erreicht und die Stimmung war gut.

„Haben wir eigentlich noch was zu rauchen?"

„Keine Ahnung, das musst du wissen…"

Es sollte sich herausstellen, dass noch genügend Material für einen unbeschwerten Abend im Bauwagen war und Günther schaffte es noch ein Zweiblatt zu bauen. Kurze Zeit später fielen die drei schrägen Vögel von der Bank ins Gras und träumten sich durch die laue Nacht. Günther schnarchte so laut, dass die beiden Hunde nicht zum Schlafen kamen und sie lieber die Stellung hielten. Der schwarze Hund schleckte mit seiner langen Zunge über Günthers Gesicht und dieser träumte von einer schönen Jungfrau, die ihm die Zunge in den Rachen schob und ihn mit sich in ein dunkles Bergwerk zog. Über dem Eingang zu dem Stollen blühten blaue Rosen und die Welt um ihn herum roch nach Bratwurst. Es wurde immer dunkler, immer tiefer zog ihn die Meerjungfrau in den tiefen Schacht unter der Erde. Nach etlichen Abzweigungen in dem labyrinthartigen Verlies hatte Günther komplett die Orientierung verloren und an der Wand hing ein Zigarettenautomat, der ausschließlich mit Marlboro befüllt war. Auf dem Boden lagen leere Coladosen, die Jungfrau lächelte ihn an. Günther wusste, dass er kein Kleingeld für Kippen dabei hatte. Eine schwarze Ratte huschte vorbei. Man reichte ihm einen Gameboy, auf dem Tetris lief. Günther nahm das Gerät in die Hand und schon war das Spiel zu Ende. Er schaute auf zu der Meerjungfrau, doch sie war verschwunden. Einfach so. Es war heiß und stickig in dem Bergwerk. Grün und blau brannten die letzten Sicherungen durch in seinem zerschundenen Schädel und er legte sich neben eines der Gerippe, die in winzigen Schlafhöhlen in der Wand des dunklen Ganges ihren letzten Schlaf gefunden hatten.

62.

Punkt elf Uhr betrat Karla das neue Büro. Sie war braun gebrannt und hatte ihre Sonnenbrille auf, obwohl es draußen düster war und man mal wieder mit einem kräftigen Schauer rechnen konnte. Andreas erhob sich von seinem Drehstuhl und begrüßte sie.
„Das gibt es ja nicht, die Urlauberin…"
„…hätte einfach dort bleiben sollen. Ist das unser neues Büro?"
Karla sah, wie alles in frischen und hellen Farben erstrahlte, die vielen Grünpflanzen fielen ihr auf und die Klimaanlage an der Wand.
„…so gut ist der Sommer hier aber nicht, dass wir eine Klimaanlage bräuchten."
„…war auch schon richtig heiß dieses Jahr, da konnten wir sie testen."
„Gibt es für mich auch noch ein Plätzchen?"
„Bei mir am Fenster ist noch ein Schreibtisch frei, dachte wir als altes Team…"

„...oh ja, musst du mir noch alles erklären mit der ganzen Umstrukturierung." Karla nahm die Sonnenbrille ab und folgte Andreas zu ihrem neuen Arbeitsplatz.

„Hier ist dein neues Reich."

Karla stellte ihren großen Rucksack mit Schwung unter den großen Schreibtisch und seufzte.

„Auf Kreta war es sooo schön und jetzt sitz ich wieder hier in meinem muffigen Büro. Muss das sein?"

Andreas lachte.

„Wir sind schon ein ganzes Stück weiter, von der Finanzkrise spricht schon keiner mehr und auch Kozlowski gibt jetzt ordentlich Gas..."

„Hat er sich eine kleine Belohnung verdient? Was ist mein Budget?"

„Mach langsam, steht alles in dem Ordner..." Andreas zeigte auf einen grauen Hefter, der auf ihrem Schreibtisch lag.

„...iiiih, Arbeit."

Sie lachten beide und Andreas setzte sich wieder. Er war an einem millionenschweren Traum, eine Villa auf den Malediven mit einem riesigen Kreativbereich voller Hightech. Südsee ging immer. Karla schlug den Ordner auf und stöhnte leise. Oliven ernten auf Kreta wäre wahrscheinlich auch nicht so der Hit, dachte sie und fing an zu lesen.

63.

Es waren Sommerferien und ich hatte nicht viel zu tun. Die Schulen waren geschlossen und meine Parkplätze waren verwaist. Ich musste in den ganzen sechs Wochen nur den Parkplatz am Landratsamt kontrollieren, zwei bis dreimal die Woche bei freier Zeiteinteilung. Ich konnte aber auch mal eine Woche einfach untertauchen, nichts machen, fliehen. Das war ein gutes Gefühl, es roch nach Freiheit und Abenteuer. Auf der anderen Seite wollte ich eigentlich das Geld zusammenhalten, ich hatte genug andere Sachen zu tun und im Moment irgendwie gar keine Lust auf Urlaub. Ich schloss den kleinen Fiat ab und überzeugte mich von der Funktionstüchtigkeit des einzigen Parkscheinautomats hier auf diesem wirklich überschaubaren Parkplatz des Landratsamtes. Es war jetzt kurz vor ein Uhr nachmittags, nicht viel los um diese Uhrzeit. Vormittags hatte es geregnet und so kontrollierte ich eben etwas später als gewohnt. Der Automat war in Ordnung, alles bestens. Ich fing meine Runde wie immer vorne an der Einfahrt an und arbeitete mich gemächlich über meinen Parkplatz. Zwei Knöllchen in zwanzig Minuten, zusammen mit der Zeit für An- und Abfahrt kam ich so auf eine Dreiviertelstunde. Alles ohne Stress. Ich füllte noch meinen Rapport aus und fuhr wieder nach Hause. Ich würde etwas weniger verdienen in diesen sechs Wochen, dafür konnte ich in den Herbst- und Weihnachtsferien auch noch Urlaub machen. Ich war zufrieden. Am meisten freute es mich, dass es mit dem großen Projekt so gut voran ging. Kozlowski hatte mir eine kurze SMS geschickt, Seite 75 war schon lange in trockenen Tüchern. Wie lange würde es noch dauern, bis Seite 100 geschafft war? Ich überlegte, ob ich dann nicht ein kleines Fest in der Kunstfabrik organisieren sollte. So als kleine Anerkennung für das Erreichen eines Meilensteins. Gleichzeitig wusste ich, dass ich bis dahin noch ein bisschen Zeit hatte und mir darüber im Moment noch keinen Kopf machen brauchte. Ich fuhr den Berg hoch zu dem nahegelegenen Aldi und kaufte ein. Ein bisschen was zu essen, Zigaretten und Waldmeisterprosecco. Nobel sollte die Welt zu Grunde gehen. Ich verstaute alles in dem recht kleinen Kofferraum des Fiats und überlegte, ob ich nach Hause fahren sollte. Das Wetter sah nicht so überzeugend aus und so beschloss ich, es mir gleich auf meinem Sofa bequem zu machen. Ich fuhr die wenigen Kilometer zurück und freute mich schon auf den wohlverdienten Feierabend nachmittags um zwei.

64.

Es war ein schöner Traum, Kozlowski träumte, dass er Geburtstag hatte. Doch irgendwie wachte er auf und stellte fest, dass es doch nicht so war. Es war fünf Uhr und draußen war es noch finster. Erst einmal Kaffee machen. Um diese Uhrzeit war da draußen alles noch friedlich. Kozlowski ärgerte sich nicht, dass er nicht mehr schlafen konnte. Irgendwie war er sowieso ein Frühaufsteher. Die Kaffeemaschine brodelte und stieß Dampfwolken aus. Er ging zum Briefkasten, doch die Tageszeitung war noch nicht da. Egal. Das ersparte ihm bestimmt wieder eine ganze Reihe von schlechten Nachrichten. Die ganze Welt stand Kopf und wurde jeden Tag aufs Neue von Krieg und Terror erschüttert. Eigentlich konnte Kozlowski in diesem Moment sehr gut auf die Zeitung verzichten. In dem großen Ahornbaum neben seiner Haustüre zwitscherten die ersten Vögel, im Osten wurde es am wolkigen Himmel langsam grau. Er drehte sich eine Kippe und goss sich einen Kaffee in den großen

Becher. Kaffee und Kippe, eine geniale Kombination. Warum sprach eigentlich niemand mehr vom Aufhören? Wahrscheinlich spielte Geld zurzeit wirklich keine Rolle mehr. Auch gut. Kozlowski nippte an der heißen dunklen Brühe und inhalierte den krebserregenden Rauch. Nach zwei Bechern Kaffee und fünf Kippen ging er ins Bad und ließ die Badewanne volllaufen. Er hatte Zeit und keinen Stress. Später würde er in die Kunstfabrik gehen und sich ein paar Seiten Weltlektüre aus dem Hirn pressen. So einfach war das Leben zu dieser Zeit, so einfach und übersichtlich. Es hatte wahrlich auch schon andere Zeiten gegeben. Was musste ein einzelner Mensch alles mitmachen? Wie viele Level musste man bis zum Ende spielen? Hatte man überhaupt eine Chance? War das Leben wirklich nichts anderes als ein programmiertes Computerspiel mit überzeugender Grafik? War er nicht selbst der Programmierer? War es nicht sein Spiel? Hatte er nicht das ganz große Ding am Start? Kozlowski tauchte ab und schloss die Augen unter Wasser. Alles Bullshit. Alles witzig. Musste man nicht nur den Ausschuss der vom Gehirn produzierten grauen Masse recyceln und konnte so seinen Spaß haben? Das Shampoo war alle und Kozlowski ärgerte sich, dass er beim letzten Einkauf nicht daran gedacht hatte.

65.

„...Politiker, wenn ihr Krieg haben wollt, dann sät nur weiter Wind..." Günther sang das Lied zu Ende und legte die Gitarre zurück in seinen Bauwagen.
„Heute gut drauf?" Karl hielt seinen dampfenden Kaffeebecher in der Hand und kletterte aus seinem Bauwagen.
„Heute wird gekocht! Ich sag nur Ketchup!"
„Ketchup?" Karl war noch recht verschlafen und konnte Günther nicht folgen, der wohl schon etwas länger auf den Beinen war.
„Wir haben dieses Jahr so viele Tomaten, da mach ich Ketchup draus. Das wird ein Spaß, wenn wir das nächste Mal grillen..."
Günther hatte dieses Jahr schon Senf produziert, da war es kein großer Gedankenschritt mehr zu Ketchup. Karl verstand und nickte nur. Die Hunde sprangen vergnügt im hohen Gras umher und stritten sich um ein Stück Feuerholz.

66.

Kozlowski öffnete die Tür zu seinem Büro und freute sich, dass er heute so früh dran war. Lieber früh anfangen und bald wieder Feierabend. Er konnte sich seinen Arbeitstag so gestalten, wie er es wollte, das kam ihm wirklich sehr entgegen. Er zog seine Jacke aus, draußen war es noch recht frisch. Kozlowski fuhr sein geliebtes Netbook hoch und überlegte, was er schreiben konnte. Am besten fing er mit dem merkwürdigen Traum an. Er erinnerte sich, wie sehr er sich gefreut hatte, dass sein Geburtstag war und dass er dann gleich aufgewacht war. Er stellte sich vor, wie es wohl wäre, wenn man Aufzeichnungen von Träumen machen könnte. Dann würden wahrscheinlich alle verrückte Bücher schreiben, das wäre jetzt auch nicht so toll. Kozlowski konzentrierte sich auf seine Arbeit und schrieb in zwei Stunden drei Seiten. Kurz vor zehn bekam er Hunger, doch die Kantine in der Kunstfabrik machte erst um elf auf. Er könnte zu der nahe gelegenen Tankstelle laufen und sich was zu essen kaufen. Warum nicht? Das Wetter war einigermaßen, der Himmel war zwar von dunklen Wolken bedeckt, aber es regnete nicht. Kozlowski verließ das große Gebäude und es roch trotz der dichten Wolken nach Sommer. Er ging die Straße entlang und schaute nach, wieviel Geld er noch in der Geldbörse hatte. Genug um zu frühstücken, das stand fest.

67.

„…das muss jetzt gut eine Stunde köcheln." Günther rührte nochmal um und war zufrieden. Der große Topf mit dem Ketchup stand auf dem kleinen Gasbrenner, es dampfte und roch verdammt lecker. „Das Geheimnis ist der Weinessig, was glaubst du, warum ich das bei Suliver bestellt habe?"
„Jetzt wird mir alles klar, du hattest schon lange die Idee dazu…" Karl setzte sich auf die Holzbank an der Feuerstelle und drehte sich eine Kippe.
„Ich muss jetzt auch erstmal eine rauchen. Hat jetzt fast eine Stunde gedauert, bis alles klein war."
Günther kam von Zeit zu Zeit auf lustige Ideen, was man alles kochen könnte, irgendwie schien es ihm Spaß zu machen, neue Sachen auszuprobieren. Und Karl war eigentlich bis jetzt jedes Mal positiv überrascht, wie gut das Ergebnis dann war.

„…wir haben dieses Jahr noch gar kein Chili gekocht, die Peperoni sind doch bald soweit…"

„…die könnte man jetzt schon nehmen, aber irgendwie sind sie noch gar nicht richtig rot."

„…und wir brauchen die anderen Zutaten. Mach das doch beim nächsten Mal mit Suliver klar, dein Chili ist auch immer Spitzenklasse!"

Günther drehte sich auch eine Kippe und rührte dann wieder das Ketchup um.

„…hoffe nur, dass wir genügend Gläser da haben, wir haben so viel Erdbeermarmelade gemacht dieses Jahr…"

„…wir könnten die leeren Saucenflaschen ausspülen, das Altglas ist noch nicht weg…"

„…dann hast du ja jetzt eine Aufgabe." Günther lachte und zündete sich seine Kippe am Gasbrenner an.

„…stirbt jetzt auch irgendwo ein Seemann?"

„…haha, fliegt wohl eher eine Gaspipeline in Russland in die Luft…"

Es dauerte noch eine ganze Weile, ehe Günther mit der Konsistenz der roten Flüssigkeit im Topf zufrieden war. Sie füllten alles in die gespülten Glasflaschen und waren gespannt, wie das Ketchup wohl zu gegrilltem Fleisch und anderen Leckereien vom Grill schmecken würde.

„…musst Suliver Bescheid sagen, er soll bald mal wieder vorbei schauen."

„…schreib ihm gleich eine SMS und mach ihm den Mund wässrig…"

Die beiden Hunde schleckten den Topf aus und der Bordercollie mit dem weißen Fell war schon ganz rot im Gesicht.

68.

Es war Mittwoch und ich hatte nicht viel zu tun. Meinen Parkplatz hatte ich bereits kontrolliert und es war erst Mittagszeit. Am Himmel hingen dunkle Wolken, doch irgendwie wollte es nicht regnen. Ich wusste nicht recht, was ich mit diesem angefangenen Tag anstellen sollte und öffnete die Garage, wo mein altes Motorrad stand. Der TÜV war leider abgelaufen, sonst hätte ich es problemlos anmelden können. Ich steckte den Schlüssel in das Zündschloss und drehte ihn um. Die Armaturen leuchteten noch, war die Batterie etwa noch geladen? Ich betätigte den Choke auf der linken Seite und drückte den Anlasser. Der alte Motor orgelte ein wenig, dann fing der rote Drache an zu husten. Ich gönnte der Batterie eine kleine Verschnaufspause, dann versuchte ich es noch einmal. Und tatsächlich: nach kurzem und zögerlichem Husten lief die Maschine an. Das war ja wohl ein Zeichen. Das alte Moped wollte bewegt werden. Ich ließ den Motor ein Weilchen laufen, dann nahm ich den Choke wieder heraus. Die Maschine lief rund und jaulte vielversprechend auf, wenn ich am Gas drehte. Sollte ich einfach so zur Werkstatt fahren? Neuen TÜV machen lassen und dann in Ruhe ein paar Runden drehen? Warum nicht? Ich hatte das Motorrad nur abgemeldet, als wir für gar nichts mehr Geld übrig hatten. Die schlechten Zeiten waren vorbei, was stand meinem Plan im Wege? Gar nichts. Ich ließ den Motor laufen und ging ins Haus um mich umzuziehen. Die Lederhose und die Jacke waren in meinem Kleiderschrank tief nach unten gerutscht, ich war bestimmt schon ein halbes Jahr nicht mehr gefahren. Das Visier vom Helm war eingestaubt und ich ging mit einem nassen Lappen drüber. Auf zum nächsten Abenteuer, raus auf die Piste, dahin, wo die Asphaltcowboys zu Hause sind. Ich zog die Tür hinter mir zu und setzte mich gut gelaunt in den Sattel. Es klackerte vielversprechend als ich den ersten Gang einlegte. Mit viel Schwung bretterte ich los und hatte meinen Spaß. Auf dem direktesten Umweg gelangte ich schließlich zu meinem Schrauber, ich stellte den Bock bei ihm ab und freute mich, dass er sich noch diese Woche um den TÜV kümmern konnte. Natürlich schien jetzt die Sonne und ich kam ins Schwitzen, als ich mich in den Lederklamotten auf den Heimweg machte.

„Die Hand zum Gruß…" Ich hatte gute Laune und gönnte mir noch ein kühles Bier an der Tankstelle.

„Auf den roten Drachen!"

69.

Zweihundert auf jeden Fall, manchmal mehr, die neue Regelung war etwas kompliziert. Karla schaute nach, wie oft zweihundert möglich waren. Jeden Monat, stand da zu lesen. Nicht gerade viel, was sollte sie da für kleine Träume entwickeln? Sie war genervt und wollte sich gerade lautstark darüber beschweren, dass sich überhaupt nichts verbessert hatte seit der Finanzkrise, doch da kam ein leitender Angestellter der Vernunftsabteilung zu ihr.

„Frau Kolmar?"

Karla blickte von ihrem Bildschirm auf und sah einen etwas ergrauten Herrn mit schütterem Haar und Bart.

„Ja?"

„Leidicke, Abteilung für Vernunft und Ressourcenschonung..."

Karla hörte, wie es in ihrem Hirn anfing zu rattern. Das bedeutete jetzt auf jeden Fall, dass es irgendwelche Probleme mit den finanzierbaren Träumen gab.

„Was kann ich für Sie tun?" Karla klang gewohnt forsch und kampfbereit.

„Vielleicht wäre es besser, wenn wir uns irgendwo anders ungestört unterhalten würden..."

So schlimm?

„Ich habe eigentlich nichts zu verbergen..."

„Kommen Sie, wir gehen auf den Balkon..."

Innerlich stöhnend folgte Karla diesem Heini aus der Vernunftsabteilung. Ressourcenschonung, wer hatte sich denn den Mist ausgedacht? Herr Leidicke schloss die Balkontür hinter sich und lächelte.

„Alles halb so wild, nur etwas kompliziert, wie alles hier..."

„Das ist heute mein erster Tag, ich war ein paar Wochen im Urlaub..."

„...beneidenswert, ich glaube, da haben Sie alles richtig gemacht. Die letzten Wochen hier waren das reinste Chaos..."

„Das hat man mir so jetzt noch nicht erzählt..."

„In Ihrer Abteilung war es vielleicht nicht so schlimm, aber betrachten sie doch mal die ganzen Umstände aus unserer Perspektive..."

Karla überlegte. Der Mann war nicht unsympathisch und hatte eine ruhige Art. Leidicke kam ihr zuvor.

„...wir beschäftigen uns tatsächlich mit dem Thema Ressourcen und wie Sie sich denken können, geht es dabei hauptsächlich um das liebe Geld."

„Ich hab nur gehört, dass die Krise Geschichte ist und wir uns alle keine Gedanken mehr zu machen brauchen."

Leidicke musste grinsen.

„...es arbeiten sehr gute Kräfte in der Propagandaabteilung, aber ich weiß, dass man mit Ihnen vernünftig reden kann."

Karla fühlte sich fast ein wenig geschmeichelt.

„Ich war schon immer skeptisch, schon vor der Krise und auch als es hieß, es geht weiter…"

„Das haben wir bemerkt und auch, dass Sie in ihrem Job nie unverantwortlich gehandelt haben. Ich will Ihnen auch gar keine Anweisungen geben, kleine Träume sind durchaus sinnvoll, Sie haben ohnehin ein kleineres Budget, das wurde entschieden, als Sie noch im Urlaub waren. Daran, das muss ich aber auch dazu sagen, waren noch ganz andere Bedenkenträger beteiligt. Wenn Sie jetzt einen sehr kleinen Spielraum haben, kommt das von ganz oben. Die Staatsfinanzen sind solide, es ist aber weiterhin mit Engpässen zu rechnen. Luxusträume sind einfach tabu. Ich möchte nur, dass Sie mich nicht falsch verstehen. Wenn Ihnen mal langweilig wird, dürfen Sie jederzeit in unserer Abteilung reinschnuppern, es könnte gut sein, dass es bald eine neue Abteilung für Realisierbares gibt, die der Vernunft angegliedert ist. Unser Chef hat da an Sie als Verantwortliche gedacht, das wollte ich Ihnen mitteilen. Wir halten es nicht für sinnvoll, dass realistische Träume zusammen mit irgendwelchen Lottofantasien und Nachtträumen untergebracht sind. Hören Sie lieber auf die Stimme der Vernunft."

Karla zündete sich eine Zigarette an.

„Da muss ich erstmal in Ruhe drüber nachdenken, das werden Sie verstehen…"

„…es wird sich alles finden, wäre schön, wenn Sie uns bald einmal besuchen…"

Leidicke verabschiedete sich, in Sachen Vernunft brannte es ständig irgendwo in diesem Laden. Als er durch die Balkontür verschwand kam Andreas auf den Balkon.

„Stress?" Er zündete sich eine Zigarette an.

„Ich dachte, du willst aufhören, hast du noch vor dem Urlaub behauptet…"

„Ich weiß, hab ich ja auch, aber wie das so ist…"

Karla rauchte aus ohne Andreas von den Plänen der Vernuft zu erzählen. Sie brauchte jetzt erst einmal Ruhe, sie musste über alles nachdenken.

„Ich schau jetzt mal bei Amazon nach einem lustigen LED-Farbwechsler für Kozlowskis Bude, das müsste gerade noch drin sein…"

Andreas sagte nichts, er wusste, dass Karla nachdenken musste und ihre Ruhe brauchte. So gut kannte er seine Kollegin schon.

70.

Es war Freitag und es war Wochenende. Ich hatte gute Laune, obwohl es mal wieder regnete. Die Fische schwammen aufgeregt nach oben, als ich den Deckel vom Aquarium öffnete. In einem Punkt waren sich alle Viecher gleich, immer dann, wenn es ums Fressen ging. Ich war ja nicht so. Ich streute eine ordentliche Menge Fischfutter ins Wasser und sah zu, wie sich die kleinen Fische um das Futter stritten. Dabei gab es doch genug für alle. Die Fahnenkirschflecksalmler waren verfressen, doch auch die Platys schossen durch das Aquarium wie Stukas auf der Suche nach der großen Beute. Es dauerte ein paar Minuten, bis wieder Ruhe in dem großen Becken eingekehrt war. Ich setzte mich auf mein Sofa und öffnete eine Flasche Rosé. Ich hörte Jazz und rauchte eine Filterzigarette. Für Samstag waren 28 Grad angesagt, das konnte man im Moment noch nicht recht glauben. Ich nahm mir ein schönes Weinglas aus der Vitrine und schenkte mir ein, als ich eine kurze SMS von Kozlowski bekam.

Seite 82 im Kasten, schönes Wochenende.

Das war doch mal eine gute Nachricht. Es ging jetzt mit großen Schritten auf die Hundert zu.

„Sehr schön, gleichfalls schönes Wochenende." Ich legte mein Smartphone zurück an seinen Platz und machte es mir in meinem Sessel bequem. Esbjörn Svensson musizierte neben mir auf dem Piano und ich hatte gute Laune.

71.

Kozlowski hatte gut geschlafen und es war Samstag. Die Sonne schien durch die dreckigen Scheiben seiner kleinen Wohnung und es gab heute nicht viel zu tun. Kurz einkaufen, vielleicht noch schnell Lotto spielen, ein bisschen was kochen oder einfach was futtern gehen, kein Stress und keine Termine. Er hatte Wochenende und dachte für einen kurzen Moment an all die Samstage, an denen er schon arbeiten musste. Zuletzt im Getränkeladen, da war der Samstag der stressigste Tag der Woche, alle wollten noch schnell Getränke für das Wochenende besorgen. Und heute? Heute war er derjenige, der samstags Zeit zum Einkaufen hatte. Irgendwie lustig. Die Zeiten änderten sich tatsächlich, niemand konnte wissen, was noch kommen würde. Was blieb waren fromme Wünsche für die

Zukunft, Träume, von denen niemand sagen konnte, ob sie jemals in Erfüllung gehen würden. Wie viele Träume waren schon geplatzt? Gab es überhaupt noch Hoffnung? Waren Träume realistisch? Waren sie überhaupt noch legal? Kozlowski stellte sich vor, wie eines schönen Tages eine neue Anordnung von der Vernunftsabteilung auf seinem Schreibtisch landen würde: mit sofortiger Wirkung ist das Träumen untersagt, Zuwiderhandlungen werden ab sofort auf das Härteste bestraft... Er lachte. Waren die von der Propaganda nicht längst alle Verbrecher? Gab es nicht extra eine Abteilung für Träume in der Kunstfabrik? Irgendwie beruhigte das Kozlowski ein wenig. Noch waren Träume legal. Der Traum vom literarischen Erfolg, vom ganz großen Durchbruch, von anderen Zeiten unter anderen Bedingungen, für all das war Kozlowski zuständig. Eine große Verantwortung lastete auf seinen Schultern. Alle unterstützten ihn bei seiner Arbeit, doch würde es auch gelingen? Hatte er jetzt etwa Zweifel an seinen Fähigkeiten? Zweifel an sich selbst? Kozlowski erhob sich von seinem Sofa und beschloss, sich nicht selbst die gute Laune zu verderben. Noch war er von seinem Können überzeugt, noch brauchte er keinen Mental Coach oder gar einen Therapeuten, der ihn wieder auf die Spur brachte.

„Kozlowski kommt!"

Sein Spiegelbild im Badschrank hatte ein siegessicheres Lächeln für ihn parat, alles war gut.

72.

Ich hatte eigentlich gut vorgesorgt, doch auch die zweite Flasche Rosé war schnell geleert und ich schaute mich im Keller nach Alternativen um. Auf Sekt hatte ich im Moment gar keine Lust und auch Eierlikör kam irgendwie nicht in Frage. Waldmeisterprosecco als Option? Vielleicht. Es gab noch ein paar Flaschen griechisches Bier, das passte jetzt aber auch nicht so recht, wie ich fand und es war zudem für besondere Anlässe reserviert. Oder für den äußersten Notfall, der noch nicht eingetreten war. Also doch der grüne Prosecco. Ich öffnete die Flasche gekonnt und füllte mein Glas mit der schäumenden Flüssigkeit. Der erste Schluck war etwas schwierig, doch mit dem zweiten Schluck trank ich bereits auf die begnadeten Chemiker, die dieses Gesöff kreiert hatten. Mit natürlichem Waldmeister hatte das nichts zu tun, aber es war vor allem dieses himmlische Grün, das es mir angetan hatte. Ich hatte meinen Spaß und zündete mir eine Filterkippe an. Seite 100, bald, und dann? Ein Fest. Ja, das hätte sich Kozlowski mit seiner ganzen Mannschaft dann redlich verdient. Waldmeisterprosecco für alle! Was noch? Eine Tänzerin, die aus der Torte springen würde? Keine Ahnung. Ich war mir sicher, dass mir schon noch was einfallen würde und driftete in Gedanken etwas ab. Ich legte meine Füße auf den Tisch und achtete darauf, dass ich dabei nichts umschmiss. Die Musik verstummte und ich schloss instinktiv meine Augen. Nur nicht einschlafen…

73.

Ein Sturm tobte in der Ferne und die Nacht war schwarz. Zwerge und Kobolde tanzten um das große Feuer, sie tranken roten Wein und waren in bunte Gewänder gekleidet. Es war der Zarfunkeltag, der wie jedes Jahr den Höhepunkt und das Ende eines Kobolterjahres markierte. Ein Kobolterjahr zählte nur 230 Tage, die jeweils nur 777 Minuten hatten, eine Stundeneinteilung gab es nicht. Deswegen wurden Zwerge und Kobolde auch so alt im Vergleich zu den Menschen, deren Tage und Jahre länger waren. Ein kleiner Kobold und auch eine kleine Koboldine hatten an diesem Zarfunkeltag ihren Geburtstag und feierten ihn regelmäßig mit den anderen kleinen Gestalten. Die anderen Zwerge und Kobolde hatten es da schwerer, sich ihren Geburtstag zu merken, ein Kobold lebte lieber in den Tag hinein und das selbe galt auch für die Zwerge. Sie konnten einmal im Kobolterjahr ihren Geburtstag begehen, eigentlich immer dann, wenn sie gerade Lust dazu hatten. Bei dem kleinen Kobold und der kleinen Koboldine war das anders, sie waren am Zarfunkeltag geboren und alle wussten das, da gab es keinen anderen Termin zum Feiern und alles was ein echter Wichtel war, war dazu eingeladen. Dieses Jahr waren auch ein paar Heinzelmännchen angereist, sie kamen von weit her im Norden, um an dem großen Fest teilzunehmen. Der kleine Kobold hatte einen lustigen Hut aus grünem Papier auf dem Kopf und die kleine Koboldine trug eine Krone aus blauen Federn. Beide hatten einen Fingerhut voll Wein in der Hand und sie prosteten sich zu. Der kleine Kobold freute sich, dass alle Wichtel ihren Spaß hatten und er an diesem großen Feiertag Geburtstag hatte. Das fand auch die kleine Koboldine schön und sie forderte den kleinen Kobold zum Feuertanz heraus. Ein paar Norgen und Trolle spielten auf selbstgebastelten Instrumenten lustige Lieder, zu denen es sich gut tanzen ließ. Es wurde eine sehr lange Nacht und ein langer Tag noch dazu. Keiner der kleinen Gestalten achtete auf die Minute, sie ließen sich gehen und feierten in das neue Kobolterjahr hinein. Erst als der letzte Zwerg schnarchend im grünen Gras lag, erlosch das große Feuer und Stille kehrte ein über der Wiese am Waldrand, die den Wichteln als Festplatz diente.

74.

Ein Sturm tobte in der Ferne und die Nacht war schwarz. Gerade eben war ich noch bei den Wichteln zu Gast, die Silvester feierten, jetzt fiel ich in einen tiefen und dunklen Schacht. Ich schwebte nach unten und konnte keinen Grund erkennen. Ich berührte die Wände des Schachts, sie fühlten sich warm und weich an. Immer wieder versuchte ich die Wand zu ertasten, immer weiter fiel ich nach unten. Die Wände waren rau, borstenhaft, haarig und grob. Es dauerte Minuten oder Jahre bis ich unten unsanft aufschlug. Es war dunkel und erst nach einer weiteren Ewigkeit sah ich ein schwaches Licht über mir, es waren die treuen Sterne, die zu mir durch den Schacht herunterfunkelten. Ich erkannte nur zwei Sterne, doch mit der Zeit erhellten sie mir den Raum um mich her. Die ganzen Schachtwände und auch der Boden, auf dem ich lag waren von kleinen und großen Spinnen bedeckt, sie krabbelten gemächlich umher und grinsten mich lüstern an. Ich wollte einfach nur sterben, die eintretende Ohnmacht war eine Erlösung für mich.

75.

Endlich Sommer, so richtig Sommer. Es war schon Ende August, doch ein ausgewachsenes Sommerhoch sorgte seit Tagen für Temperaturen um die fünfunddreißig Grad und für Sonnenschein von morgens bis abends.
„Komm, wir gehen baden, das wird ein Spaß!"
Günther rief die Hunde zu sich und packte ein großes Handtuch in den Rucksack.
„Das ist eine verdammt gute Idee…" Karl suchte nach seiner Badehose und setzte sich einen löchrigen Strohhut auf.
„…und nichts wie raus zum Baggersee!"
Der See war nur zwei Kilometer entfernt, verrostete Kähne lagen dort zwischen Kiesbergen, die von Unkraut überwuchert waren. Das

Ufer war flach und lud zum Planschen ein. Es kam nicht oft vor, dass sie baden gingen, doch was gab es Schöneres, wenn das Thermometer um zehn Uhr schon weit über dreißig Grad anzeigte.
„Wir nehmen ein paar Bier mit, die kühlen wir dann einfach im Wasser..." Günther packte ein paar Dosen in seinen Rucksack. „Nimm du auch noch welche mit..."
Die Hunde waren schon ganz aufgeregt und freuten sich, weil etwas Besonderes in der Luft lag.
„Auf zu neuen Ufern!"
Die beiden alten Revoluzzer schulterten das schwere Gepäck und machten sich gemeinsam mit den Hunden auf den Weg zum Baggersee.

76.

„Hast du einen bezahlbaren LED-Farbwechsler gefunden für Kozlowski?" Andreas fuhr seinen Rechner herunter und sah, wie Karla im Internet stöberte.
„Es gibt jetzt eine Kuhglocke im Landhausstil, zwölf Euro mit Versand..."
Andreas lachte.
„Eine Kuhglocke? Wie kommst du denn darauf?"
Karla grinste.
„Das gefällt Kozlowski bestimmt, die kann er aufhängen und sie bimmelt dann im Wind..."
„...coole Sache, da denkt man sofort an Urlaub in den Bergen..."
„Genau. Und das für nur zwölf Euro, ich bin stolz auf mich!" Karla musste auch lachen.
„Dir fällt irgendwie immer etwas ein, selbst für wenig Geld."
„Und du? Etwa schon Feierabend?" Karla klang etwas neidisch.
„Klar, war ja auch schon um acht Uhr da, da hast du bestimmt noch von Kreta geträumt..."
„...stimmt, hab ich. Bleib ich eben noch ein bisschen und stöber weiter die Resterampen durch."
Andreas verabschiedete sich und ging gut gelaunt nach unten zu seinem Auto. Es hatte über dreißig Grad draußen und die Sonne schien am wolkenlosen Himmel. Am liebsten hätte Andreas sich einen Eimer eiskaltes Wasser über den Kopf gegossen, doch er musste sich damit begnügen, dass er im Auto auf andere Weise nass wurde. Der schwarze Kombi stand den ganzen Tag schon in der

Sonne und Andreas ließ als erstes alle Scheiben runter, bevor er einstieg.

77.

Ich fühlte mich etwas gerädert, als ich mitten in der Nacht auf dem Sessel erwachte. Ich hatte furchtbare Sachen geträumt und war irgendwie froh, wieder in der sogenannten Realität zu mir zu kommen. War ich doch tatsächlich einfach so eingeschlafen. Ich schüttelte etwas ungläubig den Kopf und schleppte mich dann ins Bad. Ich erinnerte mich an den grünen Waldmeisterprosecco und es hätte mich jetzt nicht gewundert, wenn der Strahl aus meiner Blase ebenfalls grün gewesen wäre. Doch alles war ganz normal, keine Besonderheiten. Ich schaute auf die Uhr, es war jetzt kurz nach drei. Ich fühlte mich eigentlich den Umständen entsprechend fit und erstaunlich ausgeschlafen, ich setzte die Kaffeemaschine in Gang und rauchte eine Filterkippe.
„Morgenstund' hat Gold im Mund…" Was für ein Quatsch. Ich schenkte mir eine Tasse Kaffee ein und öffnete ein Fenster. Von draußen kam frische und kühle Luft herein. Es würde noch gut eine Stunde dauern, bis die Zeitung im Briefkasten war. Kaffee und Zigaretten. War das gesund? Machte das Spaß? War das irgendwie sinnvoll? Ich jagte alle derartigen Gedanken durch das offene Fenster hinaus und freute mich, dass ein neuer Tag vor mir lag, das Wochenende hatte begonnen. War das nicht schön? Doch, das war schön, ohne jeglichen Zweifel.

78.

Der weiße Hund holte die Stöckchen aus dem Wasser und der schwarze Hund stand am Ufer und bellte dazu.
„Gut jetzt!" Günther stürzte sich in die Fluten und spritzte um sich. „Komm auch rein, das ist super!"
Karl saß mit einem Dosenbier in der Hand am Ufer und ließ sich die Sonne auf den Bauch scheinen.
„War doch schon drin, keine Panik!"
Der schwarze Hund sprang die Böschung hinauf und bellte.
„Was ist denn jetzt los? Schau doch mal nach…"
Karl erhob sich langsam und folgte dem bellenden Hund. Auch bei dem weißen Hund war jetzt die Neugierde geweckt, er schüttelte sich

am Ufer und schaute dann ebenfalls nach, was es da oben zu sehen gab. Ein schwarzer Kombi parkte am Weg und der Fahrer holte sein Badetuch und eine schwarze Tasche aus dem Kofferraum. Der schwarze Hund knurrte und bellte, blieb jedoch auf Abstand zu dem Fremden. Der weiße Hund war nicht so ängstlich und traute sich zu dem Auto hin. Schwanzwedelnd ließ er sich streicheln.

„Wer bist denn du?"

Karl beobachtete das Geschehen mit Erstaunen, ihre Hunde waren Fremden gegenüber eigentlich eher zurückhaltend, wenn man es mal ganz harmlos ausdrücken wollte. Doch dem Fahrer des schwarzen Kombis schien zumindest der weiße Hund auf Anhieb zu vertrauen. Dieser erblickte Karl und grüßte.

„Hallo! Ich hoffe ich störe nicht…"

„…nö, nicht wirklich…"

Der schwarze Hund hatte sich auch beruhigt und beschnupperte jetzt intensiv den unerwarteten Gast.

„Wollte nur kurz in den See springen, bei diesen Temperaturen gibt es nichts Besseres, dachte ich mir so…"

„…das sehen wir genau so, es ist nur sehr selten, dass jemand den Weg hierher findet, ist mehr so ein Geheimtipp, dachten wir jedenfalls…"

„Ich bin Andreas, ich kenne den Baggersee schon lange, komme aber wirklich nicht oft hierher…" Andreas legte sein Badetuch auf den Kies am Ufer und zog sein T-Shirt aus. Im Vergleich zu Karl und Günther war er noch recht bleich.

„Noch nicht viel Sonne gesehen dieses Jahr!" Günther kam aus dem Wasser und schüttelte sein nasses Haar.

„…im Büro scheint keine Sonne…"

Günther lachte und hatte sofort Mitleid mit dem Kerl.

„Auch ein Bier?"

Andreas öffnete die schwarze Tasche und holte ein Bier heraus.

„…hab selbst, danke…"

Es wurde noch ein lustiger Nachmittag am See, Karl und Günther erfuhren interessante Dinge aus der Kunstfabrik und Andreas interessierte sich für das Leben der beiden Aussteiger. Die Hunde spielten stundenlang miteinander und waren abends richtig platt. Ein gelungener Sommertag am Strand, da waren sich alle Beteiligten am Schluss einig.

79.

Karla schloss alle Programme bis nur noch die Bucht von Balos auf dem Desktop zu sehen war. Es war jetzt acht Uhr abends und sie konnte endlich in Frieden Feierabend machen. Was hatte dieser Tag gebracht? Eine Kuhglocke im Landhausstil, genial. Was hatte dieser Herr Leidicke von der Vernuft gemeint? Ein führender Posten für allgemein Realisierbares? Irgendwie so. Karla stellte sich vor, wie sie eines schönen Tages sämtliche Aktionen im Zwergenstaat absagen würde, tut mir leid, nicht realisierbar. Kippen oder Tabak? Gestrichen. Bier? Braucht kein Mensch. Was noch? Karla glaubte nicht, dass das der richtige Job für sie wäre. Oder vielleicht doch? Eigentlich hatte sie sich noch gar nicht viele Gedanken darüber gemacht und war froh, dass sie jetzt endlich nach Hause gehen konnte. Ihr Hund würde sie schwanzwedelnd begrüßen und dann könnten sie einen schönen Abendspaziergang machen. Weit weg von allem, immer weiter weg von der Kunstfabrik und der bescheidenen Arbeitswelt, irgendwohin, wo es nichts gab außer ein paar Stechmücken und ganz viel Natur. Karla ging zu ihrem Wagen und es war immer noch heiß, fast wie auf Kreta um diese Uhrzeit. Karla stieg in ihren alten Toyota und bremste an der Tankstelle. Sie hatte Lust auf einen Schluck kalten Sekt, das hatte sie sich heute wirklich verdient. Leider hatten die wenigen Supermärkte in der Stadt schon zu. War das vielleicht der größte Nachteil daran, wenn sie erst um zehn oder elf mit ihrer Arbeit anfing? Karla schnaubte verächtlich. Morgen würde sie um zehn erst einmal einkaufen gehen, bevor sie sich an die Arbeit machen würde. Da kam es wirklich nicht auf eine Stunde hin oder her an, es kam überhaupt nicht darauf an, wann sie anfing. Sie würde schon ihr Soll erfüllen. Der Sekt von der Tankstelle war teuer, doch man gönnte sich ja sonst nichts. Karla bremste vor ihrer Wohnung und holte ihren Hund ab, der sich wie erwartet riesig freute. Sie fuhren nur ein paar Kilometer, dann waren sie mitten in der Natur. Karla parkte ihren Wagen auf einem geschotterten Parkplatz und schnappte sich die Flasche Sekt. Mit ihrem Hund an der Leine ging sie zu dem nahegelegenen Fluss, dort durfte der Hund springen und toben. Karla machte es sich im Schatten eines efeuüberwucherten Baumes gemütlich und ging dann zum gemütlichen Teil des Abends über.

80.

Irgendwie war schon wieder viel Zeit vergangen, es war Herbst und
die Blätter der Bäume färbten sich gelb und rot. Ein
Hochdruckgebiet sorgte aber noch für angenehme Temperaturen, nur
morgens war es schon ziemlich kühl. Im Bergland gab es schon
vereinzelt Bodenfrost in den Nächten, ansonsten konnte man
durchaus von einem gelungenen Altweibersommer reden. Ich zog
einen Pullover an und fuhr mit dem Fiat auf meinen Parkplatz. Heute
hatte ich etwas Besonderes vor, ich wollte versuchen einfach nicht
zu rauchen. So schwer konnte das doch nicht sein. Einfach etwas
nicht machen, hörte sich jetzt gar nicht so schwierig an. Ich parkte
den Wagen auf dem hintersten Parkplatz bei der Berufsschule und
überlegte. Ich hatte noch Zeit, bis ich mit dem Kontrollieren
anfangen musste. Was sollte ich tun? Nicht rauchen, super. Nichts
tun. Konnte ganz schön anstrengend sein, hatte ich so den Eindruck.
Ich stieg aus und machte einen Spaziergang. Es war sieben Uhr und
die Sonne kämpfte sich in schönen Farben über den Horizont. Es war
noch sehr frisch und ich lief einmal um den Block. Dann an dem
kleinen Bach entlang. Hundebesitzer führten ihre vierbeinigen
Freunde aus und die Kinder waren mit dem Fahrrad auf dem Weg
zur Schule. Immer noch eine halbe Stunde, bis ich endlich
kontrollieren konnte. Einfach nicht rauchen, sehr witzig. Was für
eine geniale Idee war das denn? Ich motivierte mich, indem ich mir
ausrechnete, wieviel Geld ich durch Nichtrauchen sparen konnte. Ich
dachte an all die lieben Zeitgenossen, die schon längst mit den
Folgen des Rauchens zu kämpfen hatten, Kehlkopfkrebs und
ähnliches. Nicht toll. Wirklich nicht. Aber? Irgendwie musste ich
immer ans Rauchen denken. Alles Kopfsache. Genial. Irgendwie
schaffte ich es bis um acht nicht zu rauchen und war dann froh, als
ich endlich über meinen Parkplatz wandern konnte. Ich war
abgelenkt und hatte auch relativ viele Verstöße zu ahnden. So
verging die Zeit ganz gut, um neun war ich auch mit dem
Landratsamt fertig und fuhr weiter zum nächsten Parkplatz. Immer in
Bewegung bleiben, schon zwei Stunden ohne Zigarette. Solange ich
beschäftigt war, ging alles ganz gut. Ich schaffte es bis um ein Uhr
nachmittags keine Zigarette zu rauchen. Doch dann? Dann war
Feierabend. Ich holte mir beim Bäcker einen Kaffee und wusste, dass
ich noch Zigaretten im Auto hatte. Wie ferngesteuert ging ich zu
meinem Wagen und setzte mich mit dem Becher Kaffee hinter das

Steuer. Ein Griff, Zigarette im Mund, noch ein Griff, Feuer. Ich zog den Rauch ganz tief in meine Lungen und wusste jetzt, dass das mit dem Nichtrauchen gar nicht so einfach war. Sechs Stunden, Halleluja. Sechs Stunden ohne. Und dann? Eine rauchen, einfach so, haha. Ich hatte versagt, ich schaffte es nicht einmal, etwas nicht zu tun. Es wurde mir klar, dass es sich um eine ausgewachsene Sucht handelte und es fiel mir schwer zu sagen, dass sechs Stunden Nichtrauchen ja schon mal ein ganz guter Anfang waren. Ich drückte die Zigarette aus, nippte an meinem Kaffee und zündete mir gleich die nächste an. Ich hatte großen Nachholbedarf.

81.

Seite 91 war fertig, voll mit winzigen Buchstaben, die sich in Wörtern zusammengefasst aneinanderreihten und lauter sinnvolle Sätze ergaben. Kozlowski schrieb seinem Chef eine kurze SMS und überlegte, wie die Geschichte wohl weitergehen würde. Es war ganz einfach. Lustig bis Seite 100 weiterschreiben und dann das große Finale einläuten, irgendwie so. Für heute hatte Kozlowski genug vom Schreiben, kreativ sein konnte ganz schön anstrengend sein. Er schaltete sein Netbook aus und schaute aus dem Fenster hinunter auf die Bäume, die schon ihre bunten Blätter fallen ließen. Es war ein eher grauer Tag, am Himmel zogen dunkle Wolken und die Sonne war nicht zu sehen. Es war mittlerweile Oktober und das Jahr neigte sich schon wieder dem Ende, Weihnachten stand vor der Tür und somit auch der nächste schmuddelige, kalte und unangenehme Winter. Es gab ja Menschen, die freuten sich auf den Winter. Kozlowski gehörte definitiv nicht dazu. Der Frühling war immer schön, ein richtiger Sommer einfach genial, ein sonniger Herbst ging auch noch, aber Winter? Kozlowski ging zur Tür, machte die Lichter aus und ging die Treppen hinunter bis er in der großen Empfangshalle stand. Am schwarzen Brett hing eine Einladung für alle Mitarbeiter der Kunstfabrik.

Die Fertigstellung von Seite 100 unseres großen Projektes rückt immer näher. Grund genug für die Geschäftsleitung, diesen Meilenstein mit Ihnen zu feiern. Der genaue Termin für diese Veranstaltung steht noch nicht fest, Sie sind aufgefordert, ihr Bestes zu geben, damit ganz bald gefeiert werden kann. Für das leibliche Wohl wird gesorgt sein, es wird musikalische Darbietungen geben und Mitglieder des Vorstandes werden Sie über den aktuellen Stand

der Dinge informieren und Ihnen das weitere Vorgehen erläutern.
Sie alle sind zu dieser Veranstaltung recht herzlich eingeladen, den
genauen Termin und den Veranstaltungsort werden wir Ihnen
rechtzeitig bekannt geben...
Kozlowski musste grinsen. Lag es nicht hauptsächlich an ihm, wie
schnell Seite 100 fertig war? Sollte er sich beeilen oder sollte er
lieber ein wenig Zeit vertrödeln? Wollte er nicht auch möglichst
schnell fertig werden? Eigentlich schon. Eine Feier, hörte sich
eigentlich ganz gut an. Gas geben, warum nicht? Aber für heute war
auf jeden Fall Feierabend. Kozlowski ging hinaus, es war frisch und
ein kalter Wind wirbelte das Laub durcheinander.

82.

Über dem See lag noch etwas Nebel, doch die Sonne kam immer
mehr zum Vorschein.
„Heute wird ein schöner Tag, nicht so grau wie die letzten Tage."
„Das ist wirklich ein toller Ausblick hier, geradezu traumhaft. Nicht
jeder wohnt so exklusiv, da könnte man fast neidisch werden..."
Hippie Skues war über das Wochenende bei Herrn Leidicke von der
Vernunft zu Besuch.
„Ich rauche noch schnell fertig, dann gibt es erst einmal etwas zu
essen. Ich hoffe, Sie essen Fleisch..."
„...gerne, ich habe da kein Problem damit."
„...wir haben hier einen wirklich guten Metzger, der schlachtet noch
selbst, die Tiere kommen alle von Bauern aus der Umgebung..."
„...das hört sich gut an, was ich nicht mag, ist billiges Fleisch aus
der Massentierhaltung. Ich zahle auch gerne etwas mehr, wenn ich
weiß, dass ich dann Fleisch von ehemals glücklichen Tieren
bekomme..."
„Das sehe ich ganz genau so, wir essen auch nicht jeden Tag Fleisch,
aber so ab und zu schmeckt es dann doch einfach lecker. Wie Sie
sehen, bauen wir auch ganz viel Gemüse selbst an, das ist ein
schöner Zeitvertreib nach einem stressigen Arbeitstag..."
Hippie Skues bewunderte den großen Gemüsegarten und war von
den riesigen Peperoni im Gewächshaus fasziniert. Beide gingen die
Treppen hinunter und setzten sich im Esszimmer an den gedeckten
Tisch.

83.

„Heute kommt Suliver! Hat er gerade geschrieben…" Günther sprang aus seinem Bauwagen und die Hunde sprangen hinterher. Karl saß an der Feuerstelle und entfachte mit der Glut des letzten Feuers dürre Zweige.

„Es wird langsam richtig kalt morgens, kommt doch bald der Winter…"

„…erst einmal ist es Herbst, heul nicht rum. Wir haben diesen Sommer genug Holz gemacht, da brennt nichts an…" Günther drehte sich eine Zigarette und setzte sich zu Karl. Die Hunde sprangen im nassen Gras und bellten vergnügt.

„Hast du schon Kaffee getrunken?"

Karl schüttelte den Kopf.

„…bin gerade erst aufgestanden…"

„…dann tun wir erst einmal frühstücken, bin gespannt auf unser selbstgebackenes Brot…"

„…mit Bier im Teig, du bist echt verrückt!"

Sie mussten beide lachen.

„Schade, dass wir keine Bierwurst da haben…"

„…stimmt, das würde passen!"

84.

Sehr geehrte Frau Kolmar, vielleicht können Sie uns ja einen kleinen Gefallen tun. Aufgrund eines personellen Engpasses läuft es bei uns im Einkauf gerade nicht rund. Wir benötigen dringend eine Anleitung für das Erstellen von Webseiten mit Wordpress. Im Internet findet sich sicher eine Menge geeigneter Lektüre. Es wäre schön, wenn sie über das Konto unserer Abteilung ein entsprechendes Buch besorgen könnten. MfG S. Eichborn, Abteilung für Öffentlichkeitsarbeit und Imagefragen

Karla schnaubte, als sie die E-Mail gelesen hatte. Was sollte das denn? Hatte es sich etwa schon herumgesprochen, dass Karla eigentlich nichts mehr zu tun hatte, seit ihr Budget auf einen lächerlichen Betrag gekürzt worden war? Die Abteilung für Öffentlichkeitsarbeit, davon hatte sie ja noch nie etwas gehört. Würde zwar Sinn machen bei so einem Projekt, aber was hatte sie mit dieser Abteilung zu tun? Karla fühlte sich ziemlich überfahren und überlegte, wie sie sich verhalten sollte. Sie könnte diesem Herr

Eichborn diesen „*Gefallen*" tun, aber was wäre dann das Ende vom Lied? In Zukunft würde sie für die verschiedensten Abteilungen den Einkauf erledigen, toll. Wurden da etwa schon wieder Stellen eingespart? Karla war etwas verunsichert und suchte die Nummer von Kozlowski. Das wollte sie lieber mit ganz oben abklären.

„Die Kunstfabrik, Kozlowski persönlich am Apparat…"

„Karla Kolmar, zuständig für realisierbare Träume, wir kennen uns."

Kozlowski musste kurz überlegen.

„…ah, Traumabteilung, richtig, jetzt weiß ich Bescheid. Was kann ich für Sie tun?"

Karla erläuterte kurz ihr Problem und bat um eine kurze Anweisung, wie sie sich verhalten sollte.

„Sie machen doch in Ihrer Abteilung den besten Kaffee im ganzen Haus, wissen Sie was? Ich komm einfach kurz vorbei, dann besprechen wir das. Das Ganze ist auf meinem Mist gewachsen, ich komme vorbei und erkläre Ihnen alles."

Auch gut. Karla machte frischen Kaffee und wartete auf Kozlowski.

85.

Es war immer noch Oktober und die Sonne schien an diesem Sonntag, das passte irgendwie. Ich informierte mich über die Preise für eine Schiffsreise von Hamburg nach New York. Günstig war etwas anderes. Aber vielleicht würden wir ja doch eines Tages einen Bestseller abliefern und an Deck eines großen Schiffes gleich am nächsten Roman weiterschreiben. Ich träumte noch ein bisschen vom goldenen Schriftstellerdasein und zündete mir eine Filterzigarette an. Die leichtesten, die ich kriegen konnte, ganz wenig Teer, ganz wenig Nikotin. Ich hatte das Gefühl, dass da was nicht stimmte. Ich zog wie blöd an dem Glimmstengel, es rauchte und dampfte, doch irgendwie kam da nichts an. Ein weiterer Versuch gesund zu leben schien zum Scheitern verurteilt. Ich riss den Filter ab und es ging dann einigermaßen. Keine gute Idee, diese ultraleichten Kippen. Konnte man sich an solche Zigaretten gewöhnen? Das erschien mir im Moment fast genauso schwierig wie ganz mit dem Rauchen aufzuhören. Zum Glück hatte ich noch eine angefangene Packung Chesterfield und konnte meine Sucht mit einer richtigen Zigarette befriedigen. Ich schaute im Internet nach einer weiteren Alternative. Wäre eine E-Zigarette was für mich? Die waren auch nicht gerade günstig. Aber es gab sogenannte Liquids mit Nikotin in ganz verschiedenen abgedrehten Geschmacksrichtungen. Wäre vielleicht irgendwann einen Versuch wert. Ich schaute noch nach Karibikkreuzfahrten und träumte mich an die fernen Palmenstrände. War man glücklich, wenn man Träume hatte? Konnten Träume wahr werden? Musste man nicht jeden Tag daran arbeiten? Konnte es dann nicht trotzdem schief gehen? War es einen Versuch wert? Ich kam zu dem Schluss, dass sich jegliche Anstrengung lohnte und dass man nie aufgeben durfte. Ich glaubte in diesem Moment an unser Projekt, an den Erfolg, wusste, dass die Geschichte gut war. Kozlowski kommt! Ich war mir da ganz sicher und gab mich damit zufrieden, dass man mit dem Flugzeug relativ günstig nach New York fliegen konnte. Wäre ja auch kein so schlechter Plan für die Zukunft.

86.

In dem gepflegten Garten brannte ein kleines Lagerfeuer in der mit Steinen begrenzten Feuerstelle, die Flammen züngelten im Wind und tauchten die umstehenden Bäume in ein flackerndes Licht. Herr Leidicke legte seine Westerngitarre zur Seite und angelte sich noch ein Bier aus dem Kasten, der neben Hippie Skues im nassen Gras stand.
„Eigentlich könnten wir uns gegenseitig das Du anbieten. Jetzt, wo wir uns stundenlang so wunderbar unterhalten haben…"
Hippie Skues hielt seine braune Bierflasche gegen den Schein des Feuers um den Füllstand zu überprüfen.
„Wegen mir gerne, Sie – ich meine: du warst mir von Anfang an sympathisch…"
Leidicke öffnete sein Bier mit dem Feuerzeug und hielt Hippie die Flasche hin.
„Ich bin Andi, kein besonders origineller Name…"
„…ist doch gut, um einiges besser als Hippie…"
Sie lachten beide und stießen an. Nach einem guten Schluck aus der Flasche überlegte Hippie Skues, über was sie eigentlich die letzten vier oder fünf Stunden geredet hatten.
„Ich bin, glaube ich, schon ziemlich besoffen…"
„…das ist auch kein Wunder, irgendwie ist der zweite Kasten auch bald leer…"
„Wieviel Uhr ist es eigentlich, sieht so aus, als ob es da hinten schon wieder hell wird…"

Andi angelte nach seinem alten Handy.

„…uuups, was schätzt du?"

Hippie überlegte. Bis um fünf hatten sie gegessen, dann waren sie auf die Idee gekommen ein Feuer zu machen.

„Drei, vier?"

Andi lachte.

„Es wird zwar noch nicht hell, aber es ist gleich fünf Uhr, ohne Witz…"

„…eigentlich unvernünftig…"

Sie fanden das beide witzig, machten noch ein paar Späße mehr über die Arbeit in der Kunstfabrik und einigten sich dann darauf, im Haus noch ein letztes Bier zu trinken.

„Morgen ist Sonntag, da ist nichts geplant…"

„Jetzt ist Sonntag, egal…"

„…stimmt…"

87.

Suliver düste mit seinem Ford Ka über die holprige Piste, im Kofferraum klapperten die Vorräte für seine beiden Aussteiger und aus den Lautsprechern ertönte die Stimme von Robert Smith. „…*I´m lost in a forrest all alone*…" Suliver grölte mit und genehmigte sich einen Schluck aus der Flasche mit Mezzo Mix Gold, wie er seinen selbst gemischten Wodka Red Bull nannte. Auf die Mischung kam es an, das war beim Rauchen so und eben auch bei den Getränken. Nicht zu wenig, lieber etwas zuviel. Suliver hatte gute Laune, sein neuer Job war zwar stressig, aber er machte auch Spaß. Und morgen hatte er frei, das hatte er sich so eingerichtet. „…*again and again and again and agaaaaiiin*…" Mit durchdrehenden Rädern nahm er die Kurve vom Waldrand zu den Bauwagen.

„…der hat es aber eilig!" Karl sah die sich rasch nähernde Staubwolke über den Feldern und freute sich.

„Suliver kommt!"

Günther erhob sich von der Holzbank und nickte.

„Dem sitzt der Schalk im Nacken…"

„Oder der Henker…"

Sie lachten beide und auch die Hunde bemerkten, dass gleich etwas Aufregendes passieren würde, sie jaulten schon, noch ehe sie das herannahende Auto wahrnehmen konnten. Suliver bremste auf dem geschotterten Feldweg und öffnete die Tür.

„Was ist denn das für ein Empfang? Kein roter Teppich, kein Champagner?"

Die Hunde waren als erste bei ihm, wedelten wild mit dem Schwanz und bellten vor Freude.

„Ist ja gut, wenigstens ihr scheint euch zu freuen, dass ich komme…"

„Suliver, die alte Juppiesocke, immer gut drauf…"

Günther umarmte seinen Freund herzlich, Karl klopfte ihm kräftig auf die Schulter.

„…ich habe während der Fahrt schon mal vorgeglüht, ihr habt bestimmt schon wieder mächtig Vorsprung und schwebt schon wieder auf Wolke 23…"

„…wäre gut, haben heute aber noch gar keine stimmungsaufhellende Substanzen intus…"

Suliver lachte herzlich.

„…der war gut!"

Günther kniff ihn in die Seite und lachte auch.

„Auf dass der Schwachsinn die Oberhand behält!"

Karl war schon am Kofferraum und holte eine Palette Dosenbier heraus.

„…müssen uns dringend auf den gleichen Level einpendeln…"

„…sonst kommt einer von uns noch auf den Horror, oder was?"

Suliver setzte sich an das Lagerfeuer und zündete sich einen Zigarillo an.

„Seit wann rauchst du Zigarren?"

Suliver grinste.

„…ich rauche gar nicht mehr, ist eigentlich ganz einfach…"

Als alle etwas zu trinken in der Hand hatten und angestoßen war, erklärte Suliver, dass er keine Zigaretten mehr rauchte, eben nur noch manchmal Zigarillos mit Filter.

„Ist das gesund?"

„Machst du Witze? Was ist schon gesund? Vielleicht werde ich nur langsam ein bisschen vernünftig…"

„…haha, jetzt machst du Witze, vernünftig…"

Suliver erzählte das Neueste aus der großen Stadt, vom bevorstehenden Etappenziel in Sachen Kozlowski und was sonst noch interessant war. Günther und Karl hörten aufmerksam zu, sie machten alle ihre Späße und genehmigten sich dabei noch das eine oder andere Getränk.

88.

Kozlowski ging durch das Treppenhaus der Kunstfabrik und freute sich schon auf einen guten Kaffee. Ah, hier, die Traumabteilung. Kozlowski öffnete die Tür zu dem großen Büro und schaute sich um. Karla sah ihn bei der Türe stehen und ging auf ihn zu.

„…schön, dass Sie sich gleich Zeit genommen haben, ich wusste wirklich nicht, wie ich mich verhalten sollte…"

Karla streckte Kozlowski die Hand hin und sie begrüßten sich mit einem Handschlag.

„Frau Kolmar, schön Sie zu sehen. Ich kann Ihnen alles erklären."

„Da bin ich ja mal gespannt…"

„Also, es ist so, dass es langsam Zeit wird mit unserem Projekt an die Öffentlichkeit zu gehen. Zu diesem Zweck wurde die Abteilung für Öffentlichkeitsarbeit gegründet, sie steht unter der Leitung von Herrn Eichborn, ein sehr erfahrener Mann was diese Dinge angeht. Er hat zuletzt für eine große Versicherung gearbeitet, wenn ich mich recht entsinne. Ich war bei mehreren Besprechungen dieser Abteilung dabei und es war schnell klar, dass wir als Erstes einen gelungenen Internetauftritt brauchen. Ich denke, soweit können Sie mir folgen."

„Kann ich, ja. Ich verstehe nur nicht, was ich mit der ganzen Sache zu tun habe."

„Nun, wie soll ich Ihnen das erklären? Es ist in der Tat so, dass diese neue Abteilung personell noch nicht gut ausgestattet ist, es wird eben noch viel improvisiert. Herr Eichborn schlug vor, mit Wordpress zu arbeiten, ein erster Versuch brachte schon gute Ergebnisse, doch man könnte das Ganze noch professioneller gestalten. Dazu braucht die Abteilung eben eine geeignete Anleitung in Buchform. Man konnte sich nicht darauf einigen, wer zuständig ist, ich konnte das nicht länger mit anhören. Es war meine Idee, Ihnen diesen Auftrag zu übermitteln, denn ich weiß, dass Sie solche Dinge schnell und zuverlässig erledigen. Sehen Sie diesen kleinen Auftrag also eher als ein Kompliment, ich habe Sie weiterempfohlen und Sie müssen wissen, dass es in absehbarer Zukunft darum gehen wird, ein schlagkräftiges Management aufzubauen. Wir arbeiten an diesem Projekt, es handelt sich um ein einzigartiges Produkt, das am Ende verkauft werden möchte. Es schadet bestimmt nicht, wenn die Abteilung für Öffentlichkeitsarbeit mehr von Ihren verborgenen Talenten erfährt…"

Bei Karla hatte es längst zu rattern begonnen. Management, verborgene Talente, eine Empfehlung. Es kam nicht oft vor, dass Karla nichts mehr einfiel, was sie hätte erwidern können. Jetzt war sie jedoch sprachlos. Kozlowski schien das zu gefallen, er grinste sie an und unterbrach diesen Moment der Stille.

„…jemand, der so guten Kaffee kocht, den kann ich getrost jeder Abteilung weiterempfehlen."

Karla kam wieder zu sich.

„Ach ja, der Kaffee, kommen Sie…"

89.

Es war jetzt Anfang November und der Herbst zeigte sich von seiner besten Seite. Die Sonne schien, das Thermometer kletterte nachmittags noch auf Werte um die fünfzehn Grad. Ich hatte eine ruhige Woche, es waren Herbstferien und ich konnte mich um viele Dinge kümmern, für die ich sonst keine Zeit hatte. K. A. Morgenrot, ein befreundeter Schriftsteller und Lyriker hatte zugesagt, anlässlich unserer bevorstehenden Feier eine kleine Lesung für die Mitarbeiter zu veranstalten. Die Hausband der Kunstfabrik würde für den musikalischen Rahmen sorgen, ebenso hatte ich eine Cateringfirma beauftragt, uns mit einem Buffet und kalten Getränken zu versorgen. Das hätten bestimmt auch die Mitarbeiter der Mensa übernehmen können, doch an diesem Tag sollten alle feiern, die sonst dafür sorgten, dass das Projekt vorankam. Ich selbst wollte ein paar Worte an alle Beteiligten richten, ein Beitrag von Kozlowski war natürlich auch eingeplant. Ich schrieb ihm noch eine SMS, wann es denn nun so weit wäre.

Soeben Seite 99 erreicht, denke dass wir morgen feiern können…

Ich freute mich über diese Antwort und gab allen Bescheid. Dann machte ich es mir auf meinem Sofa bequem und schaute eine Weile den Fischen im Aquarium zu. Ich genehmigte mir einen Sahnelikör und rauchte genüsslich eine Filterzigarette dazu. Manchmal konnte man schon zufrieden sein mit dem Leben, manchmal liefen die Dinge einfach gut und die großen Ziele rückten wieder ein Stückchen näher. Seite 100, das war wirklich schon mal ganz gut. Ich dachte daran zurück, wie alles begonnen hatte, die Finanzkrise, die wir gemeistert hatten und so manche lustige Geschichte im Zusammenhang mit dem Projekt fiel mir ein. Auch an die weniger

schönen Dinge konnte ich mich noch gut erinnern. Ich leerte mein Glas und löschte das Licht.
„Kozlowski kommt!"

90.

Es hatte leichten Frost als K. A. Morgenrot mit seinem alten Heckflossenmercedes auf den Parkplatz der Kunstfabrik einbog. Er war sehr früh losgefahren und freute sich, dass er als Gast an dieser Feier teilnehmen durfte. Er hatte schon eine Rede vorbereitet, doch da er noch ein paar Stunden Zeit hatte, wollte er schnell noch ein passendes Gedicht schreiben. Er parkte etwas Abseits im Schein einer Laterne und schenkte sich einen Kaffee aus der Thermoskanne ein. Dazu eine Zigarette, das perfekte Frühstück eben. Er holte Papier und Stift hervor und fing an zu schreiben. Ein Gedicht musste sich nicht unbedingt reimen, es brauchte nur ein paar geflügelte Worte und schon flossen die Worte in Zeilen dahin. Der Meilenstein, der Stein, der steinige Weg. Er machte sich zunächst Notizen, er ließ seine Gedanken schweifen und schwebte frei im unendlichen Raum der Kunst, kunstvoll wollten die Worte einen Sinn ergeben, ein Schluck Kaffee, noch eine Kippe, die erste Zeile, die erste Meile auf dem Weg, der lange war und doch nur endlich. Endlich flogen die Funken, versunken im Schaffen, so groß der Drang des Dichters, die Worte schafften neuen Raum, die nächste Meile, noch eine Zeile und eine Weile später auch ein Reim, so sollte es sein. K. A. Morgenrot zündete sich noch eine Zigarette an und feilte weiter an den Zeilen. Im Foyer der Kunstfabrik wurde auch schon gearbeitet. Die Hausmeister hatten alles freigeräumt, die Bühne war aufgebaut und jetzt wurde der große Raum bestuhlt. Die Musiker bauten ihre Anlage auf, die Mikrofone wurden angeschlossen. Um neun sollte die große Feier beginnen. Das Team vom Cateringservice baute Stehtische auf, Gläser wurden bereitgestellt, für den Anfang war ein klassischer Sektempfang geplant. Auch Kozlowski war schon in seinem Büro und ging noch einmal seine Rede an die Mitarbeiter durch, er musste lachen.
„Kozlowski kommt!" Tatsächlich.

91.

„Kozlowski kommt!" Über der Bühne hing ein riesiges Transparent und die Band der Kunstfabrik spielte *„High Rise"* von Hawkwind. Karla kämpfte sich durch die Menschenmenge, alle strömten in den großen Saal und suchten sich einen Sitzplatz. Karla setzte sich in eine der hinteren Reihen, sie war gespannt auf das, was jetzt kommen würde. Die Band spielte noch einen Song, dann betrat der Vorstand die Bühne.

„Herzlich willkommen an diesem doch sehr besonderen Tag. Als allererstes vielen Dank an jeden einzelnen von Ihnen, Sie alle haben mitgewirkt und Ihr Bestes gegeben und somit dazu beigetragen, dass wir heute diesen Meilenstein auf dem Weg zur Vollendung unseres Projektes feiern können. Seite 100 ist geschrieben, in trockenen Tüchern, wie man so schön sagt. Es wird sich von nun an einiges ändern, wir können den Blick auf das Ende unserer Arbeit richten, es wird ab jetzt richtig spannend, das verspreche ich Ihnen. Von nun an gilt es, einfach nochmal alles zu geben. Wir alle vom Vorstand, einschließlich der künstlerischen Leitung, wir alle sind begeistert von dem, was bisher geleistet wurde. In nur wenigen Monaten, die vielleicht auch nicht immer einfach waren, ist etwas Großes gewachsen, eine geniale Geschichte entstanden und es ist alles soweit vorbereitet, dass wir uns nun gemeinsam auf ein wirklich grandioses Ende freuen können. Zahlreiche Spezialisten wurden engagiert, sie haben mit ihrer ganzen Erfahrung dazu beigetragen, dass die Arbeit an unserem Projekt mit der Zeit immer effektiver wurde. Wir dürfen und wir können zuversichtlich sein, dass wir im Laufe des kommenden Jahres unser Projekt beenden können, dann dürfen Sie sich alle zurücklehnen und darauf warten, wie wir gemeinsam die Früchte ernten, die uns auch zustehen für so viel Engagement. Wie gesagt, ich danke jedem einzelnen von Ihnen, heute können wir mit Fug und Recht behaupten, dass die goldenen Zeiten endlich in greifbare Nähe gerückt sind…"

Karla war wie immer skeptisch. Das hörte sich zwar alles toll an, doch wer konnte schon garantieren, dass nichts mehr schief laufen würde. Gab es wirklich Grund für so viel Optimismus? War das Ergebnis bis jetzt wirklich so beeindruckend? Besser als Mittelmaß? Als Beauftragte für realisierbare Träume hatte Karla nicht allzu viel vom Fortgang der Geschichte mitbekommen, was sie immer wieder erlebt hatte waren Engpässe, Probleme mit den Abläufen,

Zuständigkeitschaos und Planlosigkeit. Es fiel ihr schwer an goldene Zeiten zu glauben, sie tippte eher auf Silber oder Bronze. Wenn überhaupt.

„...ein neues Management wird für die Vermarktung unseres Produktes sorgen. Wir werden uns an zahlreiche Verlage wenden, wir werden nicht nur einen Schuss abfeuern, sondern mehrere Salven. Dauerfeuer! Wir werden solange keine Ruhe geben, bis wir unser Buch bei Amazon bestellen können oder noch besser: es in der örtlichen Buchhandlung in die Hand nehmen, damit zur Kasse gehen und unser Werk nach Hause tragen! Vielen, vielen Dank, einen schönen Tag und gute Unterhaltung, lassen Sie es sich gut gehen, in diesem Sinne: Kozlowski kommt!"

Der ganze Saal erwiderte die Parole und spendete Beifall. Karla sah, wie die Sektgläser gefüllt wurden und sie erhob sich von ihrem Platz. Die Band spielte *Barfuß oder Lackschuh* von Harald Juhnke und alle waren in Feierlaune. Karla holte sich einen Sekt. Vor dem Eingang stand Andreas mit den anderen von der Traumabteilung und rauchte eine Zigarette. Eine gute Idee, wie sie fand.

92.

„Ein Meilenstein." K. A. Morgenrot bog sich das Mikrofon zurecht. „Ein Meilenstein am Wegesrand erinnert uns doch: wir müssen weiter. Noch sind wir nicht am Ziel. Die Sonne blinzelt heiter. Schritt für Schritt, auch wenn wir schwitzen, mit Mühe und belanglosen Witzen, immer weiter. Getragen von der Poesie, die uns beflügelt, auch wenn die Gegend garstig hügelt, hinweg über Stock und Stein, geläutert das Sein vom ständigen Tun, wir können nicht ruhen und gehen weiter, wir stolpern in das Licht, das uns die Nähe zum Ziel verspricht. Und dann? Eines Tages werden wir wissen, können den Glauben verlieren ruhigen Gewissens, eines Tages werden wir sagen: hört auf zu jagen, das Ungetier ist erlegt!"

Beifall für den Poeten. K. A. Morgenrot genehmigte sich einen Schluck Rotwein und redete sich in Rage. Die Belegschaft jubelte als der große Dichter seinen Vortrag mit der heute schon oft gehörten Parole beendete.

„Kozlowski kommt!"

Die Band spielte eine abgedrehte und extra lange Version von *Knocking on Heaven's Door* und das Buffet wurde eröffnet, die

Stimmung war ausgelassen. Von der Decke regnete es Monopolygeldscheine und Konfettischnipsel.

93.

„…ganz schön kalt schon…"
„…und?" Karl kümmerte sich um das Feuer in dem Kanonenofen in seinem Bauwagen.
„…gleich wird es warm…"
Günther baute ein klassisches Zweiblatt. Man konnte sich seine Zeit auch schön rauchen.
„…stell dir vor, dass wir Teil der Geschichte sind und dass man wegen uns das Ganze als abnormalen Schwachsinn und reine Drogenphantasie abtun wird…"
Karl musste lachen. Die Hunde jaulten vergnügt.
„…ihr habt ein dickes Fell, das braucht man auch…"
Günther zog an dem Joint und gab ihn weiter. Es war November und die Sonne ging nach der Zeitumstellung trotzdem erst um sieben auf. Auf den Scheiben des Bauwagens hatte sich in der Nacht Eis gebildet und das Wasser in der Hundeschüssel war eingefroren.
„…stell dir vor die schaffen das, kommen durch mit dem Projekt, was bedeutet das dann für uns?"
Karl gab den Joint zurück.
„…für uns? Nichts. Wir hatten nie viel und wir brauchen nicht viel, vielleicht geht es dann ein paar Leuten da oben besser, noch besser, was juckt uns das?"
„Wir könnten uns Ziegen anschaffen und Käse machen aus der Milch…"
„…wir könnten auch weiterhin einfach zufrieden damit sein, dass wir zufrieden sind…"
„…stimmt, das schafft nicht jeder…"
Günther nahm das Beil und hackte ein Stück Holz in kleine Teile. Der Bordercollie schnappte sich ein Holzscheit und jaulte vor Freude. Man brauchte wirklich nicht viel zum Glücklichsein.

94.

Unter der Brücke floss der Fluss träge dahin. Man sah oben die Stadtkirche und die alten Häuser, die sich an den Hügel schmiegten. Kaspar fühlte sich sofort wohl in dieser Umgebung. Hier würde es

schon den einen oder anderen Cent geben für seine Bemühungen. Kaspar war Straßenmusikant und auf der Durchreise. Noch nie hatte er hier gespielt. Er ging eine steile Kopfsteinpflastergasse hoch und kam zur Kirche. Er schaute sich um. Weiter vorne war gerade Wochenmarkt, viele Fußgänger waren unterwegs. Kaspar stürzte sich in das rege Treiben und setzte sich unter das Vordach einer Bankfiliale. Es war November und es war wirklich kalt. Was sollte er spielen? Etwas Liebliches? Eher etwas Herausforderndes? Hatte er es hier mit Menschen zu tun, die ihm überhaupt zuhörten? Kaspar entschied sich für klassische Gitarrenmusik, immer beliebt und total unauffällig. Er saß über eine Stunde in der Kälte und spielte sich warm. In seinem geöffneten Gitarrenkoffer lagen vielleicht zwei oder drei Euro in kleinen Münzen, als eine junge Frau aus der gegenüberliegenden Bäckerei zu ihm kam. Sie hatte einen Becher Kaffee für ihn und warf ihm eine Zwei-Euro-Münze in den Koffer. „Vielen Dank, das ist sehr nett…"
Der Kaffee tat gut und er spielte weiter auf seiner Gitarre. Man musste nur Geduld haben. Als er auf mühsame Weise genügend Geld zusammen hatte suchte er den nächsten Supermarkt auf. Für wenig Geld gab es Bier und eine Flasche Apfelkorn. Ganz wie in den guten alten Zeiten, dachte er, als er in der Schlange vor der Kasse stand.

95.

Die Sonne erhob sich farbenprächtig am Horizont. Kai Kozlowski war mit seiner Fiat Tipo Limousine auf der Autobahn nach Norden unterwegs, es waren nur noch ein paar Kilometer bis Hamburg. Dort wollte er eine Schiffsreise beginnen, auf die er sich schon lange gefreut hatte. Mit einem Kreuzfahrtschiff von Hamburg nach New York. Die legendäre Transatlantikroute. An Bord würde er all die vielen neuen Eindrücke in sich aufnehmen und sie sogleich in seinem neuen Roman zu Reiseliteratur verarbeiten. Kozlowski wollte schreiben, er war heiß darauf und freute sich auf dieses große Abenteuer. Er gönnte sich ein reichhaltiges Frühstück an der Autobahnraststätte und deckte sich mit reichlich Filterzigaretten für die lange Reise ein. Er war noch nie mit einem so großen Schiff gefahren, er stellte sich das einfach nur spannend vor.
Hippie Skues gab Andreas das Manuskript für den nächsten Traum zurück und klopfte ihm anerkennend auf die Schulter.

„Das ist gut, darüber wird sich Kozlowski bestimmt freuen. Wir brauchen mehr positive Träume, in denen es schon um die nächsten Bücher geht. Wirklich gut."

Andreas war froh, dass Hippie Skues von seinem Traum so angetan war.

„…dann schreibe ich einfach ein bisschen weiter von der Schiffsreise, da fällt mir noch einiges ein…"

„…und nicht vergessen, Kozlowski hat Geld ohne Ende, wenigstens im Traum muss das so sein. Also kein falscher Geiz, alles raushauen, haha…"

Hippie Skues klopfte Andreas noch einmal kräftig auf die Schulter und ging zurück zu seinem Schreibtisch. Andreas machte sich Notizen und wollte im Internet ein bisschen recherchieren, für was man an Bord eines solchen Kreuzfahrtschiffes alles Geld ausgeben konnte. Er wurde schnell fündig und war fasziniert. Allein die Cocktails, von denen er Kozlowski im Traum einige genehmigen wollte, waren schon teuer. Und dann das Essen, alles vom Feinsten und unheimlich teuer, genial für einen exklusiven Traum. Wellnessangebote und noch ganz viele andere Möglichkeiten um das liebe Geld loszuwerden. Ein Spielcasino auf hoher See, auch nicht schlecht. Andreas notierte sich alles und ging dann auf den Balkon um eine zu rauchen.

96.

Es war Sonntag und es wurde schon recht früh dunkel. Ich entschied mich für die grünen Neonröhren als Beleuchtung für mein Wohnzimmer und ließ die Rollläden noch ein bisschen oben. Die Fische freuten sich über ihr Futter und ich genehmigte mir ein gutes Bier. Ich hörte mal wieder Jazz, das passte irgendwie zu einem Sonntag im November. Ich war zufrieden mit der Feier, die wir am Freitag veranstaltet hatten und sah mir noch einmal die Bilder auf meinem Smartphone an, die mir die Fotografen der Kunstfabrik geschickt hatten. Am besten gefiel mir Kozlowski bei seiner Rede. Er hatte die richtigen Worte gefunden und man merkte ihm an, dass dieses Projekt genau sein Ding war. Auf den Bildern gestikulierte er wild und ich erinnerte mich an den lauten Beifall, mit dem man ihn von der Bühne verabschiedet hatte. Ich freute mich, dass all die Mitarbeiter so motiviert waren. Seite 100 war geschafft, jetzt ging es wirklich auf das Ende zu. Kozlowski hatte mir eine Frau Kolmar vorgestellt, er schien von ihr begeistert und sie machte wirklich einen kompetenten Eindruck. Kozlowski hätte sie gerne im neuen Management, wie er mir später mitteilte. Darüber ließ sich reden. Draußen blieb ein Langhaariger am Gartenzaun stehen und betrachtete interessiert das grüne Licht, das meine Gemächer erleuchtete. Ich erhob meine Flasche zum Gruß und er winkte mit seiner Gitarre zurück, die er in der linken Hand hielt. Es war schon lustig, was für Gestalten hier manchmal vorbei kamen. Der langhaarige Gitarrenspieler öffnete seine dicke Winterjacke und winkte jetzt mit einer Flasche Schnaps. Ich ging zur Haustüre und grüßte ihn. Nach einem kurzen Gespräch wusste ich, dass es sich um einen fahrenden Musikanten handelte, der noch keinen Platz zum Schlafen gefunden hatte. Ich hatte Mitleid und bot ihm eine Nacht auf dem Sofa an. Zum Dank wollte er mir einen Schluck Apfelkorn anbieten, den ich allerdings dankend ablehnte.

„Ich bleibe beim Bier…"

Es wurde noch ein recht lustiger Abend, der Gitarrist, der Kaspar hieß, spielte einige gute Songs auf seinem Instrument und ich versorgte ihn mit Bier. Wir philosophierten noch ein wenig über Gott und die Welt, dann wünschte ich ihm eine gute Nacht und zog mich in mein Schlafgemach zurück.

97.

Irgendwie war die Luft draußen. Es war schon Dezember, der dritte Advent und Kozlowski klappte sein Netbook auf. Irgendwie sollte er mal wieder was schreiben. Er hatte schon das Ende der Geschichte im Kopf, doch dafür war es eindeutig noch zu früh. 150 Seiten feinste Literatur sollten es schon werden, da konnte er jetzt noch nicht mit dem Anfang vom Ende beginnen. Kozlowski überlegte und drehte sich erst einmal eine Zigarette. Wie ging es weiter? Wie sollte es weiter gehen? Hatte er eine sogenannte Schreibblockade? Nur weil er sich genau diese Fragen stellte? Er öffnete sich eine Flasche Bier und wusste, dass noch immer alles im Fluss war, dass ihn gleich die Inspiration küssen würde und er ein paar goldene Zeilen raushauen konnte. Bob Dylan hatte den Literaturnobelpreis bekommen, das war ja wohl Ansporn genug. Die Geschichte war gut, verdammt gut und auch gut geschrieben. Kozlowski war bereit für die Aufnahme in den Schriftstellerolymp. Er genehmigte sich einen Schluck Bier und fing an zu tippen. Schreiben um

Schriftsteller zu werden, irgendwie logisch. War das eine Schnapsidee? Hatte sein Chef nicht nur eine für sein Alter typische Lebenskrise? Lag es daran, dass einfach nicht genügend Spielgeld vorhanden war, um diese Lücke mit einem Porsche Cabrio zu füllen? Schriftsteller werden, genial. Einfach nur drauf los schreiben. Kozlowski klopfte ein paar Zeilen in das Netbook, er ließ sich treiben und hielt alles fest, was ihm in den Sinn kam. Er hatte einen guten Stil beim Schreiben, das wusste er. Er wusste auch, dass man im Prinzip alles schreiben konnte, Hauptsache die Sprache war flüssig und die Geschichte logisch. Das hatte er drauf, das wusste er. Über das Schreiben schreiben, die Geschichte eines werdenden Schriftstellers. Genial einfach. Kozlowski tippte fleißig weiter und ließ seinen Gedanken freien Lauf. Lotto spielen, stimmt. Hatte er schon lange nicht mehr daran gedacht, sollte er vielleicht auch mal wieder versuchen. Der Traum vom großen Geld, genauso abgedreht wie die Absicht, es als Schriftsteller zu Ruhm und Erfolg zu bringen. Das war doch genau der Stoff, aus dem die Träume der meisten Menschen gestrickt waren. Kozlowski stellte sich vor, wie es sich jemand mit einer Tasse Tee an einem kalten Winterabend auf dem Sofa gemütlich macht und sein Buch verschlingt. Schöne Vorstellung. Jemand anderes liegt im Sommer im Freibad in der Sonne und liest seine Geschichte. Ja, das war ein Ziel, das wollte er erreichen. Nicht mehr, aber auch nicht weniger. Das war der Treibstoff, das war der Traum. Kozlowski tippte weiter und wusste, dass er es schaffen konnte. Einen Traum verwirklichen, einfach so. Und dann? Den Traum weiter träumen, neue Bücher schreiben, neue Geschichten. Doch, Kozlowski konnte sich durchaus ein Leben als gefragter Schriftsteller vorstellen und die nächste Seite auf dem Bildschirm füllte sich wie von selbst mit Buchstaben, Wörtern, Sätzen und einem ganzen Kapitel.

98.

„Wenn es keinen Winter gäbe, könnte man sich gar nicht so richtig auf den nächsten Frühling freuen…"
Günther machte Feuer in seinem Bauwagen und Karl freute sich schon auf eine Tasse heißen Kaffee.
„Wenn es keinen Winter gäbe, würde ich mir jetzt nicht den Arsch abfrieren, das wäre doch Freude genug…"

„…alles Ansichtssache, wie immer. Es kommt nur auf den Blickwinkel des Betrachters an…"

„…und? Kann ich mir davon etwas kaufen? Holt uns die sogenannte Realität nicht immer wieder auf den arschkalten Boden zurück?" Günther klang nicht gerade positiv.

„Gleich gibt es Kaffee, seh es doch einfach mal so…"

Günther grunzte und putzte sich die Nase mit seinem Stofftaschentuch.

„Ich kann mir den Winter und jede andere Scheiße auch schön reden, Gott hat uns dazu die nötige Phantasie gegeben, ich weiß…"

Karl gab es auf und füllte Kaffeepulver in den Filter. Die Hunde spielten miteinander in dem engen Bauwagen und wedelten mit ihren buschigen Schwänzen den vollen Aschenbecher vom Tisch.

„…super! Könnt ihr das nicht draußen machen?"

Günther öffnete die Tür und die Hunde sprangen bellend nach draußen.

„…bald ist Weihnachten…"

„…und dann Silvester, ich weiß…"

„…was von Suliver gehört?"

„Nö…"

Günther war wirklich nicht in der Laune für irgendwelche Gespräche. Karl stellte das Wasser auf den Ofen und drehte sich eine Kippe. Es hatte geschneit in der Nacht, ein, zwei Zentimeter Schnee bedeckte die Felder und auch die Bäume am Waldrand glitzerten in der Morgensonne.

„…immerhin scheint die Sonne…"

Günther grunzte wieder und Karl gab es auf. Der Kaffee würde Günther bestimmt wieder etwas milder stimmen.

99.

„…Ihre Aufgabe wird es sein, die geeigneten Verlage zu finden und uns bei der Einsendung der Manuskripte behilflich zu sein. Außerdem kümmern Sie sich um die Vorabveröffentlichung, wir brauchen die ganze Geschichte schon mal in Buchform, exklusives Geschenk für Freunde und Bekannte, Sie verstehen…"

Karla hatte sich damit einverstanden erklärt im Management mitzuwirken und es war ihr erster Arbeitstag in der Chefetage.

„Ich könnte auch ein paar Kontakte zu einflussreichen Persönlichkeiten herstellen, um die Sache zu beschleunigen, ich habe da so meine Beziehungen."

Herr Eichborn gab ihr die Hand.

„Dann auf eine gute und erfolgreiche Zusammenarbeit. Eine Geschichte zu schreiben ist die eine Sache, eine Geschichte zu vermarkten wird ganz alleine unsere Aufgabe sein…"

Karla freute sich auf die Arbeit, das war etwas anderes als realisierbare Träume für umsonst, sie hatte jetzt dafür zu sorgen, dass ein einziger großer Traum Realität wurde, das war eine ganz andere Herausforderung.

„Ich hole nur noch schnell meine ganz spezielle Lieblingszimmerpflanze von unten aus dem Büro, die brauche ich hier. Dann kann es meinetwegen losgehen, ich bin bereit…"

Im Büro hier herrschte ein ganz anderes Treiben, die ganzen Mitarbeiter waren eifrig am Werk, fast schon hektisch.

„…welches Genre haben wir? Können wir das definieren?"

„Psycho Fiction, war der letzte Stand…"

„…alles Müll, wir können nicht irgendein neues Genre erfinden, das kauft uns keiner ab…"

„Ich klär das nochmal mit der künstlerischen Leitung…"

Puh, hier ging es Schlag auf Schlag. Karla folgte den Gesprächen ihrer neuen Kollegen und merkte, dass man hier oben wirklich gefordert war. Wirklich kein Vergleich zu ihrem bisherigen Job. Sie richtete sich in der neuen Umgebung ein und machte sich gut gelaunt ans Werk. Bis zur Mittagspause hatte sie eine Liste der bedeutendsten Verlage zusammen, um vierzehn Uhr war Meeting, da musste sie liefern. Es gab Verlage, die wollten Manuskripte als PDF, es gab aber auch Verlage, die wollten gedruckte Auszüge. Eine Zusammenfassung des Textes musste her, die Vita des Autors. Es gab noch viel zu tun, doch Karla fühlte sich der neuen Aufgabe gewachsen. Erst einmal in die Kantine und etwas essen, dann weiter sehen, das war der Plan.

100.

Ein kalter Wind pfiff durch die Häuserschluchten und der Himmel war grau und wolkenverhangen. Suliver fühlte sich verarscht. Vor einem Jahr war er noch arbeitslos gewesen, dann kamen zwei Jobangebote zur gleichen Zeit, er hatte sich für den vermeintlich besseren Job entschieden und alles schien wieder zu laufen. Eine Zeit lang. Und dann? Die Kündigung zum Ende der Probezeit, super. Musste man sich da nicht irgendwie verarscht vorkommen? Aus Gründen einer anstehenden Umstrukturierung der betrieblichen Abläufe, toll. Noch bescheuerter hätten sie es wirklich nicht formulieren können. Er ging in den 24-Stunden-Supermarkt und besorgte sich Rum, Cola und Limetten. Man musste nur auf die altbewährten Hausmittelchen zurückgreifen, hatte sein Arzt gesagt, oder war es der Psychiater? Es war sein Anwalt, jetzt wusste er es wieder. Als er an der Kasse in der Schlange stand, sah er die geschickt platzierten Artikel neben dem Band. Eigentlich hatte er alles in seinem Einkaufswagen, was er benötigte, um sich einen schönen Abend zu machen, doch da gab es eine batteriebetriebene Minilichterkette für drei Euro. Gekauft. Die würde er Günther und Karl vermachen, wenn er das nächste Mal wieder bei ihnen vorbeischauen würde. Ein bisschen festlicher Schmuck für die zwei einzigen Überlebenden. Scheiß auf das System! Suliver bildete sich ein, dass er Stimmen hörte. Schöne Vorstellung. Er zahlte seinen Einkauf mit Karte und schlenderte mit der vollen Einkaufstüte zurück zu seinem gut beheizten Kaninchenbau. Zurück zum Bunker. Gute Laune sah wahrscheinlich anders aus. Ob der Rum ihm helfen würde? Konnte er nicht froh sein, dass man ihn aus dem Hamsterrad befreit hatte? Und dann? Keine Ahnung. Im Treppenhaus war es kalt, irgendjemand hatte die alten Fenster geöffnet. Musste man im Treppenhaus lüften? Wozu das denn? Suliver ignorierte diese Frage und öffnete seine Wohnungstüre. Gleich würde er mit den Katzen auf dem Sofa sitzen, einen Cocktail trinken und die Welt um sich herum einfach vergessen. Er hatte jetzt ja schließlich wieder Zeit im Überfluss, die sollte er sich nach Möglichkeit angenehm gestalten. War das alles Selbstbetrug? Aktive Verdrängung? Ein Reflex? Scheiß doch drauf! Wieder diese Stimme, witzig.

101.

Kapitel 100 ist im Kasten, denke das ist mal wieder eine gute Nachricht, Gruß...
Ich freute mich über die SMS von Kozlowski und war zuversichtlich, dass alles rund lief. Als Seite 100 fertig war, gab es eine kleine Schaffenspause, die Mitarbeiter holten in dieser Phase etwas Luft, wie mir schien, jetzt ging es weiter. Ich stand auf

meinem Parkplatz und freute mich, dass bald wieder Ferien sein würden. Auch ich hätte dann mal wieder etwas Zeit, um mich um das Projekt zu kümmern. Meine Aufgabe bestand jetzt darin, alles zu koordinieren, ich musste mich um die Schnittstellen zwischen Produktion, Management und Vermarktung kümmern, einfach behilflich sein und weiter dafür sorgen, dass die Finanzierung des Projektes gesichert war. Im Vergleich zum Vorjahr standen wir jetzt wirklich besser da, was sowohl die Finanzen als auch den Fortgang des Projekts betraf. Ich musste einen Strafzettel schreiben, ein wirklich großer Spaßvogel hatte einen alten Parkschein vom Vormonat hinter die Windschutzscheibe gelegt. Glaubten die wirklich, ich würde nicht auf das Datum schauen? Ich füllte das Formular aus, wieder ein paar Euro für den öffentlichen Haushalt. Ich hatte wirklich einen tollen Job, wenn es nicht gerade den ganzen Tag regnete. Ich freute mich, wenn ab und zu die Sonne schien und konnte viel nachdenken, während ich kontrollierte. Oft hatte ich neue Ideen, die ich dann Kozlowski mitteilen konnte. Er verarbeitete diese Ideen dann zu neuem Lesestoff, verwandelte sie in neue Zeilen und ganze Seiten. So half auch ich mit, die Geschichte und das Projekt voranzutreiben. Gleichzeitig kümmerte ich mich um die Finanzierung, das war wirklich alles gut geregelt. Ich hatte noch viel zu tun an diesem Vormittag, ich füllte überdurchschnittlich viele Strafzettel aus. Es gab Tage, da war nicht viel zu beanstanden, es gab aber eben auch Tage wie diesen. Mir war das egal. Ich brauchte mir deswegen bestimmt keinen Stress zu machen. Kapitel 100, das war gut. Kozlowski hatte mir bereits angedeutet, dass er schon ein grandioses Ende für die Geschichte im Kopf hatte, ich war wirklich gespannt.

102.

Man konnte sich über die Schönheit der Architektur der Kunstfabrik streiten. Es war ein großes und hohes Gebäude aus Glas und Beton, so wie es eben zu jener Zeit im letzten Jahrtausend einmal modern gewesen war. Das Gebäude erfüllte auf jeden Fall seinen Zweck und bot auch genügend Platz für die zahlreichen Beschäftigten. Doch es gab in diesem Gebäude, vielmehr darunter, noch Räume, die selbst den Hausmeistern unbekannt waren. Wie man in diese Räume gelangen konnte, kann an dieser Stelle aus Diskretionsgründen nicht verraten werden. Wer in diesen Räumen welchen Aufgaben nachging, bleibt bis auf weiteres ebenfalls ein Rätsel. Man muss sich ein langes Tunnelsystem vorstellen, enge und schmale Gänge, die komplett schallisoliert sind. Hier gab es zahlreiche kleine Büros und einen mit roten Schallschutzmatten verkleideten Konferenzraum. Wer hier arbeitete, wollte im Verborgenen bleiben, was hier gesprochen wurde, ging niemanden sonst etwas an.

„Wir brauchen einen Verbindungsmann, der sich mit so etwas auskennt…"

„Da oben sitzen lauter ehemalige Kriegsdienstverweigerer, das war zu deren Zeit einfach so üblich…"

„Ich weiß, und jetzt? Haben wir den Ernstfall oder nicht?"

„Die Lage ist bedenklich, wir sollten auf jeden Fall ganz schnell handeln…"

Der General schnippte sein Benzinfeuerzeug an und zog an seiner Zigarre, bis dichte Rauchschwaden an der Decke des Konferenzraums hingen. Auf dem großen Bildschirm an der Wand tauchte das Bild eines etwas älteren Mannes auf, darunter standen sein Name und das Geburtsdatum.

„Ein Herr Kleinbier, Abteilung für Tagträume und Lottofantasien, interessant. Unteroffizier der Reserve, wer sagt es denn?" Der General klang optimistisch.

„Ob das der richtige Mann für diesen Job ist?"

„…er hat einen Zugangscode für das Unterbewusstsein von Kozlowski, Volltreffer! Wir brauchen mehr Informationen über diesen Kleinbier…"

Rauchringe tanzten durch den dunklen Raum und lösten sich im Nebel unter der Decke auf. Der Bildschirm flackerte erneut und es gab einiges an Text und Informationen zu lesen.

„Falschschirmspringer, LKW-Führerschein, einige Sondereinsätze absolviert. Gibt es sonst keinen, der eine Ahnung von heiklen Missionen hat?"

Der Bildschirm an der Wand flackerte ein letztes Mal, dann verschwand die Anzeige und die indirekte Beleuchtung in der Decke ging an.

„Sehe schon, wir haben keine andere Wahl."

Neben dem General standen ein Offizier in Uniform und drei Männer in grauen Anzügen.

„Wer holt den Kerl ins Boot? Meldet sich jemand freiwillig?"

Die Anzugträger schauten verlegen auf ihre halbwegs polierten Schuhe und auch der Offizier tat so, als ob er die Frage gar nicht gehört hätte.

„Was für ein trauriger Haufen, zum Kotzen. Nur weil wir so geheim sind, dass es gar keiner mitbekommt, wenn man die militärische Basis aus Kostengründen total kaputt spart. Und ich darf das Ganze jetzt ausbaden…" Der General warf seine Zigarre in den großen Aschenbecher und schnaubte.

„Ich mach das alleine, großartig. Oder noch besser, mein Offizier kümmert sich darum, haha, das ist ein Befehl! Sehr witzig. Ich weiß bis heute noch nicht, warum man mir ausgerechnet Sie hiergelassen hat, Haferbrei, ich möchte es auch gar nicht wissen. Ich gehe einfach davon aus, dass das alles auf dem Mist von diesen ganzen zivilen Schwachköpfen in der Verwaltung gewachsen ist, anders kann ich mir das alles nicht erklären…"

Offizier Haferbrei suchte verlegen einen Punkt in dem dunklen Raum, den er mit seinen Augen fixieren konnte ohne etwas sagen zu müssen. Der General hatte ganz offensichtlich schlechte Laune, da sagte man am besten gar nichts, das wusste Haferbrei schon.

103.

Kozlowski saß in seinem Büro und dachte über das Ende der Geschichte nach. Was sollte bis dahin noch passieren? Was kam danach? Wie ging es weiter? Er hatte den Auftrag, die Geschichte bis zum Ende fertig zu schreiben, doch alle sprachen schon von der Fortsetzung. Würde man ihm auch das nächste Buch, das nächste Projekt anvertrauen? Waren alle mit dem bisherigen Ergebnis zufrieden? Kozlowski hatte bis jetzt nichts Gegenteiliges gehört und konnte damit rechnen, dass er auch für das nächste Buch eingeplant war. Schön. Wie wäre es dann mit Urlaub unter Palmen, abends bei einem kühlen Drink die Antworten und E-Mails der verschiedenen Verlage lesen und ein paar Seiten daraus basteln. Doch, Urlaub hätte er sich ganz bestimmt mal wieder verdient. Wie war das eigentlich mit dem Zeitplan? Es war jetzt fast schon Weihnachten, bis Silvester konnte man mal eher gar nichts machen und dann voll durchstarten, mit Vollgas auf die Zielgerade einbiegen und ab dafür. Ja, bis zum Frühjahr sollte die Geschichte soweit fertig sein, dann dürfte sich das Management um einen Verlag kümmern, das konnte jedoch dauern. Kozlowski würde alles vom Spielfeldrand aus beobachten und kommentieren. Er war gespannt auf das Ende des zweiten Buches und konnte sich nur schlecht auf das Ende des ersten konzentrieren. Er klappte sein Netbook zu und machte sich zu Fuß auf den Weg zum Park. Manchmal half so ein kleiner Spaziergang, hinter irgendeinem Baum, hinter irgendeiner Hecke wartete meistens schon die nötige Inspiration, dann wusste man mit einem Mal wieder, wie die Geschichte weiter ging.

104.

Es waren die Tage zwischen Weihnachten und Silvester. Das Thermometer zeigte nachts Minustemperaturen an, tagsüber ging es je nach Sonnenschein bis knapp unter zehn Grad Celsius hoch.
„Schenk doch nochmal ein, das Zeug ist wirklich lecker…"
Karl griff hinter sich und holte die Flasche vom Regal.
„Maple Walnut Likör, selbstgemacht, ich bin stolz auf uns!"
Günther war wirklich begeistert von dem Likör und Karl füllte noch einmal die Gläser.
„Nächstes Jahr machen wir ein paar Flaschen mehr…"
Sie prosteten sich zu und nippten an ihren Gläsern.
„So lässt es sich aushalten. Haben wir nicht noch ein paar Kräuter, die wir verdampfen können, so zur Feier des Tages?"
„Wir haben unsere Ernte von diesem Jahr noch gar nicht angetestet…" Karl zeigte auf die große Blechdose, in der der neue Jahrgang verstaut war.
„…verdammt, du hast Recht, wir sollten das Zeug einer Tauglichkeitsprüfung unterziehen…"
Günther klebte drei Blättchen zusammen und Karl schnupperte am Inhalt der Dose.
„…das riecht verdammt gut, Mörderaroma, ohne Witz…"
Günther lachte und drehte einen Filter.
„Was soll man schon machen zwischen den Jahren? Glaubst du, dass das neue Jahr besser wird?"
Karl nippte nochmal an dem Likör.
„War das alte denn schlecht? Darf es nicht so bleiben? Wollen wir mehr von diesem Leben?"
„Ha, scheiß drauf, stimmt. Können uns ja gleich nochmal an die schönen Zeiten erinnern, die wir schon hatten und neue schöne Zeiten heraufbeschwören für das nächste Jahr…"
„…so machen wir das…"

Draußen tobten die Hunde mit Gebell und Günther zündete den Joint an. Nach ein paar tiefen Zügen gab er ihn an Karl weiter. „…geschmacklich schon mal sehr gut…"
Karl nahm auch ein paar Züge und drehte den Joint fachmännisch in seiner Hand.
„…doch…"
Günther musste wieder lachen.
„…wir machen die Flasche einfach leer, scheiß drauf!"
Günther schenkte noch einmal ein und es wurde noch ein richtig lustiger Abend im Bauwagen. Der neue Jahrgang wurde schließlich einstimmig für tauglich befunden und auch der Walnusslikör wurde noch viel gelobt an diesem Abend.

105.

Die Sonne versuchte vergeblich gegen die dichten Wolken und den Hochnebel anzukämpfen. Es wurde schrecklich früh dunkel und die Temperaturen lagen nur knapp über null Grad. Noch zwei Tage bis Silvester, noch zwei Tage bis zum neuen Jahr. Andreas hatte Urlaub und machte es sich mit einem vollmundigen Winterbier auf dem Sofa bequem. Die Heizung gluckerte ein wenig, doch sie heizte ordentlich und man konnte im T-Shirt vom nächsten Sommer träumen. Aus der neuen Kompaktanlage, die er sich zu Weihnachten gegönnt hatte, kam gute Musik, digitalisierte Ohrwürmer von früher. Andreas zündete sich eine Filterzigarette an und öffnete die Flasche mit dem Feuerzeug. Auf ein gutes, neues Jahr! Auf Kozlowski! Eigentlich konnte Andreas sich nicht beklagen, er hatte einen guten Job in der Kunstfabrik und alles schien auch weiterhin gut zu laufen, nicht nur mit dem Projekt, auch für ihn und seine Abteilung gab es noch genug zu tun. Bis Anfang Januar waren die meisten seiner Kollegen jetzt im Urlaub, doch man wollte gemeinsam im neuen Jahr noch einmal so richtig durchstarten. Andreas genehmigte sich einen ordentlichen Schluck, das Bier hatte genau die richtige Temperatur und es war schön, einfach mal ein bisschen Zeit zum Nichtstun zu haben. Er dachte ein wenig über neue Tagträume nach, was könnte man sich denn noch alles wünschen? War es ihm eigentlich möglich, Träume von Frieden und Zuversicht zu kreieren? War er nur an Geld und Ruhm gebunden? Gab es nicht viel schönere Träume von einer heilen Welt? Würde er Kozlowski damit auf die Nerven gehen? Was würde Hippie Skues dazu sagen? Andreas notierte sich das mal auf einem Stück Papier und überlegte dann lieber, wo er im nächsten Jahr Urlaub machen könnte. Kozlowski war bestimmt auch urlaubsreif nach fast zwei Jahren Arbeit ohne nennenswerte Pause. Im Hintergrund lief gerade etwas von Bob Marley und Andreas informierte sich mit seinem Smartphone über Jamaika als Urlaubsziel. Der Flug dorthin war teuer, soviel stand fest. Die Bilder von Palmenstränden und Bambushütten weckten jedoch sofort die Lust auf einen Traumurlaub dort, für Andreas war das im Moment leider nicht drin und über ein mögliches Urlaubsbudget für Kozlowski wusste er nichts. Da hätte er Karla fragen können. Doch Karla war ja in das Management aufgerückt und er brauchte sich doch eigentlich nicht um die Realisierbarkeit von solchen Dingen zu kümmern, seine Aufgabe waren schließlich immer noch Tagträume, Geld spielte bis auf weiteres keine Rolle. Und er? Er konnte sich so einen Urlaub einfach nicht leisten, er konnte wie Kozlowski nur davon träumen. Und für Kozlowskis Träume war er zuständig, jetzt stimmte wieder alles. Das Winterbier schien schon zu wirken und Andreas hörte weiter Bob Marley, bis ihn die Müdigkeit übermannte.

106.

Ich lag in der Badewanne und ließ es mir gut gehen. Draußen hatte es geschneit, es war jetzt Mitte Januar und der Winter zeigte uns die kalte Schulter. Die Arbeit auf dem Parkplatz war jetzt im Winter nicht so angenehm, ich hoffte wie die Hausmeister an meinen Schulen auf einen frühen Frühling. So viel Schnee wie dieses Jahr hatten wir schon lange nicht mehr. Das Wasser in der Wanne war angenehm warm und ich tauchte unter. Ich schloss die Augen und träumte vom nächsten Sommer. War bis dahin das Projekt abgeschlossen? Alles in trockenen Tüchern? Die Suche nach einem Verlag konnte bestimmt lange dauern. Wir hatten es schwer als Neueinsteiger, das würde bestimmt nicht so einfach werden. Aber die Geschichte war gut, das wusste ich. Kozlowski schickte mir immer die neuesten Kapitel und ich war sehr zufrieden bis jetzt. Es fehlte jetzt nur noch ein grandioses Ende, ein Grande Finale. Kozlowski hatte da schon eine Idee und ich vertraute ihm. Eigentlich konnte ich mir keinen besseren Schriftsteller und Künstler für so ein Projekt vorstellen. Er war genau der richtige Mann dafür. Wie würde es weiter gehen? Im Frühjahr würde das letzte Kapitel geschrieben sein, dann musste der Anfang der Geschichte noch einmal überarbeitet werden, hatte man mir mitgeteilt. Alles an einem großen Rechner, das war kein Problem. Wir hatten jemanden, der sich die Geschichte noch einmal auf Rechtschreibung und Grammatik anschauen würde. Alles in ein einziges druckreifes PDF umwandeln, Vorabdruck und Verlag suchen. Ein passender Aufkleber mit Hinweis auf die bereits vorhandene Internetseite war in Arbeit. Auf die Werbung kam es an. Interesse wecken. Ich tauchte ganz unter und blubberte vergnügt meinen Atem an die Wasseroberfläche indem ich unter Wasser „Kozlowski kommt!" sagte. Puh, Luft schnappen, weiter genießen. Es war Sonntag und ich hatte sonst nichts zu tun. Baden gehörte auf jeden Fall zu den schönsten Freizeitaktivitäten im Winter, das war klar. Meine Finger waren schon ganz zerfurcht vom langen Baden und ich ließ noch einmal warmes Wasser in die Wanne. Das war Wellness zum Nulltarif, wenn man sich keine Gedanken über die Nebenkosten machte.

107.

Auf der Terrasse vor seinem Büro lagen zehn Zentimeter Schnee. Kozlowski leerte den verschneiten Aschenbecher in den großen Mülleimer und zündete sich eine selbstgedrehte Kippe an. Die angrenzenden Grünflächen und Bäume trugen ein weißes Kleid und es war verdammt kalt hier draußen. Richtig Winter, stellte Kozlowski fest. Ein Winter wie aus dem Bilderbuch. Es war Montag und kurz vor zwölf. Eigentlich hätte er in die Kantine gehen können um was zu essen, doch Kozlowski hatte heute voll Bock auf eine Pizza Wolfgang. Die genialste Pizza bei seinem Lieferanten mit Salami, Schinken, Peperoni, Hackfleisch und Thunfisch, halbe Stunde. Er rauchte schnell aus und ging wieder rein in sein warmes Büro. Das Netbook hing an der Steckdose und der Akku war wieder voll. Kozlowski trennte das Gerät vom Ladekabel und öffnete es. Seite 115 und noch kein Ende in Sicht. Sollte er langsam mal das Ende anvisieren? Doch, so langsam wurde es Zeit dafür. Führte man seine Leser als guter Autor nicht nur an der Nase herum? Folgten sie einem nicht treu und brav bis zum Schluss? Was wäre, wenn es gar kein Ende gäbe? Kozlowski musste grinsen. Auch eine Möglichkeit. Er freute sich schon auf die Pizza und die Flasche Bier, die er immer mitbestellen musste, um den Mindestbestellwert zu erreichen. Er öffnete wieder die Datei und tippte noch ein paar Sätze in seine Schreibmaschine.

108.

„Das Wasser in der Lagune ist kristallklar und schimmert türkis. Im Hintergrund stehen hohe Palmen und spenden ein bisschen Schatten an dem einsamen Traumstrand. Schwarzes Treibholz liegt auf dem weißen Sand am Wasser."
Heute lief es nicht so richtig. Andreas fielen nur ausgelutschte Dinge ein, er hatte keine neuen Ideen für einen schönen Tagtraum. Es war jetzt kurz vor drei Uhr nachmittags und er könnte eigentlich ein paar Überstunden abbauen. Das war eine gute Idee, wie er fand. Er schloss alle Programme und wollte den Rechner schon herunterfahren, da kam Hippie Skues mit einem Mann im grauen Anzug zu seinem Schreibtisch.
„Wie immer fleißig, Herr Kleinbier?"
„Ich gebe mir Mühe, würde aber auch gerne bald Schluss machen für heute..."
„...oh ja, sicher, kein Problem. Wenn sie noch fünf Minuten für diesen Herrn hier übrig hätten, es handelt sich um eine wichtige Angelegenheit, wie ich erfahren habe..."
„Danke, ich regel das schon mit Herrn Kleinbier..."
Andreas wirkte ein wenig überrascht. Hatte er irgendetwas falsch gemacht? Gab es Probleme oder irgendwelche Beschwerden? Sein Chef verschwand wieder und der Anzugsträger zeigte ihm seinen Ausweis. Amt für innere Sicherheit und Zusammenhalt. Herr Friedlieb, Frank, Diplomat.
„Um es kurz zu machen: Sie können uns helfen. Oder um noch genauer zu sein: Sie müssen uns helfen. Haben Sie ein wenig Zeit für mich?"
Andreas zuckte unwillkürlich mit den Schultern, was sollte er da schon sagen? Amt für innere Sicherheit und Zusammenhalt, davon hatte er noch nie etwas gehört.
„Fahren Sie ihren Rechner herunter, es wäre gut, wenn wir das Ganze nicht hier besprechen..."
Andreas folgte der Aufforderung und verließ mit diesem Herrn Friedlieb das Büro.
„Um was geht es denn?" Andreas war neugierig.
„Glauben Sie mir, es ist besser, wenn Sie nicht alles wissen..."

Herr Friedlieb ging voraus und Andreas folgte ihm.
„Wo haben Sie geparkt?"
„Gleich da draußen auf dem Parkplatz, warum?"
„Führen Sie mich zu Ihrem Wagen, dann erkläre ich Ihnen alles, was
Sie wissen müssen…"

109.

Es war Sonntag, die Sonne schien, ich hatte lange geschlafen und
freute mich, dass ich heute nicht arbeiten musste. Es war jetzt Ende
Januar und die sibirische Kälte der letzten Wochen schwächte sich
langsam ab, das Thermometer erreichte tagsüber wieder leichte
Plusgrade. Und außerdem war heute Neumond. Ich hatte gehört, dass
man mit dem Rauchen am besten an Neumond aufhört. Eigentlich
glaubte ich nicht an so etwas, doch einen Versuch war es wert, wie
mir schien. Ich machte mir wie jeden Tag Kaffee und verzichtete auf
die erste Zigarette bis der Kaffee fertig war. Ich hatte mir
Pfefferminzkaubonbons besorgt als Ersatzdroge. Die gute alte
Kaffeemaschine röchelte und irgendwie war mir schon jetzt
langweilig. Was sollte ich tun? Einfach mal nichts tun, sehr schön.
Es dauerte eine Ewigkeit, bis der Kaffee durchgelaufen war. Ich
schenkte mir einen Becher ein und stellte fest, das Kaffee und
Pfefferminzkaubonbons nicht harmonierten. Verdammt übel, diese
Mischung. Ich kaute und schluckte und wartete einen Moment, ehe
ich wieder an dem Kaffee nippte. Das fing ja gut an. Wozu trank
man eigentlich Kaffee? Wozu? Das war eine blöde Frage und ich
dachte mir zehn verschiedene blöde Antworten aus. Schon fast eine
Stunde ohne Zigaretten. Nur noch dreiundzwanzig Stunden bis zum
ersten Tag ohne. Ich hatte noch ein paar Zigaretten in der Schachtel
von gestern, die hätte ich vielleicht besser vernichten sollen. Was
jetzt? Ich hatte meinen Kaffee getrunken und überlegte, was man tun
konnte außer eine zu rauchen. Frühsport, unglaublich. Das kam ja
gleich nach im Jogasitz meditieren. Spazierengehen, einfach so.
Draußen war es immer noch bitterkalt, vielleicht gegen später. Und
bis dahin? Zur Tankstelle laufen und neue Zigaretten holen, aaaah,
alles drehte sich im Kreis. Ich merkte einmal mehr, wie mich die
Sucht im Griff hatte, im Würgegriff. Noch konnte ich mich wehren,
noch leistete mein Körper Widerstand. Noch.

110.

„...welcome to Tijuana, Tequillla, Sex o Marihuana..." Kozlowski
klappte sein Netbook auf und öffnete die Worddatei. Es war Sonntag
und er hatte Lust zu schreiben. Es gab noch Bier vom Vorabend und
er suchte nach der einen Jazz-CD von Esbjörn Svensson, die perfekte
Musik zum Schreiben, wie er fand. Er drehte sich eine Zigarette und
öffnete ein Bier. Erst einmal Inspiration tanken, erst einmal wieder
reinkommen, kurzes Brainstorming, in verschiedene Richtungen
denken. Den Gedanken freien Lauf lassen, Schnapsideen unter die
Lupe nehmen, am Ende basteln. Das Schreiben machte richtig Spaß,
Kozlowski wusste, dass er etwas Sinnvolles tat und er war in der
richtigen Stimmung für ein paar geniale Zeilen. Die Sonne schien
durch die dreckigen Fenster und draußen lag immer noch Schnee.
Irgendwie freute er sich auf den kommenden Frühling, auf die ersten
Schneeglöckchen und andere Frühlingsboten. Er war definitiv ein
Sommerkind und konnte mit dem verdammten Winter nur wenig
anfangen. Sollte er etwa Ski laufen? Snowboard fahren?
Schlittschuhe anziehen und sich den Hals brechen? Kozlowski
verstand überhaupt nicht, wie manche Leute den Winter geil finden
konnten. Es war kalt bis arschkalt, die Tage waren kurz, die Nächte
lang. Lange Nächte im Sommer waren definitiv besser. Was sollte er
schreiben? Wie hatte er es eigentlich geschafft, bis jetzt schon 117
Seiten zu schreiben? Kozlowski war ein bisschen stolz auf sich. Das
konnte nicht jeder. Ohne Scheiß. Ein richtiges Buch, eine
einigermaßen logische Story, geiler Scheiß eben. Kozlowski hatte
Spaß an dem Projekt, das war ja wohl die Hauptsache. War er
eigentlich ein Künstler, wenn ihm das so viel Spaß machte? Konnte
er sich so nennen? Konnte er sich einreihen neben Bukowski und
Hemingway? In der langen Schlange und auf der Suche nach dem
nächsten Drink? Kozlowski nahm einen Schluck Bier und klopfte
sich selber auf die Schulter. Bei denen hatte es ja schließlich auch
geklappt. Warum nicht? Als Schriftsteller und Künstler den
Underground verlassen, ins Rampenlicht torkeln und den Beifall
genießen. Doch, das konnte er sich gut vorstellen. Er drehte sich
noch eine Kippe und fing an zu tippen. Eine Geschichte über den
Versuch eines Künstlers ein Buch zu schreiben und dieses dann zu
veröffentlichen. Genial und einfach. Gab es das schon? Wenn, dann
in anderer Form. Kozlowski war einzigartig, das wusste er in diesem
Moment. War nicht jedes Individuum einzigartig, war ein

Individuum nicht als solches definiert? Er machte sich da keine Sorgen und tippte weiter, Zeile für Zeile, bis die nächste Seite voll war.

111.

Karla fühlte sich ganz wohl an ihrem neuen Arbeitsplatz. Es war auch gar nicht so stressig, wie sie zunächst befürchtet hatte. Ein Ende der Geschichte, ein Ende des Projekts war noch nicht in Sicht. Sie konnte sich in Ruhe vorbereiten und hatte keinen Druck von oben. Erst im Frühjahr war eine erste Komplettüberarbeitung der Lektüre vorgesehen und es war definitiv noch Winter. Karla spähte jeden Tag neue Verlage aus, die eventuell in Frage kamen und auch ihre Kollegen hatten sich wieder etwas beruhigt. Kozlowski brauchte seine Zeit, er würde auch keinen Druck vom Management bekommen. Das Projekt hatte gute Aussichten auf Erfolg, doch es gab wirklich keinen Zwang. Das Leben würde weitergehen, selbst wenn sie keinen Verlag für die Geschichte finden würde. Es würde sich nichts ändern. Sie alle hatten lediglich die Option, dass alles besser werden könnte. Das waren für einen Realisten keine schlechten Aussichten. Und zwei Jahre für die Umsetzung eines solchen Projektes waren auch respektabel, wenn man bedachte, dass alles nur irgendwie nebenher praktiziert wurde. Karla war sich ihrer Rolle in dem ganzen System bewusst. Sie konnte sich nicht beklagen. Sie hatte es von einer wirklich verschlafenen Abteilung bis ganz nach oben geschafft, es warteten noch große Herausforderungen auf sie, doch sie fühlte sich dem gewachsen. Jeder musste seinen Teil zum Erfolg beisteuern, jeder trug ein bisschen Verantwortung in dem ganzen großen Team. Karla war zufrieden mit der Aufgabenverteilung, sie war zufrieden mit sich und ihrer Aufgabe jetzt im Management. Sie ging in die Kaffeeküche und füllte die kleine Gießkanne mit Wasser. Karla kümmerte sich gerne um die vielen Zimmerpflanzen im Büro. In der Traumabteilung war das auch schon so gewesen und sie dachte für einen Moment an Andreas. Was der wohl gerade machen würde?

112.

Huuuup! Huuuup! Suliver bretterte mit seinem Ford Ka über den verschneiten Feldweg und machte eine Vollbremsung vor den zwei

Bauwagen. Es öffnete sich die Tür bei Karl und die beiden Hunde sprangen bellend und schwanzwedelnd zu dem unerwarteten Gast.
„Ruhe! Bin doch bloß ich…"
Der schwarze Hund sprang an Suliver hoch und versuchte ihn abzulecken.
„Aus!" Suliver wehrte den aufdringlichen Hund ab und hob die Hand zum Gruß.
„Grüß dich!"
Günther hüpfte in den Schnee und Karl kam hinterher. Die drei umarmten sich herzlich und die Hunde wälzten sich vor Vergnügen. Es war immer etwas Besonderes, wenn Suliver zu Besuch kam.
„Lange nicht mehr gesehen…"
„…stimmt, aber ich habe euch natürlich etwas mitgebracht…"
„…kommt jetzt etwa das Sandmännchen?"
Sie lachten und Suliver öffnete den Kofferraum.
„…*my car is full of liquid dope…*"
„…nicht ganz, aber ein paar Bier für die einzig wahren Überlebenden habe ich natürlich auch dabei…"
Sie brachten alles in den gut geheizten Bauwagen von Karl und Suliver machte es sich an dem kleinen Holztisch bequem.
„Schafft ihr mir einen warmen Schlafplatz bei der Scheißkälte?"
„…na logo, alles kein Problem…"
Suliver legte seinen langen schwarzen Mantel ab und holte eine Flasche Wodka Red Bull hervor.
„Ich habe noch zwei Tage frei…"
„…und dann?"
„…neuer Job, total abgefahren…
„…ist nicht wahr, erzähl…"
Suliver genehmigte sich einen großen Schluck aus seiner Flasche und fing an zu erzählen.
„…und ich bekomme eine richtige Uniform von der Fluggesellschaft, total wichtig…"
Wieder mussten alle lachen, Suliver in Uniform, das war wirklich ein Spaß.
„…und sonst? Arbeitszeiten?"
„…weniger lustig, muss da schon um vier Uhr morgens anfangen, wenn ich Frühschicht habe…"
Sie redeten noch viel an diesem Nachmittag, der schließlich in einen ruhigen Abend überging und sie alle hatten ihren Spaß. Es wurde ein Gästebett im gut beheizten Bauwagen eingerichtet und irgendwann

vor Mitternacht sanken alle in einen wohlverdienten Schlaf. Selbst die Hunde schnarchten zufrieden und freuten sich dabei einfach auf den kommenden Frühling.

113.

Plusgrade auch in der Nacht. Es ging langsam aufwärts. Ich trank meinen Kaffee und rauchte eine Filterzigarette, das mit dem Nichtrauchen war bis auf weiteres verschoben. Ich hörte noch den Wetterbericht für die nächsten Tage und hatte keinen Grund zur Freude. Es war Regen angesagt, das war natürlich schlecht zum Kontrollieren. Allerdings hatte ich bis jetzt bei schlechtem Wetter immer große Erfolge erzielt, was die Ausbeute anging. Irgendwie schien bei schlechtem Wetter niemand mit Kontrollen zu rechnen. Es machte nur keinen Spaß mit der einen Hand den Regenschirm und die Mappe mit dem Strafzettelblock zu halten und mit der anderen Hand ganz ungelenk das Formular auszufüllen. Die wichtigen Dokumente durften dabei nicht nass werden und alles dauerte länger als sonst. Ich trank meinen Kaffee aus und schaltete das Radio aus. Immer noch Winterstiefel anziehen, immer noch die warme Jacke, immer noch den Schal anziehen. Bald würde der Frühling kommen, bald würde es wieder richtig angenehm werden zum Kontrollieren. Es war halb sieben, genau die richtige Zeit um durchzustarten. Ich zog meine Jacke an und legte den Schal um. Nur noch ein paar Wochen bis zum Frühling. Ich freute mich, dass ich kein Eis von den Scheiben kratzen musste und setzte mich in den kleinen Fiat. Warum wurde man mit einem solchen Auto im Straßenverkehr eigentlich nicht ernst genommen? Warum? Da war sie wieder, diese Frage. Warum sind die Bananen krumm? Das war die Antwort, die ich als Kind immer erhalten hatte, wenn ich nach dem Warum gefragt hatte. Eine völlig unbefriedigende Antwort aber ausreichend, wenn man irgendwann einmal dazu bereit ist zu kapitulieren und nichts mehr zu hinterfragen. Manchmal wollte ich es schon noch wissen, zumal es oft ähnlich leichte Antworten gab, die einen trotz Banane schmunzeln lassen konnten. Das Leben war auf seine Weise doch irgendwie durchschaubar geworden.

114.

Kozlowski drehte sich eine Kippe. Der Regen prasselte auf das Dach vor der Haustüre und ein kalter Wind ließ ihn trotz dezenter Plusgrade frösteln. Kein schönes Wetter. Bis zum Bus waren es nur ein paar Meter, er konnte ohne Umsteigen bis zur Kunstfabrik fahren und trotzdem war alles eher ungemütlich und somit unangenehm, was da auf ihn zukam. Wann kommt der Frühling? Wann wird es warm? Wann hört es auf zu regnen? Kozlowski ignorierte diese Fragen, zündete sich seine Kippe an und machte sich mit dem Schirm in der Hand auf den Weg zur Bushaltestelle. Es war kurz vor acht Uhr, es wurde langsam hell trotz der vielen dunklen Wolken am Himmel. Bald würde es viel länger hell sein, bald gäbe es einen Grund zum Feiern. Kozlowski mochte den Winter nicht und der Winter mochte ihn nicht. Soviel war klar. Der Bus war wie immer schon voll und er musste die paar Stationen bis zur Kunstfabrik stehen. Die meisten Fahrgäste auf dieser Linie wollten zum Bahnhof, um von dort aus weiter zu pendeln. Kozlowski stieg aus und holte sich eine Käsebrezel vom Bäcker. Dieses allmorgendliche Vergnügen wurde alle paar Monate teurer, doch von Inflation war nichts zu lesen in der Zeitung. Wurden sie nicht alle verarscht? Einfach so und lachten sich die da oben nicht einfach halb tot dabei? Er hatte keine Lust sich weiter Gedanken zu machen, zahlte seine Käsebrezel und machte sich auf den Weg zur Kunstfabrik.

115.

Der schwarze Hund war als erster wach. Im Ofen brannte noch die Glut und alle anderen im Bauwagen schliefen noch. Erst einmal alles abchecken. Irgendwie hatten die lustigen Herrschaften gestern noch Hunger bekommen und auf dem Tisch lag noch frisches Brot und andere Leckereien. Der schwarze Hund war mit einem Satz auf der schmalen Eckbank und traute seiner Schnauze kaum. Käse! Wie geil war das denn? Käse! Eine ganze Ecke davon lag da. Doch nicht lange. Haps! Wer muss so was schon kauen? Hat Gott uns nicht einen Riesenschlund verpasst, damit genau so ein Stück Käse einfach reinpasst in den ausgehungerten Körper? Und da! Salami, luftgetrocknet, nur für Hunde gemacht, ein Riesenstück! Haps! Muss man jedoch einmal durchkauen und grob zerkleinern, wenn man das Riesenstück quer erwischt. Zweimal schlucken. Rülps! Und sonst?

Schnüffeln! Der ganze Tisch roch noch nach anderen leckeren Sachen, von denen aber irgendwie nichts mehr da war. Nur noch Brot war da, Baguette, das musste man kauen, das ging nur schwer runter. Haps, haps, kau, haps, weg… Nochmal rülps! Der Tag fing gut an für den schwarzen Hund, er schleckte die letzten Brotkrumen vom Tisch und legte sich dann noch einmal vor den warmen Ofen. Warum sollte er jetzt irgendjemanden wecken? Lieber noch einen Verdauungsschlaf machen und von schönen Dingen träumen, wuff…

116.

Karla hatte Feierabend und ging zu ihrem Auto. Im Kofferraum wartete ihr Hunde, der durfte jetzt erst einmal Gassi gehen. Sie ging mit ihm in den nahegelegenen Park und ließ ihn dort springen. Es waren noch andere Hunde da, die Karla schon kannte und mit denen ihr Hunde schön spielen konnte. Sie setzte sich auf eine Parkbank und war zufrieden.
„Auch Feierabend?“
„Oh ja, hallo!“
Karla unterhielt sich ein bisschen mit den anderen Hundebesitzern über eher belanglose Dinge und warf nebenher einen kleinen Ball, um den sich die Hunde balgten. Nach einer halben Stunde rief sie ihren Hund wieder zu sich und leinte ihn an.
„Jetzt muss ich aber los, ich will noch schnell was einkaufen…“
Sie ging mit dem Hund an der Leine zurück zu ihrem Auto und machte sich dann auf den Weg zum Supermarkt. Sie überlegte beim Fahren, was sie alles brauchte und ob sie nicht gleich mehr einkaufen sollte, es war schließlich schon Donnerstag und somit bald schon wieder Wochenende. Sie parkte direkt neben dem Eingang und holte sich einen Einkaufswagen. Was könnte sie heute denn Schönes kochen? Karla packte in der Getränkeabteilung eine Kiste Wasser in den Wagen und ließ sich dann von dem riesigen Angebot in der Lebensmittelabteilung einfach inspirieren. Sie packte dies und das in den Wagen bis sie irgendwann genug hatte, um ein Wochenende gut zu überstehen. An der Kasse war nicht viel los und Karla packte ihre Einkäufe auf das Band. Sie zahlte mit Karte und wusste mit einem Mal, was sie vergessen hatte. Shampoo. Doof. Aber man konnte auch mal mit Duschgel die Haare waschen, alles halb so wild. Sie ging zu ihrem Auto und packte alles auf den Rücksitz.

117.

Ich war früh fertig mit der Arbeit und hatte Hunger. Es war ein eher wolkenverhangener und grauer Tag gewesen auf dem Parkplatz, die Kälte steckte mir noch in den Knochen und ich überlegte, was ich essen könnte. Eigentlich könnte ich mir mal wieder etwas Besonderes leisten. Burger King? Mc Donald´s? Döner? Currywurst Spezial mit Pommes? Ha! Ich wusste, was ich mir gönnen würde. Ich setzte mich in meinen Kleinwagen und fuhr aus der Tiefgarage. Ich bog ab in Richtung Stadtmitte und parkte in dem Parkhaus beim Rathaus. Griechisch, ja! Es gab hier ein sehr gutes griechisches Restaurant, das mittags günstige Speisen anbot und einen Ouzo gab es obendrein noch dazu. Ich wurde freundlich begrüßt und setzte mich an einen kleinen Tisch.
„Zu trinken?"
Ich bestellte ein Radler und blätterte die Speisekarte durch. Lauter leckere Sachen. Grillteller Mykonos, Bifteki, leckere Salate, Gyrosteller und andere Klassiker der griechischen Küche. Ich entschied mich für Moussaka mit Salat, doch, das wäre jetzt perfekt. Ich bekam mein Radler und bestellte das Essen. Das Lokal war sehr stilvoll eingerichtet, natürlich gab es die obligatorischen griechischen Säulen bis zur Decke und an der Wand hing ein großes Gemälde, der Tempel von Delphi in Öl. Ich kam gerne hier her und das Essen war jedes Mal vorzüglich. Fast schon kam hier so etwas wie Urlaubsstimmung auf. Es dauerte nicht lange, bis ich mein Essen serviert bekam und ich ließ es mir so richtig gut gehen. Nach dem Essen überlegte ich kurz, ob in meinem Magen noch Platz für einen Nachtisch wäre, doch die Portion, die ich verspeist hatte, war groß gewesen und man musste es ja nicht übertreiben. Ich bezahlte und gab der Bedienung ein großzügiges Trinkgeld. Draußen schien jetzt sogar für einen kurzen Moment die Sonne.

118.

Kozlowski saß in seinem Büro und grinste. Er verstand es, Spannung aufzubauen. Wie ging es jetzt eigentlich weiter mit der Geschichte? Gab es nun ein Ende oder nicht? Doch, alle Handlungsstränge würden noch zu Ende geführt werden, das war er seinen Lesern schuldig. Doch was, wenn noch viel mehr passieren würde? Kozlowski war gerade voll im Flow und es sprudelte nur so aus ihm heraus. Er tippte Zeile für Zeile in sein Netbook und freute sich, dass sich die Seiten wie von alleine füllten. Seite 124 war in Arbeit, das war super. Er war tatsächlich in der Lage, eine verdammt gute Geschichte zu erzählen, ein ganzes Buch zu füllen und dabei auch noch Spaß zu haben. Kozlowski fühlte sich wie der geborene Schriftsteller. Vielleicht war er das ja auch. Er tippte noch einen weiteren Satz zu Ende, dann stand er auf und ging zum Kühlschrank. Er hatte noch ein kleines Sixpack organisiert und gönnte sich erst einmal einen Schluck Inspiration. Er ging mit dem Bier in der Hand auf die Terrasse und drehte sich eine Kippe. Was würde noch alles passieren? Was war noch zu bedenken? Es war ein grauer Tag, die Sonne versteckte sich hinter dichten Wolken und ein kalter Wind erinnerte daran, dass immer noch Winter war. Bis zum Frühjahr wollte er fertig sein mit schreiben. Musste er dann nicht langsam die Kurve kriegen? Auf die Zielgrade einbiegen? Kozlowski hatte gute Laune, er würde das Ding schon schaukeln und sicher hinter die Ziellinie retten. Irgendwie so, mehr Plan hatte er nicht. Er rauchte schnell zu Ende, es war wirklich unangenehm hier draußen bei dem Wind. Er setzte sich wieder an seinen Schreibtisch und tippte lustig weiter. Noch einen Satz, noch eine Zeile und vielleicht mal wieder ein neues Kapitel.

119.

„Sie besitzen einen Schlüssel zum Unterbewusstsein, ist das richtig?"
Herr Friedlieb kam direkt zur Sache. Andreas überlegte.
„Schon, ich habe direkten Zugang, ja. So kann ich meine Tagträume und Fantasien platzieren, warum?"
„Nun,…" Herr Friedlieb machte eine besorgte Mine und zögerte einen Moment.
„Wir machen jetzt einen kleinen Ausflug, zu Ihrer eigenen Sicherheit verbinden Sie sich jetzt bitte die Augen…"
„…die Augen?"
Herr Friedlieb reichte Andreas ein schwarzes Tuch.
„Glauben Sie mir, das ist nur zu Ihrer Sicherheit…"
Andreas nahm das Tuch.
„Wollen Sie mir nicht verraten, um was es geht?"
„Sie haben Recht, ich sollte Ihnen kurz mitteilen, um was es geht. Verbinden Sie sich jetzt bitte die Augen?"

142

„Dann erzählen Sie schon, Mann, Sie machen es aber spannend…"
Andreas legte das Tuch über die Augen und machte hinten einen Knoten.
„Gut so?"
„Wunderbar! Steigen Sie aus, wir laufen ein paar Meter. Ich erzähle Ihnen jetzt ganz grob, um was es geht…"
Sie stiegen aus und Herr Friedlieb schaute sich um, dann nahm er Andreas am Arm und führte ihn zur Rückseite des großen Gebäudes.
„Es gibt ein kleines Problem mit Kozlowski, ein kleines Problem mit dem Projekt und der Erfolg der ganzen Geschichte ist in Gefahr. Sie helfen uns jetzt einfach dieses Problem zu beseitigen. So einfach ist das…"
„…mit dem Zugang zum Unterbewusstsein?"
„Genau, hier ist eine Türe, einen Moment…"
Herr Friedlieb klopfte dreimal gegen eine Türe aus Metall und sie wurde geöffnet.
„…ah, wunderbar, Herr Kleinbier!"
„…und wer sind Sie?"
„Das tut jetzt einfach mal nichts zur Sache…" Der General klopfte Andreas auf die Schulter.
„…Sie retten jetzt das Vaterland, Sie Glücklicher!"
Andreas wusste nicht, was er davon halten sollte.
„Es geht jetzt ein paar Stufen hinunter, sind Sie bereit?"
Andreas nickte und Herr Friedlieb nahm ihn wieder am Arm.

120.

„Ich könnte mit nach Berlin kommen, ohne Scheiß!" Günther schenkte allen eine Tasse Kaffee ein und grinste.
„Karl passt auf die Hunde auf und ich mach Urlaub in Berlin, nur ein paar Tage…"
Die Hunde verstanden nur das Wort Hunde und kamen zu Günther um ihn abzulecken.
„Ja, meine vierpfotigen Monster, ein paar Tage ohne mich tun euch wahrscheinlich ganz gut…"
Suliver nippte an dem Kaffee und sah Karl an.
„…wenn Karl einverstanden ist? Ich hab zu tun und nicht viel Zeit…"
Sie einigten sich darauf, dass Günther ein paar Tage abhauen konnte, Karl war damit einverstanden.

„…aber ich mach dir nicht jeden Abend das Unterhaltungsprogramm, das ist klar…"

„…ich fahre nach Berlin, da mach ich selber Unterhaltung, Mann…"
Sie tranken ihren Kaffee und Günther holte seinen alten Rucksack.
„…was braucht man denn, wenn man Urlaub macht? Karl! Als nächstes bist du dran…"

„…jetzt mal langsam, ich mach hier seit Jahren Urlaub auf dem Bauernhof und außerdem war ich doch erst vor kurzem in Berlin…"
– „…Berlin ist immer eine Reise wert, kein Spaß…" Suliver lachte und dachte an die vielen Abenteuer, die sie schon gemeinsam in der großen Stadt erlebt hatten.
„…wie lange war ich nicht mehr da? Muss dringend im Rauchhaus vorbeischauen, da kenn ich den König…"

„…wunder dich nicht, wenn nichts mehr so ist wie früher…"
„…aber in der Hasenheide gibt es noch Dope, hat Karl gemeint…"
„Ja, schlimmeres Zeug als früher, das klappt schon…"
Günther packte seinen Rucksack und die Hunde durften auf der Wiese springen.
„…wenn ich zurück komme ist es Frühling, ich weiß es…"
„…Winter in Berlin ist auch nicht wirklich der Hit…"
Karl sah die ganze Sache realistisch. Ein paar Tage ganz alleine mit den Hunden wären für ihn bestimmt auch eine Art Urlaub. Die Hunde verstanden die Welt nicht mehr, als Günther zu Suliver in das kleine Auto stieg, doch Karl konnte sie beruhigen.
„…nur ein paar Tage, kriegen wir hin…"
Günther grüßte noch zum Abschied mit dem Arm aus dem geöffneten Fenster und Suliver gab Gas.

121.

Es war grau und kalt da draußen, es wurde früh dunkel und ich war froh, dass ich zuhause auf meinem Sofa sitzen konnte und die Heizung eine angenehme Wärme in meinem Büro verbreitete. Ich genehmigte mir ein Glas Wein und rauchte genüsslich eine Filterzigarette. Ich hatte mich auf einen Nebenjob beworben, Überwachung des ruhenden Verkehrs in den Abendstunden und am Wochenende. Warum nicht? Das würde sehr gut zu meinen jetzigen Arbeitszeiten passen und ein paar Groschen mehr im Monat wären auch nicht schlecht. Ein jeder hatte daran mitzuwirken, dass sich die Lebensumstände besserten. Da fühlte ich mich genauso in der Pflicht wie all die anderen, die an dem Projekt beteiligt waren. Vielleicht würde es ja klappen mit dem Nebenjob. Vielleicht auch nicht. Wer wusste das schon? War irgendetwas planbar in diesem Leben? Kam nicht sowieso alles, wie es kommen musste? Ich lächelte vor mich hin und trank noch einen Schluck Wein. Man konnte viel dafür tun, dass es besser wird, doch letztendlich war alles Schicksal. Der Winterblues hatte mich ein wenig im würgenden Schmusegriff und ich freute mich auf den bevorstehenden Frühling. Es waren Erfahrungswerte aus den letzten vierzig Jahren, an die ich mich da klammerte. Ein bisschen Sonne, die ersten blühenden Blumen, ein blauer Himmel über dir, neue Energie, nochmal durchstarten. Jahr für Jahr das gleiche Spiel, bis schließlich all die Jahre gezählt sein würden irgendwann. Toll, ich klang nicht gerade optimistisch. Der Winter ging mir tatsächlich langsam auf die Nerven. Ich leerte das Glas und genehmigte mir noch ein zweites. Neue Energie aus der Flasche, noch eine Zigarette, noch mehr blauer Dunst um mich herum. Immer noch Winter.

122.

Es war Sonntag, es war drei Uhr morgens, Kozlowski konnte nicht mehr schlafen und machte sich erst einmal Kaffee. Die Maschine spuckte den schwarzen Lebenssaft aus. Kozlowski hatte Lust zu schreiben. Er brachte seine kleine Schreibmaschine an den Start und tippte ein paar Zeilen. Nur noch ein paar Seiten, nur noch das Ende, nur noch was? Er überlegte einen Moment, was war noch zu bedenken? Er tippte weiter und wusste schon jetzt, dass er es schaffen würde. Einen akzeptablen Schluss, ein rundes Ende, ein gekonnter Abgang, alles war machbar und zum Greifen nahe. Kozlowski freute sich, dass er in ein paar Stunden auch einfach nochmal schlafen konnte, wenn er wollte. Es war Sonntag und er hatte eigentlich nichts zu tun, er hatte seinen freien Tag und tippte trotzdem mitten in der Nacht diese Zeilen in das Netbook, genial. Nannte man so etwas nicht übertriebenen Arbeitseifer? War ihm das bisher nicht eher fremd gewesen? Konnte es sein, dass das Schreiben am Ende Spaß machte? War er jetzt endlich in seinem Element? Freute er sich nicht schon auf das nächste Buch? Auf die Fortsetzung? Kozlowski nippte an seinem Kaffee und drehte sich eine Kippe. Doch, das war gerade voll sein Ding. Er war tatsächlich der durchgeknallte Künstler, der Schriftsteller, der am liebsten schrieb, wenn draußen Nacht und tote Hose war, witzig. Kaffee und Kippe, tippen und eine tolle Geschichte zu Ende bringen. Kozlowski war zufrieden mit sich. Ein tolles Gefühl.

123.

„Herzlich willkommen in einer anderen Welt!"
Offizier Haferbrei nahm Andreas die Augenbinde ab und der General klopfte ihm wieder auf die Schulter.
„Ich bin der General, das ist mein Offizier, Herrn Friedlieb kennen Sie ja bereits…"
Andreas schaute sich um.
„Sie werden uns jetzt ein bisschen behilflich sein…"
Überall standen Rechner, an der Wand hingen ganz viele Monitore, es blinkte um ihn herum und Andreas war in der Tat ein bisschen verwirrt.
„Wo bin ich?"
Der General musste lachen und gleichzeitig husten.
„…broah, sorry! Sie gefallen mir!"
Der General stand direkt vor ihm und auf seiner Brust hingen mindestens ein Dutzend Orden, die beleuchtet waren, manche blinkten sogar und wechselten die Farbe. Andreas kam das alles nicht ganz realistisch vor.
„…ich weiß immer noch nicht, wo ich bin…"
„Haferbrei! Sagen Sie es ihm!"
Andreas drehte den Kopf ein wenig zur Seite und sah den schmächtigen Offizier. Auch er hatte einige beleuchtete Orden auf seiner Uniform. Haferbrei räusperte sich.
„…ähm, ja. Dies ist die Schaltzentrale, das Kleinhirn des gesamten Projekts, wenn Sie so wollen…"
„…die Schaltzentrale? Das Kleinhirn?" Andreas kam das alles irgendwie suspekt vor.
„…wir verwirren Sie, das war bestimmt nicht unsere Absicht, lässt sich aber wahrscheinlich auch nicht ganz vermeiden…"
Der General zündete sich eine Zigarre an und blies den dicken Rauch zur Decke.
„…auch eine Cohiba?"
Andreas lehnte dankend ab.
„Wir drei machen jetzt einen kleinen Ausflug, Herr Friedlieb hält hier so lange die Stellung…"

Der General musste wieder husten.

„Darf ich fragen, worum es eigentlich geht?"

Andreas rechnete nicht wirklich mit einer befriedigenden Antwort. Der General drehte seine Zigarre zwischen den Fingern und überlegte.

„…fragen Sie nicht, das wird wohl das Beste sein. Dies ist eine geheime militärische Operation, der Dank der ganzen Organisation ist Ihnen sicher…"

Haferbrei drückte Andreas eine Tastur in die Hand und der General zeigte auf einen großen Monitor.

„Wir müssen in das Unterbewusstsein von Kozlowski, jetzt…"

Andreas zögerte.

„…das war ein Befehl, wenn Sie so wollen, Herr Unteroffizier Kleinbier!" Der General klang nicht gerade freundlich.

„Komm ich dann wieder hier raus? Zurück in mein normales Leben?"

„Jammern Sie nicht wie ein altes Weib! Wir drei machen jetzt unseren Job und Sie sitzen morgen früh wieder in Ihrem Scheißbüro, alles gut. Bitte!"

„Ich nehme an, das war wieder ein Befehl…"

Der General schnaubte.

„Werden Sie nicht komisch, Herr Unteroffizier!"

Andreas hatte keine andere Wahl. Die Aussicht, dass er morgen früh wieder seiner gewohnten Tätigkeit als Tagtraumschreiber nachgehen konnte und dies alles nur als abgefahrenen Traum in Erinnerung haben würde, beruhigte ihn ein wenig.

„Also gut, ich öffne jetzt Kozlowskis Unterbewusstsein…"

Der General schnaubte wieder, dieses Mal vor Erleichterung.

124.

Der Himmel war grau und wolkenverhangen. Suliver winkte noch zum Abschied aus dem Auto.

„Heute Abend bei mir!"

„…alles klar, bis dann!"

Berlin, Gneisenaustraße, Südstern. Wie lange war er nicht mehr hier gewesen? War das nicht geil? Berlin! Er war da, endlich mal wieder. Günther schob das Geld, das ihm Suliver gegeben hatte, in seine Gesäßtasche. Berlin und ein paar Groschen in der Tasche, das war auch nicht immer so gewesen. Günther erinnerte sich an die alten

Zeiten in dieser Stadt. Waren es gute Zeiten gewesen? Eigentlich schon. Hier hatte er einen Teil seiner Jugend verbracht, hier hatte er im Untergrund gewirkt und vieles gelernt. Ha! Berlin! Ein wirklich geiles Gefühl wieder hier zu sein. Er schlenderte die breite Straße entlang und atmete den Geruch dieser Stadt ein. Ein Stück Heimat, ganz viele Erinnerungen. Abenteuer und Geschichten, Legenden. Geil! Günther hatte wirklich gute Laune und zündete sich eine Kippe an. Erst einmal in der Hasenheide ein paar Gramm klar machen, so wie früher. Er nahm den mittleren Eingang und ging den Hügel hoch. Ein paar Jugendliche kamen ihm entgegen.

„...der braucht Heroin, haha!"

Wirklich spaßig, die Jugend von heute. Günther kümmerte sich nicht weiter darum und ging zu dem alten Platz, zu der Kreuzung oben neben der Wiese. Ein Schwarzafrikaner kam ihm entgegen.

„Gras?"

„...für fünfzig..."

Günther folgte dem Dealer in das Unterholz bis zu dem Versteck. Das Geld und der kleine Beutel wechselten jeweils den Besitzer.

„...ciao!"

Günther schob das Gras in seine Hosentasche und ging weiter bis zur Liegewiese. Erst einmal antesten. Wahrscheinlich immer noch feinste Hollandware, so wie früher. Er setzte sich auf den Boden und drehte sich ein Einblatt.

125.

Kozlowski hatte nochmal gepennt. Es war Sonntag, Nachmittag, zwei Uhr. Draußen schien die Sonne und der Frühling bahnte sich so langsam an. Ganz gemächlich, ganz gediegen. Es war nicht wirklich warm da draußen und die Heizung lief nicht nur zum Spaß auf Hochtouren. Kozlowski schenkte sich selbst reinen Wein ein, einen Schuss Spezi dazu, alles entspannt. Schreiben um des Schreibens Willen. Am Ende basteln. Alles gut. Es war ein durchgeknallter Sonntag, Kozlowski hatte noch nichts gegessen und opferte diesen Nachmittag der Kunst. Er war mal wieder voll in seinem Element. Weit entfernt von einem normalen Leben. Kunst. Was war eigentlich Kunst? Kozlowski nippte an dem Getränk und drehte sich eine Kippe. Als Künstler musste man viel von sich halten, eigentlich musste man ständig behaupten, dass man der Größte ist. Sonst hatte das mit der Kunst irgendwie gar keinen Wert. Kozlowski fiel es schwer, sich als etwas Besonderes zu betrachten. War er großartig? Hatte er das Zeug zum Schriftsteller? Er dachte an den armen Poeten von Spitzweg und an Fernando Pessoa. Er nippte wieder an seinem Getränk und lächelte. So weit war er schon, alles konnte nur noch besser werden. Noch eine Kippe, noch ein paar Zeilen, ein bisschen Kunst machen und alles wäre wieder gut. Aus den Lautsprechern kam wie immer leiser Jazz und sein Getränk machte sich gut. Eine gute Mischung war eben die halbe Miete. Kozlowski leerte den Aschenbecher und rauchte noch eine. Das Künstlerdasein war bestimmt nicht gesund. Aber spaßig. Er machte sich keinen Kopf und leerte das Glas. Es war Sonntag und die ganze Welt ging ihm im Moment am Arsch vorbei. Freiheit, Kunst und Gegenwart, das war sein Motto. Im Schein der atomaren Katastrophe an der Leinwand stehen und die letzten Striche ziehen, ja, genau so. Er war ein Künstler, niemand könnte ihm das jemals wieder ausreden.

126.

„…wieso ist das hier denn so dunkel?"
Der General führte die kleine Gruppe an und tastete sich an einer Hauswand entlang.
„Die Taschenlampe, Haferbrei!"
Stolpergeräusche hinter dem General.
„…hab ich nicht dabei, Herr General…"
Schnauben, das in Husten überging.
„…so hab ich mir das vorgestellt, Klasse. Was für ein trauriger Haufen…"
Der General spähte in der Dunkelheit um eine Ecke und Andreas stieß mit dem Offizier zusammen, der vor ihm ging.
„…sorry, ich sehe nichts…"
„Ruhe! Ich sehe was. Da vorne ist Licht…" Der General nahm sein Fernrohr zur Hand und versuchte etwas zu erkennen.
„Sieht aus wie ein Zivilist auf einer Kreuzung mit einer Laterne in der Hand…"
Was hatte das zu bedeuten?
„Wir gehen näher ran, alle schön in Deckung bleiben, Kopf runter!"
Sie stolperten weiter durch die Dunkelheit bis kurz vor der Kreuzung. Eine unrasierte Gestalt mit dunklen Haaren, die zu einem Pferdeschwanz zusammengebunden waren, stand auf der Kreuzung und schwenkte eine alte Laterne.

„Sieht harmlos aus, wir zeigen uns…"

Der General flüsterte diesen Satz, dann richtete er sich auf. Sie gingen auf die Gestalt zu.

„…und dann, oh ja ich denke, dass ich mir einschenke, ich bin der Einschenker, der dichtende Denker, das Fass ohne Boden mit doppeltem Hoden…" Die Gestalt kicherte und torkelte etwas im Schein der Laterne.

„Grüße Sie!" Der General baute sich vor dem Scherzkeks auf.

„…Aloha, Gäste im Niemandsland!"

„Sie können uns helfen…"

Die Gestalt schwenkte den Arm mit der Laterne durch die Luft und freute sich.

„…stumm und starr, ich bin der Narr am Hofe, alles doofe Dinge, die ich singe, Helau!"

Der General drehte sich zu seinen beiden Begleitern um und zuckte mit den Schultern.

„Haferbrei!"

„Zu Befehl!" Haferbrei trat näher an die Gestalt heran und stellte sich vor.

„…vielleicht können Sie uns ein wenig die Richtung weisen…"

„…eine Dichterseele auf die sich nichts reimt, im Bewusstsein vereint, verloren im Traum, ich glaube kaum. Oder doch? Das schwarze Loch, verstehe, ich gehe jetzt in mich und werde besinnlich. Ein Taxi!" Die Gestalt winkte mit der Laterne und trat zur Seite.

„…Vorsicht, Bleifuß, haha!"

In der Ferne waren Motorengeräusche zu hören und bald darauf sah man ein Auto, das sich mit hoher Geschwindigkeit näherte. Quietschende Reifen, Vollbremsung. Ein dunkelblauer Audi, in dem eine Gestalt mit rasiertem Schädel und Brille saß, hielt an.

„Grüße an die Basis! Diese Hasis wollen weiter!"

„Verstehe, immer heiter!"

Die beiden Gestalten lachten und die Türen des Audi öffneten sich wie von Geisterhand.

„Automatischer Türöffner, hab ich gestern erst auf dem Schrottplatz gefunden…"

„…die drei erkunden die Weite, steh´ ihnen zur Seite!"

„…mach ich!"

"...na dann!"

Der General setzte sich auf den Beifahrersitz, Andreas und Haferbrei nahmen hinten Platz.

„Die Herrschaften, wo soll es denn hingehen?"

127.

Bongos hämmerten ihren Sound durch den Park. Die Sonne blitzte zwischen den dunklen Wolken hindurch. Es war erstaunlich mild. Das Gras war gut, das Gras war grün. Alles passte, alles so wie früher. Günther grinste ein wenig und hatte ein gutes Gefühl im pulsierenden Körper. War er etwa noch jung? Wann wurde man denn richtig alt? War nicht wieder alles nur relativ und von der Betrachtungsweise abhängig? Hatte er nicht wieder diese geile grüne Brille auf? Haha, nochmal einen Tag jung sein, nochmal Berlin, nochmal dieses Gefühl.

„Jetzt ein Bier, verdammt!" Günther grölte und lachte über sich selbst.

In Berlin konnte man sich alles erlauben, Verrückte wurden hier toleriert. Vor ihm lag der volle Beutel mit der Medizin, daneben der Tabak.

„Erstmal noch einen dampfen, so war das…" Er drehte sich noch ein Einblatt und überlegte.

Weiter zu dem Friedhof in der Hermannstraße, auf die Stufen einer verwilderten Gruft sitzen und ein Bierchen auf das Jenseits trinken, ja das war ein guter Plan. So hatte er das damals auch immer gemacht. Und dann zu Fuß quer durch Neukölln bis in den Treptower Park laufen, genial. Und dieses geniale Wetter, fast schon Frühling. Auch ein Schneesturm aus heiterem Himmel hätte Günther im Moment nicht die gute Laune verderben können. Er wusste das und musste wieder lachen.

„Es schneit doch gar nicht, ey!"

Er erhob sich und schlenderte zum Ausgang. Bei einem Inder holte er sich zwei Flaschen Bier, das billigste, so wie früher. Er bog ab und fand den Eingang zum Friedhof wieder. Nicht viel los hier, einfach ein guter Ort zum Chillen.

128.

Es war schon wieder Sonntag, die Tage vergingen wie im Flug und ich freute mich, dass draußen fast schon Frühling war. Doch eben nur fast. Das Thermometer wollte die Zehn-Grad-Marke nicht überspringen und die Sonne kämpfte mit den vielen Wolken am Himmel. Ich hörte ein wenig Klassik, Gustav Mahler, Tod in Venedig. Der junge Merlot schimmerte rubinfarben im Glas. Ich gönnte mir eine Filterzigarette und nippte an dem Wein. Kozlowski kam gut voran, er war mit dem Ende der Geschichte beschäftigt und lieferte immer wieder neue Seiten. Das Projekt stand kurz vor seiner Vollendung, ich war zufrieden und freute mich, dass alles so gut lief. Im Frühjahr noch die Überarbeitung des Manuskripts, Vorabdruck und im Frühsommer das Werk in Händen halten. Eine schöne Vorstellung. Ein weiteres Werk im Bücherregal, ein weiterer Schritt in die richtige Richtung. Eine Geschichte, die Potential hatte, ein Stein, der ins Rollen gebracht wurde, sehr schön. Ich war auf die Resonanz gespannt, es war ja nicht das erste Buch, das wir in der Kunstfabrik produziert hatten, aber die erste vernünftige Geschichte neben dem ehrenwerten Kommissar Papadopoulos allemal. Eine Geschichte mit rotem Faden, etwas Durchgängiges mit viel Fantasie geschrieben. Ich war gespannt auf das Ende. Was ich bis jetzt gelesen hatte, gefiel mir sehr gut. Würde es unseren Freunden und Bekannten auch gefallen? Würden wir mit dieser Geschichte einen Verlag finden? Es blieb spannend, man musste abwarten und der ganzen Geschichte noch etwas Zeit geben. Ich glaubte weiter an Kozlowski und sein großes Talent. Er hatte das Zeug dazu. Doch jetzt bekam ich Hunger. Im Briefkasten war diese Woche Werbung von einem neuen Pizzalieferdienst gewesen, dem wollte ich eine Chance geben. Er hatte verlockende Angebote und sehr interessante Pizzen. Calzone Berlin mit Schinken, Peperoniwurst, Paprika, Champignons, Sardellen und Ei war mein Favorit. Ich ging noch einmal die ganze Karte durch und bestellte dann einfach die Calzone Berlin.

129.

„Jetzt einen Döner!"
Günther zählte sein Geld, er hatte noch fast zwanzig Euro. Das würde schon reichen für einen perfekten Tag in Berlin. Er ging ein Stück die Karl-Marx-Straße entlang und setzte sich in einen der vielen Dönerläden.
„Mit extra viel scharf und Knoblauchsoße!"

Es war der perfekte Döner, einfach himmlisch. Nach dem Essen ging er wieder raus auf die Straße und bog links ab nach Norden, ganz grob. Er kannte die Richtung und das ganze Viertel. Hier war er schon oft gelaufen, nur um sich das Ticket für die S-Bahn zu sparen. Heute lief er hier, weil er einfach Bock darauf hatte. Das war Berlin. Da war dieser Geruch, dieses alte Gefühl, das Kopfsteinpflaster, die Hundescheiße, die traurigen Bäume und die alten Häuser, Block für Block und dazwischen neue Sachen, neue Abenteuer, Berlin. Er setzte sich auf eine Eingangstreppe und drehte sich noch einen. Er wollte dieses gute Gefühl noch intensivieren, er hatte das Zeug dazu. Alles war möglich, alles war geil. Und dann? Im Treptower Park abhängen, das bunte Treiben beobachten, vielleicht weiter nach Friedrichshain, vielleicht zurück zu Suliver, mal sehen. Nur keinen Stress. Er hatte schließlich Urlaub, unglaublich genial.

130.

Kozlowski ging zu Fuß zur Kunstfabrik. Es regnete leicht, es war definitiv kein schönes Wetter. Aber die frische Luft tat ihm gut. Es war Montag und er hatte mal wieder mit einer erhöhten Strahlung zu kämpfen. Das kam davon, wenn man selbst die wenigen freien Tage der Kunst opferte. Kozlowski sah sich schon als Märtyrer einer neuen Kunst zusammenbrechen, mit dem letzten Satz in Ohnmacht fallen, noch einen Punkt setzend, aus. Eine schöne Vorstellung, die irgendwie zu diesem grauen Montagmorgen passte. Er ging beim Bäcker vorbei und gönnte sich ein kleines Frühstück. Mit einem Becher Kaffee in der Hand lief er weiter. Es war Montag, vielleicht konnte er die ganze Geschichte ja noch diese Woche zu Ende bringen. Auch ein schöner Gedanke. Und dann? Urlaub? Sanatorium? Entzugsklinik? Nervenheilanstalt? Oder gab es doch irgendein Happy End? Konnte es so etwas überhaupt im wahren Leben geben? Drehte sich das Hamsterrad nicht immer weiter bis zum Schluss? Es regnete stärker und Kozlowski lief schneller. Fertig schreiben und dann den Frühling genießen, genau. Er stellte sich unter das Dach einer Bushaltestelle und drehte sich eine Kippe zum Kaffee. So viel Zeit musste jetzt sein.

131.

„Bringen Sie uns in die Alptraumregion, wir suchen nach ein paar Vermissten..."
„Na dann, viel Spaß..."
Der Taxifahrer lachte hämisch und gab ordentlich Gas. Andreas war das alles nicht ganz geheuer. Alptraumregion? Musste er sich jetzt Sorgen machen? Es gab Tagträume, Fantasien und Nachtträume. Irgendjemand musste dann auch für die weniger schönen Träume zuständig sein, okay. Doch wenn er ehrlich war, hatte er sich darüber noch nie Gedanken gemacht. Jetzt war es wohl zu spät dafür. Im Licht der Scheinwerfer flogen ab und zu bunte Tetrissteine durch die Gegend.
„...das wird immer schlimmer, alles erst seit dieser Paschitnow hier seine Viren versprüht hat..." murmelte der Taxifahrer und wich den Steinen aus so gut er konnte.
„...schlecht für den Lack..."
Der General kümmerte sich nicht im Geringsten um das Taxifahrergelaber und holte eine Zigarre hervor.
„...oh nein, keine Zigarre, auch keine Zigaretten hier drin, ich bin absoluter Nichtraucher..." Der General schnaubte und steckte die Zigarre wieder ein. Haferbrei meldete sich von hinten zu Wort.
„Wie weit ist es denn noch?"
„...dauert noch, das ist schon eine ganz schöne Strecke..."
Na prima. Der General schnaubte noch mürrischer und starrte aus dem Fenster.

132.

Es war grau und regnerisch, es nieselte den ganzen Tag und ab und zu kam ein heftiger Schauer vom Himmel. Karla stand am Fenster im Büro und sah den Landschaftsgärtnern zu, die mehrere alte Bäume im angrenzenden Park fällen mussten. Bei dem Wetter! Karla hatte richtig Mitleid mit ihnen. Sie nippte an ihrem heißen Tee und träumte sich weit weg nach Griechenland, dort war bestimmt schon Frühling.
„Frau Kolmar, das kam gerade..."
Ein Kollege gab ihr einen zweiseitigen Ausdruck. Bastei Lübbe AG, Köln. Gerne, gedruckter Auszug, mehrere Monate Bearbeitungszeit. Karla konnte noch keine Auszüge liefern, noch war die Geschichte

nicht fertig. Sie war zu schnell mit ihren Anfragen bei den verschiedenen Verlagen, sie wollte sich nur schon mal gründlich vorbereiten. Bald wäre es soweit. Die Geschichte wäre vollendet, überarbeitet und redigiert. Dann endlich wäre sie an der Reihe, alles müsste vollends schnell gehen und vor allem reibungslos. Noch konnte sie eine ruhige Kugel schieben und dafür ein ordentliches Gehalt einstreichen, doch bald müsste sie sich für das gleiche Gehalt quasi zerreißen. Auf diesen Tag wollte sie vorbereitet sein, so gut es eben ging. Sie trank den Tee aus und ging zurück zu ihrem Schreibtisch. Alles abheften, im Computer speichern und ordnen. Sie hatte schon eine ganze Liste mit Verlagen und deren Bedingungen sowie ein entsprechendes Prioritätensystem auf ihrem Rechner angelegt, damit irgendwann mal alles wie von selbst am Schnürchen laufen konnte. Herrn Eichborn hatte sie in ihre Vorgehensweise eingeweiht und er hatte sie dafür gelobt. Engagement im Vorfeld nannte er das, sehr vorbildlich, weiter so, hatte er gesagt. Karla fühlte sich bestätigt und ihr machte diese Arbeit wirklich Spaß. Doch auch ihre Arbeit wäre irgendwann in naher Zukunft einmal getan, was dann? In der Kunstfabrik wurde schon heftig gemauschelt, man sprach schon von der Fortsetzung des Projekts, von Teil zwei, von einer Erfolgsgeschichte ohne Ende. Karla blieb da eher skeptisch. Ihrer Meinung nach konnte niemand für den Erfolg des Projekts garantieren, weder Kozlowski noch die anderen Herren im Vorstand. Ihrer Meinung nach blieb es lediglich spannend bis zum Schluss, auch für sie.

133.

Der implizite Autor war längst transzendiert, ich schob das alles von mir und lachte leise. Die letzten Seiten wurden geschrieben und es herrschte eine gewisse Hektik in der Kunstfabrik. Ich bemerkte das schon beim Betreten der Aula. Ich wollte Kozlowski einen kurzen Besuch abstatten, nach dem Stand der Dinge fragen und mich schon mal erkenntlich zeigen. Ich hatte eine Flasche Danziger Goldwasser dabei, die wollte ich Kozlowski überreichen. Ein kleiner Ansporn für den Endspurt sollte es sein, eine nette Geste. Ich ging die Treppen bis ganz nach oben zu Kozlowskis Büro und klopfte an die Tür. Er öffnete und stand in Socken vor mir, die langen Haare waren zerzaust und er war schlecht rasiert. Unter dem linken Arm klemmte das geöffnete Netbook.

„Ah, Chef, hallo…"

„Darf ich einen Moment stören?"

„…äh, ja, klar, immer herein…" Kozlowski stellte sein Netbook auf den Schreibtisch und speicherte nochmal die Datei.

„…läuft gut, bin ganz kurz vor dem Ende…"

„…ich will wirklich nicht lange stören, ich bin eben nur neugierig und gespannt, ich würde die ganze Geschichte am liebsten gleich in die Druckerei geben…"

„…ein paar Tage noch, dann die Überarbeitung, das kann alles noch ein bisschen dauern…"

„…eine Woche? Zwei? Bis Mitte März?"

„…ja, irgendwie so, ich weiß es doch auch nicht genau. Ich bin im Schreibfieber, hab den totalen Schaffensdrang, mehr geht nun mal nicht…"

„…das freut mich, es kommt jetzt auch nicht mehr auf ein paar Tage hin oder her an…" Ich schenkte ihm ein Lächeln und überreichte die Flasche.

„…zur Inspiration, falls die nochmal ins Stocken gerät…"

„…oh, das ist nett. Was ist das?"

„…Danziger Goldwasser für den Beginn eines goldenen Zeitalters…"

„…da bin ich ja mal gespannt, könnte gleich einen gebrauchen. Auch einen Schluck?"

Ich lachte.

„…warum nicht? Aber nur ganz wenig…"

Kozlowski öffnete eine Schranktür und holte zwei Saftgläser heraus.

„…andere Gläser hab ich nicht…"

Er schenkte ein wenig ein und wir stießen an.

„…auf das Projekt!"

„…auf die goldene Zukunft der ganzen Kunstfabrik!"

Wir plauderten noch ein wenig, allzu viel wollte Kozlowski noch nicht über das Ende der Geschichte erzählen. Ich vertraute ihm einfach weiter, ich glaubte weiter an seine grenzenlose Fantasie.

„…einfach eine kurze SMS, wenn es soweit ist…"

„…werde mich melden, versprochen…"

Ich verabschiedete mich von ihm und nahm dann den Fahrstuhl nach unten.

134.

Karl nutzte Günthers Abwesenheit und machte Frühjahrsputz. Zu so etwas war Günther nicht zu gebrauchen. Die Hunde sprangen durch das nasse Gras und unter den Bauwagen fingen die ersten Blumen an zu blühen. Schneeglöckchen und blaue Hyazinthen. Die Osterglocken und Tulpen zögerten noch ein wenig und Gänseblümchen waren auch noch keine zu sehen. Die Erdbeeren hatten den eisigen Winter einigermaßen gut überstanden und Karl freute sich auf einen langen und heißen Sommer. Die Hunde bellten und tobten miteinander. Sollte Günther ruhig noch ein paar Tage in Berlin bleiben, auch sein Bauwagen hatte eine Grundreinigung dringend nötig, wie Karl fand. Er schnappte sich den Eimer mit Putzwasser und pfiff eine lustige Melodie. Die Hunde stellten ihre Ohren auf und kamen schwanzwedelnd zu Karl gerannt.
„Ab! Dreckige Hunde kann ich im Moment gar nicht gebrauchen, los, ab!"

135.

Es dämmerte bereits über dem weiten Horizont und der Taxifahrer hielt am Straßenrand an. Er wischte sich über den kahlen Schädel und nahm dann seine Brille ab.
„So die Herrschaften, ich lass euch hier raus. Hinter dem kleinen Wäldchen da vorne kommt ein ehemaliger Gasthof, schaut euch einfach in Ruhe um, ich komme wieder, wenn ihr mich braucht…"
„…sind wir hier richtig?"
Der Taxifahrer massierte seine Nase und setzte die Brille wieder auf.
„…das wird sich zeigen, nehme ich an. Ihr habt den ganzen Tag Zeit für eure Suche, nachts würde ich mich an eurer Stelle nicht hier herumtreiben…"
„…wieso das?"
„…ach, nur so, ich bin heute Abend wieder hier, wenn ihr wollt. Viel Glück…"
Er betätigte den automatischen Türöffner und hob die Hand zum Gruß. Der General und seine beiden Begleiter stiegen aus.
„…na dann, bis heute Abend!"
Der Taxifahrer gab Gas und ließ sie in einer Staubwolke zurück.
„…aaah!" Haferbrei zuckte zusammen und stolperte rückwärts ohne zu fallen.

„…was soll denn das mit diesen verdammten Tetrissteinen?"
„Reißen Sie sich gefälligst zusammen, Haferbrei! Die sind nur schlecht für den Lack…"
Der General zündete sich eine Zigarre an und inhalierte tief. Andreas sah sich misstrauisch um. Was würden sie noch alles an diesem Tag in Kozlowskis Unterbewusstsein erleben? War das nicht alles sehr gewagt? Wusste der General, was er da tat? Konnte man ihm vertrauen? Husten und Fluchen. Es gab jetzt wohl kein Zurück mehr für Andreas.
„Vorwärts Marsch! Wir haben nicht ewig Zeit für unsere Mission…"

136.

Ein alter BMW fuhr mit dröhnender Musik und heruntergelassenen Scheiben über das Kopfsteinpflaster. Ein streunender Hund hob an der Straßenecke sein Bein und pinkelte an die Hauswand.
„Wem gehörst denn du?"
Der Hund blickte Günther an und wedelte ein wenig mit dem Schwanz. Gleich darauf war aus der Ferne ein lauter Pfiff zu hören und der Hund rannte los. Schien wohl alles seine Ordnung zu haben. Günther summte eine alte Hausbesetzerweise und ging ganz gemütlich weiter bis zur Nummer 17. Er klingelte bei Suliver.
„…wir kaufen nichts!"
„…schon zuhause?"
„…nö, blöde Frage…"
Der Türöffner summte und Günther öffnete die schwere Eingangstüre zum Treppenhaus. Im dritten Stock stand Suliver vor seiner Wohnung.
„…und schon wieder total verstrahlt! So geht das aber nicht…"
Sie mussten beide lachen.
„…ich war unterwegs, ja…"
„…im Auftrag des Herrn, nehme ich an, komm rein…"
Die Katzen schlichen sich in die Küche und mauzten leise. Suliver öffnete die Balkontür.
„Auch einen Cuba Libre zur Feier des Tages?"
„…da höre ich mich nicht nein sagen…"
Günther setzte sich auf die Bank, die auf dem kleinen Balkon vor dem Fenster stand und schob das kleine Tischchen näher heran. Er klebte zwei Blättchen zusammen und drehte ein klassisches Zweiblatt bis Suliver mit den Getränken kam.

„…immer noch astreine Ware in der Hasenheide…"
Sie prosteten sich zu.
„…auf Berlin!"
„Auf dass ich bald vollends erblinde! Ich kann diese Stadt manchmal nicht mehr sehen…"
Sie tranken beide einen Schluck und Günther zündete den Joint an. Sie unterhielten sich noch eine Weile, dann wurde es dunkel und kalt auf dem Balkon.
„…ist eben doch noch kein Sommer…"
Suliver richtete Günther das Schlafsofa her und beide hatten bunte und schillernde Träume in dieser Nacht.

137.

Seite 139, die Geschichte war kurz vor dem Ende, noch nicht fertig erzählt, es fehlte immer noch der perfekte Abschluss. Kozlowski sah sich in seinem Büro um. Auf einem verstaubten Regal entdeckte er eine volle Flasche Weißwein. Er suchte nach einem Glas. Cola hatte er auch noch. Für die nötige Inspiration war also gesorgt. Und jetzt? Der Schluss. Es fehlte nur noch der Schluss. Das war irgendwie gar nicht so einfach. Bis jetzt war es nur so aus ihm herausgesprudelt, bis jetzt hatten sich die Seiten wie von selbst gefüllt mit ganzen Sätzen in einer flüssigen Sprache. Bis jetzt. Und nun? Kam er ins Stocken? Fiel ihm etwa nichts mehr ein? Hatte er ausgerechnet jetzt eine Schreibblockade? Ein sauberer Schluss musste her, dringend. Er füllte das Glas zur Hälfte mit Wein und schenkte Cola dazu. Er stellte eine leere Bierflasche als Aschenbecher neben sein aufgeklapptes Netbook. Er drehte sich eine Kippe und nippte an dem Mischgetränk. Ein logisches Ende wäre jetzt gut. Kozlowski zündete sich die Kippe an und fing an zu tippen. Mal sehen, was sich machen lässt. Er nahm noch einen Schluck und rauchte hastig bis die Asche auf die Tastatur fiel. Verdammt. Kozlowski pustete die Asche weg und tippte einfach weiter. War er ein Genie? Wurde das was? Funktionierte das so? Was, wenn nicht? Noch ein Schluck, noch eine Kippe, weiter tippen bis zum Schluss…

138.

Hinter dem kleinen Wäldchen sah man schon von weitem ein heruntergekommenes Holzhaus, davor standen etliche Tische auf einer steinernen Terrasse.

„Das wird der Gasthof sein, das schauen wir uns mal genauer an…"
Der General ging voran, Andreas und Haferbrei folgten ihm mit etwas Abstand. Über der Eingangstür hing ein großes und verwittertes Holzschild. „*Zum toten…*" Mehr konnte man nicht mehr lesen. Jack der Pirat baumelte hinter dem Gasthof im Wind und musste grinsen. Der General klopfte an die Türe. Keine Antwort. Er drückte die Klinke und aus einem Brunnen ertönten Schreie.
„Was war das?" Haferbrei zuckte zusammen.
„Das kam aus dem Brunnen da, hört sich wie das Geschrei von kleinen Kindern an…"
Andreas ging hinüber zu dem Brunnen und beugte sich über das tiefe Loch.
„Ich kann nichts erkennen, alles dunkel, aaaah!" Andreas erschrak zu Tode als ihm ein paar Fledermäuse aus dem dunklen Brunnen entgegenflatterten.
„Scheißviecher!"
Der General musste lachen und husten. Haferbrei war ganz bleich im Gesicht.
„Auf jetzt! Wir gehen rein!"
Der General öffnete mit einem Stiefeltritt die Türe. Andreas folgte dem General, Haferbrei sicherte von draußen den Eingang.
„So eine Pfeife!" Der General öffnete eine weitere Türe.
„Das ist die Küche, sieht alles sehr verlassen aus…"
Auf dem Boden lag noch eine dreckige Küchenschürze und auf einem Tisch in der Mitte standen zahlreiche leere Flaschen.
„Was hat sich hier nur zugetragen?" Der General öffnete alle Schränke, fand aber keinen entscheidenden Hinweis.
„Hier…" Andreas deutete auf 12 Kerben in der hölzernen Wand.
„Was hat das zu bedeuten?"
Der General sah sich die Kerben genauer an.
„…keine Ahnung, wirklich nicht…"
Haferbrei meldete sich von draußen.
„Herr General, ich habe etwas gefunden…"
Andreas folgte dem General nach draußen und Haferbrei hielt ein buntes Stück Papier in der Hand.

„…ein Aquarell, ziemlich abstrakt…"
Andreas sah sich das Bild genauer an.
„Das hier könnte ein Kompass sein, der wurde mit Kugelschreiber gezeichnet…"
Der General zückte seine Lupe.
„…Sie könnten Recht haben, ja…"
Der General drehte sich in Richtung Norden und hielt das Aquarell vor sich.
„Das Blau könnte das Meer sein…"
„Haferbrei, Ruhe! Wir laufen jetzt in die Mitte, wo alle Farben zusammenfließen, dann werden wir schon sehen…"

139.

Es war der erste richtige Frühlingstag, der Himmel war wolkenlos und blau, das Thermometer kletterte an diesem Nachmittag auf angenehme siebzehn Grad. Günther hatte Glück beim Zurückstoppen und jetzt lief er mit seinem kleinen Rucksack auf der Schulter von der Stadt bis zum Wald. An der Tankstelle kaufte er noch ein Sixpack und freute sich schon auf Zuhause, auf Karl und die Hunde. Es war ein kurzer aber schöner Ausflug in die Zivilisation gewesen, doch ein Leben in der Stadt konnte sich Günther nicht mehr vorstellen. Das hatte damals in der Jugend alles seine Richtigkeit gehabt, es waren Superjahre, die da hinter ihm lagen, aber… Er beschleunigte seinen Schritt und lief eine Abkürzung durch den Wald. Er kämpfte sich durch das dichte Gestrüpp am Waldrand und sah in der Ferne schon die beiden Bauwagen. Laut schrie er nach den Hunden, doch die konnten ihn wirklich noch nicht hören. Er rannte und die Flaschen des Sixpacks klirrten bei jedem Schritt.
„Ey, ihr Penner von Hunden, ey, hier!"
Der schwarze Hund stellte als erster seine Ohren, er hörte das Geschrei aus Richtung Waldrand.
„Wuff! Wuffwuffwuffwuff!"
Der weiße Hund lauschte jetzt auch. Der schwarze Hund rannte los, der weiße rannte einfach mal hinterher. Lautes Gebell. Action! Günther stellte das Sixpack auf den Boden und öffnete die Arme.
„Ey, meine Bestien!"
Die Freude über das Wiedersehen war riesengroß. Die Hunde sprangen an Günther hoch und fiepsten vergnügt.

„Ist ja gut, he! Unten bleiben!" Günther kraulte beide Hunde und ließ sich die Hände abschlecken.

„Jetzt ruhig, he! Ab zum Bauwagen, los!"

Die Hunde bellten und rannten wieder zurück. Karl hatte die Szene beobachtet und winkte Günther, der das Sixpack durch die Luft schwenkte.

„Alter! Alles senkrecht?"

Sie umarmten sich herzlich und setzten sich an die Feuerstelle.

„Was für ein Wetter, in Berlin war es nicht so warm…"

„Ist erst seit heute so tolles Wetter…"

Sie köpften jeder ein Bier und Günther fing an zu erzählen. Die Hunde wedelten immer noch vor Freude mit dem Schwanz und kuschelten sich ganz eng an Günthers Füße.

„…und natürlich habe ich uns etwas mitgebracht, haha…"

140.

„Da drüben liegen ganz viele Tetrissteine auf einem Haufen…"

„Ich bin doch nicht blind, Haferbrei!"

„Sind wir in der Mitte?"

„Herr Unteroffizier, bitte!"

Der General musste wieder husten und sie gingen weiter durch das Kakteenfeld.

„Sie sehen jetzt mal nach, was auf der anderen Seite von dem Haufen da ist, Haferbrei!"

Andreas blieb stehen und der Offizier schlich sich auf die andere Seite. Der General fluchte und zog sich einen Kakteenstachel aus der Hand.

„Blödes Gestrüpp, alles abfackeln!"

Andreas fiel auf, dass er seit Stunden keine Zigarette mehr geraucht hatte. Er zündete sich eine an und wischte sich den Schweiß von der Stirn.

„Wen suchen wir denn?"

Der General sah ihn etwas verblüfft an.

„Kozlowski, in erster Linie Kozlowski. Wussten Sie das nicht?"

„War bis jetzt ein großes militärisches Geheimnis…"

Der General schnaubte.

„Das selbstständige Denken hat man Ihnen also nicht beigebracht beim Heer?"

Haferbrei kehrte zurück.

„…ein Haus mit einem Swimmingpool drum herum, Herr General…"

„…gut! Das schauen wir uns aus der Nähe an…"

„…soll ich hier die Stellung halten, Herr General?"

„Nein! Sie kommen verdammt noch mal mit, Haferbrei!"

Sie schlichen sich auf die andere Seite und suchten vergeblich nach dem Eingang, das ganze Haus stand mitten in einem türkis leuchtenden Pool.

„Na toll, das wird jetzt eine eher nasse Angelegenheit, meine Herren!"

Sie hüpften in das warme Wasser und schwammen zu dem Haus in der Mitte.

„Da ist eine offene Türe, Herr General!" Haferbrei konnte sich kaum über Wasser halten.

„…na dann, wir stürmen das Gebäude!"

Im Haus stand alles unter Wasser, sie drangen in das Wohnzimmer ein.

„…schau mal einer an!"

Sie konnten wieder stehen und an der Wand schaukelte ein Sofa im Wasser.

„Meine Zigarren! Aaaah!"

Die Zigarren waren natürlich nass und unbrauchbar geworden.

„Scheiße! Verdammt!"

„Das ist Kozlowski!"

„Ich weiß, schauen Sie nach, ob er überhaupt noch lebt!"

Haferbrei watete durch das Wasser zu dem Sofa und rüttelte Kozlowski an der Schulter.

„…was?"

„Schütten Sie ihm Wasser ins Gesicht, Haferbrei!"

Doch Kozlowski war schon hellwach.

„…wo bin ich? Ich muss zur Arbeit…"

„…jetzt mal langsam, Herr Kozlowski, wir bringen Sie hier raus…"

Kozlowski sah sich um. Was war das für ein Zimmer? Alles stand unter Wasser und vor ihm standen drei merkwürdige Gestalten.

„Haben Sie trockene Zigaretten oder noch besser Zigarren im Haus?"

„…wie bitte?" Kozlowski war wirklich ein wenig schwer von Begriff.

„…was zu rauchen, Herr Kozlowski…"

„…ach, äh…" Kozlowski erinnerte sich wieder.

163

„…ja da, auf dem Regal liegen noch Zigaretten, warum?"

„Haferbrei, oder nein, Herr Unteroffizier, bringen Sie bitte die Zigaretten trocken an Land!"

Andreas watete zu dem Regal und hob die Schachtel Chesterfield weit nach oben.

„…Herr, wie war noch Ihr Name? Ich kenne Sie aus der Traumabteilung…"

„…stimmt, Kleinbier, fragen Sie mich jetzt nicht, was ich hier treibe…"

Kozlowski saß jetzt auf dem Sofa und seine Füße baumelten in dem warmen Wasser.

„…würde mich schon interessieren…"

Andreas schwamm mit den Zigaretten über dem Kopf aus dem Zimmer und an den Beckenrand.

„…kommen Sie einfach mit, Herr Kozlowski, verstehen müssen Sie das alles nicht…"

„…bin ich in einem Traum?"

„…wir bringen Sie wieder heil zurück, kommen Sie!"

141.

„…ich hätte gerne eine Kiste Bier und Zigaretten, zwei Schachteln Marlboro…"

„…und Pizza?"

„Nein, danke, heute nicht…"

„…wir liefern Getränke nur zum Essen…"

„…ach so, gut, dann nehme ich noch eine Minipizza mit Salami, ja…"

„Also gut, halbe, dreiviertel Stunde…"

„…super!"

Der Weißwein war alle und auch der Tabak neigte sich dem Ende. Kozlowski konnte nicht mehr aufhören zu tippen, er war wie im Fieber, wie im Fieberwahn fühlte es sich an, um genau zu sein. Er war dran, am Ende, er konnte es schaffen, noch heute Abend, vielleicht auch spät in der Nacht, das war ihm alles egal. Er wollte jetzt dieses verdammte Ende schreiben, sofort. Er drehte sich noch eine Kippe von dem Krümeltabak und tippte weiter. Zeile für Zeile, immer weiter wie besessen.

142.

Es war endlich März und der Frühling bahnte sich an. Ich hatte mal wieder Ferien und somit eher ruhige Tage. Ich stand in der Küche und schob die Lasagne in den Ofen. Eine dreiviertel Stunde bei 220 Grad. Ich schenkte mir ein Glas Merlot ein, eine gute Wahl, wie ich fand. Ich setzte mich wieder auf mein Sofa und sah den Fischen zu. Der Antennenwels hatte schon wieder Nachwuchs gezeugt und auch die roten Garnelen vermehrten sich prächtig. Ich dachte über ein größeres Aquarium nach und ließ meinen Gedanken freien Lauf. Einmal in der Südsee schnorcheln gehen oder noch besser tauchen. Einmal noch dies und einmal noch das. Wie nichts verging eine halbe Stunde und ich schaute zur Sicherheit kurz nach dem Essen im Ofen. Alles gut.

143.

„…die Zigaretten werden jetzt rationiert, ich werde gut darauf aufpassen!"
Der General zündete sich eine Filterzigarette an und lobte die wasserfesten Streichhölzer.
„…werden auch rationiert, verdammt!"
„Und jetzt, Herr General?"
„Fragen Sie nicht so dämlich, Haferbrei! Sie bringen uns jetzt zurück zu dem Gasthof und wir halten die Augen offen, ob wir hier sonst noch irgendetwas tun können. Ganz einfach!"
Kozlowski hatte Schädelweh und sie kämpften sich zurück durch das Kakteengestrüpp.
„…ich verstehe das alles nicht ganz…"
„…glauben Sie, ich verstehe das?"
„Ruhe da hinten! Augen und Ohren offen halten, Klappe zu!"
Der General hatte schlechte Laune und Andreas tippte auf ein zunehmendes Nikotindefizit. Was war schon eine Filterzigarette gegen eine dicke Zigarre?
„Langsam, da vorne bewegt sich was…" Der General zückte sein Fernrohr.
„…ein schwarzer Hund, sieht aufgeregt aus…" Sie näherten sich dem Hund, der bellte, als er sie sah.
„Ist ja gut, Ruhe! Kennt sich hier irgendjemand mit derlei Pfotentieren aus?"

Andreas blickte sich um, Kozlowski zuckte nur mit der Schulter.
„Wer bist denn du? Ein ganz ein feiner Hund…"
Der Hund bellte weiter und schlich um ein einen Hügel herum.
„…er will uns was zeigen…"
„…dann schauen Sie nach, was dieser gottverdammte Höllenhund uns zeigen will. Und er soll die Klappe halten!"
Andreas folgte dem Hund um den Hügel herum und entdeckte einen Eingang, eine Art dunkler Stollen, der in die Erde führte. Über dem Eingang blühten blaue Rosen.
„Hier geht es unter die Erde!"
Die anderen kamen auch um den Hügel herum und der schwarze Hund bellte ganz ungeduldig weiter.
„Dieses Viech nervt mit seinem Gebelle!"
„…er will, dass wir ihm folgen…"
„…also gut, Sie gehen jetzt mit dem Hund da rein, Haferbrei begleitet Sie! In zehn Minuten kommen Sie wieder und machen Meldung!"
Der Hund führte die beiden zielsicher durch ein dunkles Labyrinth bis zu einem spärlich beleuchteten Raum. Andreas musste sich erst einmal an das schummrige Licht gewöhnen. Was war das denn? An der Wand hing ein Zigarettenautomat, der mit lauter Marlboroschachteln gefüllt war und auf dem Boden lagen leere Coladosen. Der Hund fiepste ganz aufgeregt. Haferbrei zuckte zusammen, als er in den Grabkammern links und rechts neben dem Automaten menschliche Gebeine liegen sah.
„…das, das, das ist ein Friedhof!"
„…stimmt, sieht so aus. Hören Sie das?"
Der Hund hörte auf zu fiepsen und jetzt hörte Haferbrei auch ganz leise Musik.
„…das kommt von da drüben!"
Andreas ging näher zu dem Hund und in einer der Grabkammern leuchtete ein kleines buntes Licht. Andreas sah eine schlafende Gestalt da liegen.
„Hier ist einer, ich glaube der schläft…"
Die Musik stammte von einem Gameboy, auf dem Tetris lief.
„Hallo! Hören Sie mich?"
„…wie? Was zum Teufel…"
Günther brummte der Schädel und er hatte keine Ahnung, wo er war.
„…ich kenne Sie doch, ja, und den Hund! Wir haben uns im Sommer am Baggersee kennengelernt…"

„…was? Was redet der?" Günther streichelte seinen Hund und erhob sich von dem unbequemen Lager.

„…wir sollten schnell hier raus, ich mag diesen Ort nicht…" Haferbrei war schon wieder bei dem dunklen Stollen, durch den sie gekommen waren.

„…einen Moment noch! Haben Sie Kleingeld? Ich schau mal eben auch nach…"

„…also ich hab keins, tsss…" Günther legte sich wieder in die Grabkammer.

„…Haferbrei!"

„Kleingeld?"

„…hier gibt es Zigaretten, der General befördert Sie, wenn Sie ihm eine Schachtel mitbringen…"

„…ach so, stimmt, Zigaretten…"

Andreas und Haferbrei steckten Münzen in den Automat und es reichte tatsächlich für eine große Packung.

„…die Beförderung ist Ihnen sicher!"

„…das gibt nur wieder so einen blinkenden Orden, was soll's…" Günther schnarchte schon wieder und sie weckten ihn noch einmal auf. Der schwarze Hund führte sie wieder zielsicher aus dem dunklen Stollen heraus und das Tageslicht blendete sie.

144.

Es war ein freundlicher Tag, die Sonne schien und am Himmel waren nur wenige Wolken zu sehen. Karla stand am Fenster in dem großen Büro und trank ein Glas Wasser.

„Ich mache für heute Schluss…" Ihr Kollege erhob sich von seinem Schreibtisch und zog seine Jacke an.

„…du hast es gut! Ich muss noch ein bisschen durchhalten…"

Karla leerte das Glas und setzte sich wieder, als ein lauter und schriller Alarm ertönte.

„…was soll das denn?"

„Verlassen Sie das Gebäude über die gekennzeichneten Fluchtwege, dies ist kein Probealarm! Wiiiiiiuuuu, wiiiiiiuuuu! Verlassen Sie das Gebäude über die gekennzeichneten Fluchtwege…"

Karla sah, wie ihre Kollegen panisch ihre Sachen packten und tatsächlich schon in Richtung Feuertreppe stürmten.

„…verdammt, es brennt!"

Karla steckte ihr Handy in den Rucksack und zögerte noch einen Moment. Hatte sie alles? Dann kam leichte Panik in ihr auf und sie drängte wie die anderen zum Notausgang. Der Alarm hörte nicht mehr auf, es wurde keine Entwarnung gegeben.

145.

Ich wollte gerade nach dem Aquarium sehen, ein Wasserwechsel wäre mal wieder notwendig gewesen, da bekam ich eine SMS auf mein Smartphone.
„Feueralarm in der Kunstfabrik"
Das war die Nummer von dem Notrufsystem, das wir erst bei der Renovierung installiert hatten. Feuer! Alarm! Oh Gott! Ich erinnerte mich, wie ich damals noch selbst den Text für die Kurzmitteilung formuliert hatte, der mich soeben erreicht hatte.
„Feueralarm in der Kunstfabrik"
Eine eindeutige Ansage. Ich starrte auf mein Handy und hörte draußen schon ein Martinshorn. Feuerwehr, Polizei, Rettungswagen, alle wurden über das Notrufsystem gleichzeitig informiert. Und jetzt? Ich schnappte meine Jacke und steckte mein Handy und meine Zigaretten ein. Scheiße! Feuer! Ich musste sofort zur Kunstfabrik. Ich stürmte aus dem Haus und setzte mich ins Auto. Schnell!

146.

„Da vorne ist der Gasthof, Herr General!"
„Schön, Haferbrei! Ist unsere Gruppe vollzählig?"
Haferbrei drehte sich um. Andreas trottete weiter hinten mit Kozlowski und Günther durch das schwierige Gelände.
„…die anderen kommen gleich nach…"
„Sammeln! Bringen wir den verdammten Job zu Ende!"
„Hier her! Wir haben es gleich geschafft!"
Als die Gruppe wieder zusammen war gingen sie an dem Gasthof vorbei und weiter zu dem kleinen Wäldchen.
„Da ist die Straße, Halleluja!" Der General bot allen eine Zigarette an.
„Muss nur noch das verdammte Taxi kommen…"
„…ich höre etwas, Herr General!"
Sie schauten in die Ferne und zwei Autos näherten sich mit hoher Geschwindigkeit. Der dunkelblaue Audi bremste und hinter ihm hielt

eine silberne Mercedes B-Klasse mit Schweizer Kennzeichen. „Guten Tag, die Herrschaften! Taxi Thomas mit freundlicher Unterstützung von Swiss Air steht Ihnen zur Verfügung…" Haferbrei setzte sich in den Audi und war froh, dass er diesen Tag bis dahin einigermaßen gut überstanden hatte. Die anderen quetschten sich in den Mercedes, weil man dort während der Fahrt rauchen durfte.

„Sie haben nicht zufällig Zigarren dabei?"

„…ja Grüzi, so ein Zufall! Krumme Hunde aus der Schwiez, bitteschön…"

Der General war glücklich und bedankte sich mehrfach bei dem netten Taxifahrer. Die Fahrt zurück verlief ruhig und nicht nur Andreas kämpfte mit der Müdigkeit, die ihn plötzlich befiel. Sie fühlten sich alle irgendwie total ausgebrannt und übermüdet.

147.

Als ich ankam, war die Feuerwehr schon da. Auf dem Parkplatz drängten sich die Mitarbeiter der Kunstfabrik und ich stellte meinen Fiat so hin, dass ich die Krankenwagen nicht behinderte, die gerade mit Blaulicht eintrafen. Ich stieg aus und warf einen besorgten Blick auf das Gebäude. Noch war nirgends Feuer zu entdecken, noch war die Katastrophe nicht auszumachen. Die Feuerwehrleute stürmten das Gebäude und Schläuche wurden angeschlossen. Ich musste erst einmal eine Zigarette rauchen. Was wäre wenn? Nicht daran denken. Das ganze Projekt stand ganz kurz vor seinem Abschluss, es durfte eigentlich nichts mehr schief gehen. Und wenn doch? Ich rauchte hastig und die lange Asche fiel zu Boden.

„…der Alarm kam von ganz oben…"

Die Leute waren in heller Aufruhr. Ganz oben, Kozlowski. Oh Gott! Was, wenn dort oben Feuer war? War Kozlowski in Sicherheit? Hatte er die Geschichte dabei? Hatte er alles gesichert? Ich kämpfte mich durch das Gedränge bis zum Eingang.

„…tut mir leid, das Gebäude darf niemand betreten…"

Ein Feuerwehrmann in Uniform stand vor mir und streckte seine Arme aus.

„…ich muss wissen, wie es Kozlowski geht…"

„…tut mir leid, bitte warten Sie hier!"

Ich drehte mich um und sah eine panische Menschenmenge. Sanitäter kümmerten sich um hilflose Menschen.

148.

„…die närrische Gestalt stand noch immer mit der Laterne in der Hand auf der Kreuzung. Die zwei Taxis bremsten…"
Kozlowski tippte wie ein Irrer die Zeilen in das Netbook. Auf dem Schreibtisch standen ungefähr zehn leere Flaschen Bier und es qualmte aus dem Aschenbecher.
„Hallo, ist da jemand?"
Kozlowski zündete eine weitere Zigarette an und ignorierte die Frage. Die ganze Mannschaft kehrte zurück aus dem Unterbewusstsein, was nun? Kozlowski wollte sich gerade noch eine Flasche Bier aus dem Kasten greifen, da wurde er am Kragen gepackt.
„Mann, Sie müssen hier raus!"
Kozlowski schreckte auf.
„…was?"
Ein halbes Dutzend Feuerwehrmänner machte sich an den Fenstern zu schaffen.
„Sie haben Feueralarm ausgelöst…"
Kozlowski blickte sich um. Das ganze Büro war komplett vernebelt und er wollte doch eigentlich nur noch die letzten Sätze tippen.
„Kommen Sie mit…"
Man führte Kozlowski durch das Treppenhaus hinunter an die frische Luft.
„…oh, hallo Chef, die Geschichte ist fertig…"
„…das ist dann wohl die gute Nachricht…"
„Kozlowski kommt! Alles wie besprochen…"